灰谷
illust
蜜犬 HONEYDOGS

鋼鐵號角 2

IRON HORN

Presented by
HuiGu&Honeydogs

IRON HORN

Contents

Chapter 54　春風

柯夏在虛擬艙中睜開了眼睛，彷彿魂魄回到了正在緩緩腐爛的屍體中，這種感覺並不美妙，他忠實的機器人管家已經過來檢查連在他身上的儀器，然後將他抱了出來，擦洗身子，按摩肌肉，換上乾爽睡衣，將他抱回床上，蓋上薄被。

第二天克爾博士過來，例行檢查後邵鈞私下問克爾博士：「他現在的身體狀況，可以再拉長連結天網的時間嗎？」

克爾博士道：「看來天網連結對他心理狀態有改善？」

邵鈞點頭：「是。」

克爾博士點頭道：「大部分失去行動力的病人在上天網後，都會有如此感覺，可以適當延長到兩星時，但是要注意不要讓他沉迷，身體的衰弱勢必會影響到精神力，而精神力的過度使用同樣也會影響到身體的恢復。」

「除了天網，還需要增強他對現實生活的興趣，迷失在天網中最後身體衰敗，精神消散的癱瘓病人，我見得太多了……」

邵鈞得到了想要的結果，記錄著克爾博士的下一步治療計畫和要點，克爾博士卻問：「錢準備得怎麼樣了？治療階段不宜拖太長。」

邵鈞默默計算了下他們去授課能夠獲得的錢以及最近的積蓄：「再給我一週時間，應該就可以開始下一階段的治療。」

克爾博士點了點頭，又細細交代了一些注意事項，才離去。

送走了克爾博士，邵鈞轉回頭看了看時間，對在床上閉著眼睛彷彿安靜睡著的柯夏道：「克爾博士說治療效果很不錯，你的天網聯網時間可以增加到兩星時。」

柯夏睜開了眼睛，邵鈞溫和道：「每天上午九點到十一點，會讓您連入天網，現在還有一個小時，我先唸唸書給你聽吧？」

柯夏眨了眨眼睛，難得地對邵鈞說的話起了點反應，看來他的心情不錯。

邵鈞調整了下床頭角度，讓柯夏改成半躺著方便觀看的姿勢，然後點開了懸浮螢幕：「今天不讀教材了，我在星網上看到個不錯的資料，供您參閱。」

懸浮螢幕一閃，一具雪白的華麗機甲出現在懸浮螢幕中，這具機甲的機身線條流水一般地精緻柔和，通體圓滑，兩側肩甲十分引人注目，是兩朵晶瑩剔透待放的水晶花苞，腿上的護盔也是半透明的裙甲，與肩甲呼應正如一朵倒垂的蓮花，戰鬥之時花瓣裙擺也隨之婀娜擺動，機甲背後裝配著近乎透明的一對巨大光翼，閃動之時光翼緩緩扇出光芒，流光溢彩，實在是非常精美的一具機甲。

影片上大而閃的標題刷新，顯示「至臻精品，大師之作——聯盟機甲研究院發表最新機甲作品」。

影片並不算長，先播放的是這具新機甲「春風」持著雙劍的戰鬥片段影片，再放了聯盟機甲研究院作品發表會公布的機甲配置以及一些資料指標，最後是一些記者問答的內容。

「機甲一貫是戰場上的殺神，因此大部分機甲命名都是充滿力量的，請問葛里大師，這個機甲為什麼用『春風』這麼溫柔的命名？」

回答這個問題的正是製造這具機甲的葛里大師，聯盟機甲研究院的副院長：

「這具機甲在性能上有頗為突出的表現，主要體現在整體材料更輕便，速度更快捷，操作也更簡潔，非常適合機甲初學者以及力量較弱者的使用，命名為春風，主要是因為她的外形和戰鬥方式。」

畫面一閃，又放了「春風」的戰鬥場景，只見畫面中瑩白的華麗機甲與對面一具制式機甲在對戰，春風的整體尺寸顯然比一般的機甲要小許多，在龐大的對手襯托下，春風顯得格外纖巧靈活，速度奇快，戰鬥中她不斷閃現在對方機甲的不同方位，巨大光翼緩緩擺動，璀璨的星光點點飄落在空中久久不散，正如春日裡蹁躚穿花的蝶精靈，幻變曼妙。而對面機甲則顯得笨拙滯重，往往撲空，彷彿被她反復戲弄著。直到某一個時刻，之前雪白機甲處處閃動翅膀落下的那些星星點點浮動著的光點已經不知不覺漫布在了對手的周圍，忽然光芒暴漲，在漆黑的夜空中看來，正如春風拂過，花瓣層層綻放，溫柔卻殘酷地爆發出了巨大的殺傷力，對面的機甲被噴薄而出的光芒包圍，爆炸解體，機甲駕駛艙不得不倉促彈出逃生。

這一刻人人都知道了這機甲為何叫「春風」。

春風淡而軟，春風暖而和，卻滌蕩酷寒，融化堅冰，催生希望，漫天花蕾怒放，充滿了生命力。

觀眾們被這富有表現力的戰鬥效果都震撼了，發出了讚嘆聲。

之後追問的記者們也不由自主地忽略了繼續追問這具機甲的特色，而是將關注點都側重在那華麗的戰鬥效果上：「請問葛里大師，這具機甲的光效如此突出，是否在能源方面也需求特別大呢？」

葛里輕描淡寫道：「機甲本來對能源的需求就很高，『春風』自然也是使用錫金內核作為能源，而且因為機身採用的是最輕便的合金，耗在機身本身運作的能源比其他巨大機甲採用的能源要少許多，也因此在戰鬥中『春風』反而能集中高能源在武器上。」

「請問葛里大師，這具機甲輕便、快捷、操作簡潔、戰鬥方式也如此華麗，再加上這精緻卓越的外形，是否更適合精神力高但體力較弱的女性機甲師使用？」

葛里點頭道：「隨著機甲開始在民用領域的拓展，我們也希望在使用者上得到突破，希望機甲操控更簡便、更普及——事實上這一次春風的操作者，正是山南中學的一名女學生——讓我們歡迎露絲同學。」

他伸出手做了個引薦的姿勢，一個少女從側幕後走了出來，捲曲的長髮披下來，襯托得一張小臉分外年幼，腰肢苗條纖細，面容秀美，一雙湖水一般的翠綠雙眸更是引人注目。

台下譁然一片，一名中學生！還是女子！這意味著什麼？連中學女生都能操作的機甲！這意味著這具機甲的確在操作簡便、普及上實現了突破！葛里果然是大師！

在鼓噪聲以及眾人們睽睽目光下，這位少女毫無羞怯之情，落落大方地行禮，眉眼清澈，目光堅定，記者們迫不及待地開始追問：「請問春風的演示是露絲同學您完成的嗎？請問操縱感覺如何？吃力嗎？」

「請問您的精神力如何？操縱過程是否能夠持久？」

「請問您覺得其他和您一樣的女學生，是否也能輕易操縱機甲？」

「請問您覺得這機甲的殺傷力夠嗎？在輕易簡便方面容易上手，是否意味著在戰鬥力殺傷力上削弱了？」

……少女含笑著一一解答，口齒清晰，解說簡單明白，看得出受過十分專業的培訓，不該說的話一點沒說，既清晰地說出了這具機甲的特點和優勢，同樣也委婉而巧妙地迴避過了一些敏感涉密的問題以及一些尖銳質疑的問題，全場談吐不疾不徐，既有少女的嬌婉，又體現出了極佳的能力。

這是聯盟元帥精心為自己愛女打造出的第一場完美的政治首秀：大師訂製機甲，精美的影片製作，精心設置的提問——怎麼可能沒有一個記者發現，眼前這位元落落大方毫不羞赧的少女，正是元帥的愛女？

不過是各方勢力聯合起來，為這位少女鋪墊出一條光明錦繡通途。

柯夏默默看著影片，眼睫毛甚至沒有抖動一下，目光專注，一直到影片結束。

邵鈞關掉了影片，又替他按摩了一下身體，看了下時間，將他抱入了天網虛擬艙內。

金髮藍眸的少年上線了，眉目漠然，目光冰冷，他低頭看了眼好友欄，不假思索聯絡了俱樂部：「可以上課了，每天兩小時，費用每天都必須日結。」

艾莎喜悅萬分，迅速傳來了傳送節點，柯夏踏入那光圈內，很快傳送到了一處教室內，光亮明媚，課堂寬敞，課桌整潔，講臺上有著芬芳鮮花，孩子們看上去都十分可愛而有禮貌，看到教師進來都整齊地站起來恭敬地喊：「老師好！」

柯夏面無表情伸出手來，在懸浮螢幕上按了下，幾乎要破屏而出的一整面鋒芒畢露的手寫花體字忽然出現在懸浮螢幕上，鎮住了下頭整齊坐著的孩子們：「我是你們的機甲老師，不過你們不需要認識我，同樣我也不需要認識你們。我對你們沒有任何期望，能在我身上學到什麼全看你們自己——但我一定不會浪費你們高額的學費，我們沒有太多時間浪費，時間很寶貴，先來說機甲概論。」

螢幕快速切換著：「經典的機甲大家應該都聽說過，比如這具索羅木製造的『雷神』，龍高製造的『冰山』，葛里製造的『大天使』——現任聯盟元帥的專屬機甲……」

「他們各有特色，相信大家都能在不同的地方查到他們的各種資料、裝置以及其攻擊特色，但是我今天要說的不是這個——而是……」

他手臂一展，劃開了懸浮螢幕，一具雪白翩躚的機甲展露在懸浮螢幕上，展開了她光彩照人的光翼，放出了朵朵鮮花：「我要說的是葛里大師最新製造的作品『春風』。」

孩子們發出了驚嘆聲。

柯夏唇邊卻露出了一個狂妄的嘲笑：「這具機甲，是不折不扣的垃圾。」

「一場噁心的政治秀，一具空有外貌的所謂更具操作性和普及性的玩具，以及一個迎合市場的商業設計，因為臭味相投而攪合在一起，從而造成了這機甲史上的恥辱。」

薄唇開合，說出了鋒利刻薄的語言，外貌年輕得過分的金髮機甲教師眉目譏誚：

「機甲就是用來殺人的，在戰場具有決定性，是註定只有少數人才能掌控的武器。」

「它從來就不需要迎合大眾，讓所有人都能操控——戰場上不需要耀眼的明星，不需要炫目的表演，只有攻擊，一往無前無畏的攻擊，殺傷敵方的強健戰力，以最小的犧牲，換取最大的戰果。」

「機甲從來就是武器，而不是用來表演的道具。」

「你們今天來上我的機甲課，永遠記住這一點，我們操縱機甲，不是為了表演出多麼花巧的動作，不是為了什麼謠言的光輝，而只是為了勝利，為了廝殺，為了贏！」

「體會你們血液中那蓬勃的好戰激情，爆發你們勝利的欲望，所有的一切，都只為了戰勝對方，殺死敵人。」

邵鈞站在教室外，看著柯夏在臺上一句接著一句，彷彿不假思索，又彷彿積壓許久的情緒終於洩洪而出，天網由精神力構築而成，每個人的精神力會十分直接地反映在天網裡的人物上，因此往往比現實生活的情緒更豐富而直接。

講臺上的柯夏腰背挺直，雙眸明亮，藍色的眼眸裡滾動著的情緒既像掀起巨浪的海面，又彷彿熾熱明亮的沙漠，散發出蓬勃的生命力，他的言語非常具有感染力，又帶著憤世嫉俗的狂傲，年少的學生們輕而易舉被這樣的強烈的情緒以及富有個性甚至有些偏激的言語吸引了全部注意力——少年從來都是喜歡語不驚人死不休的，太過平庸的老師，是不配讓他們尊敬和聽從的，柯夏那尚帶著年少意氣的那種狂傲，反而勾起了這些孩子的興趣。

這份工作很合適他，邵鈞忽然覺得自己做了個正確的決定，被關在一具漸凍的身體內，不能動，不能說話，圍著他的只有機器人，他太需要發洩了，而教師恰恰是一個需要不斷說話的職業，就算他自己再不願意，為了做好教師這件事，他不得不開口說話，一旦說話，就能夠達到某種程度的宣洩。這是個很好的良機，而柯夏上課時展現出極為淵博的機甲知識以及豐富的機甲戰鬥技巧，也證明了他雖然年輕，卻完全可以勝任機甲教師。

原來他看到那具世人稱讚的「春風」，心裡是這樣的想法啊，邵鈞漫無邊際地想著，他開始只是按醫生的要求，儘量多讓他對現實生活有興趣。陪在他身旁的艾莎十分欣賞地笑道：「效果太好了，沒想到你的朋友這麼適合做老師，他年齡應該不大吧？雖然說話比較意氣用事，但是這樣的洞悉力……」

邵鈞點了點頭，忽然從後邊冒出了一個聲音：「不錯，這次葛里的新機甲的的確確就是個笑話，不過這也不是第一次了。為布魯斯元帥做『光之子』的時候就已經是噱頭大於實用了，他老了，已經多年沒有新的突破，應該是已經沒有靈感——這是為子孫鋪路，不僅僅是賺取政治資本和人脈，更是將一直用於軍方的機甲技術想辦法變現，民用機甲，適合女性的機甲，這是多麼大的市場啊，這背後藏著的豐厚利潤，真是讓人不得不動心呢，葛里專注技術多年，但是他背後那些蒼蠅，見到這樣的腐肉，哪有不蜂擁逐臭的呢。」聲音感慨又傲慢。

邵鈞轉頭，看到一個有著滿頭漆黑捲髮的強壯男人不知何時已經站在他們身後，他的捲髮和他的絡腮鬍、濃密的眉毛幾乎連成一片，一雙眼睛閃閃發光，正注視著臺上的說話的柯夏：「這就是你們說要給他看看我的寶貝機甲的那個精神力高手？」

艾莎道：「是啊，您老人家覺得怎麼樣？這位是鈞，夏的朋友，也是難得的格鬥高手。」又給邵鈞介紹：「這位是古雷，我們的機甲製造師。」

古雷卻臉上有些不屑：「你們不是整天背後議論，說我做的機甲啟動都啟動不了，是廢材嗎？現在又拿來騙人來授課？」

艾莎十分窘迫看了邵鈞一眼，想要解釋，古雷卻又看著懸浮螢幕，喃喃道：「許多年沒見到有人能寫出這麼好看的字了……你確定這是機甲老師，不是書法老師？」

艾莎尷尬介紹給邵鈞道：「古雷是個天才機甲製造師……」她張了張嘴，卻發現也說不出什麼有名的機甲來佐證，又窘迫地繼續解釋：「我真的不是哄你們來上課，那具機甲用的是新能源，還在實驗階段，但是只看功能是很強大的，等一下讓古雷和你們看一下他在天網裡的模擬機甲。」

邵鈞點了點頭，沒說什麼，三人都安靜了下來，連古雷都沒有再說話，而是專心聽柯夏在講課，他已經沒有在說那些機甲是武器的話，而是在實打實地講授機甲操作的課，言簡意賅，條分縷析，看得出每一句都十分精簡，雖然邵鈞聽不太懂，但看古雷和艾莎越來越凝重專注的目光，下邊寂靜無聲瘋狂記筆記的學生們，他就知道柯夏講得應該不錯。

一個星時過去了，鈴聲響起，課間休息時間到了。

柯夏走出教室，艾莎已經迫不及待地迎了上去，笑道：「夏老師上得真的太好了，我有幸聽過雪鷹軍校機甲教師的課，說得十分晦澀，完全不像夏老師說得如此簡單易懂，又句句都說到點上，真的太適合機甲新手了。」

柯夏沒說話，仍然是那副漫不經心天生傲慢的表情，目光卻在邵鈞面上掃了一眼，表情微微放鬆，對著他抬了抬下巴：「你也來為他們講課嗎？」

邵鈞點了點頭，艾莎笑道：「鈞的課是格鬥課，我們安排在下午。」

艾莎又道：「這位是古雷先生，我們的機甲製造師，第一節課，孩子們還需要點時間消化，不如接下來來一場機甲演示觀摩課，請夏先生、鈞先生先和我們去看看模擬機甲吧？」

柯夏點了點頭，並沒有顯示得十分熱切。古雷帶著他們走入了一座圓形穹頂的大廳，大廳裡十分遼闊，天頂一望無際猶如星空，應該是供機甲運行和練習用的，一具巨大無比的純黑色機甲靜靜矗立在大廳一側，在這具機甲後，還有著數架普通的練習機甲，在這具機甲襯托下顯得分外渺小。

和葛里那極具個人特色的機甲外形不同，這具機甲乍一看甚至還有些像軍中的制式機甲，除去了一切無用的裝飾設備，一切只為了最高戰鬥力而設計，線條簡潔直截，外形樸實無華，只有表面的黑漆卻顯示出與制式機甲完全不一樣的質感來——但這具機甲實在太龐大了，幾乎等於十座軍方制式機甲那麼大，龐大無比的鋼鐵身軀讓這具機甲自然而然帶上了壓迫感和威懾感，這意味著，啟動他需要非常非常多的能源，邵鈞再次想起了之前艾莎說的所謂的新能源，難道這是真的？

學生們已經被其他人引領進來，坐在了觀眾席上，正在竊竊私語：「又是天寶，比剛才老師演示的那些感覺外形差遠了。」

「窮啊，那些裝飾要錢的，你看剛才那個『春風』，那肩膀上那誇張的水晶蓮花肩盔，那可不便宜！」

「噓！小心老師聽到了，到時候以為我們發不出薪水，跑了就沒有老師教我們了。」

「艾莎說誰再敢上課頂嘴把老師氣走，誰就和布列克一樣去垃圾星撿垃圾三個月，那如果老師自己走了我們也會受罰嗎？」

「今天大家都很認真上課……」

「我看到莉莉安在和安妮傳紙條。」

「那兩個花痴！」

「布列克還沒回來嗎？」

「沒有……」

「講道理，上次機甲老師被氣走，也不怪布列克的事吧？」

「上次我沒來，聽說他打老師啊。」

「那老師說天寶設計有問題，功能太累贅，布列克就頂了兩句，那老師就罰他出去，他好像就把旁邊的鉗子扔過去砸老師……」

「所以這具機甲真的能啟動嗎？放在我們基地那裡不是一直是像廢鐵一樣嗎……我爸說做出來就沒有啟動過……」

「我媽說太大，太耗能源了，就算有足夠能源，精神力也不夠駕馭的。」

「天網裡也啟動不了嗎？」

「我爸說老大能啟動，但是不能完全啟動，功能太多了，同時操作不來。」

「真的不是設計有問題嗎？」

「噓，我爸說古雷修理機甲還是一把好手，我們基地所有的機甲都靠他修理的，還是別在他跟前說這種話啊。」

「沒關係，等一下要是老師啟動不了，就會換旁邊的練習機甲了。」

「這個老師很年輕吧？說話有夠直接。」

「我喜歡他，他不會被氣走吧。」

「希望他能留下，不然我們又要沒老師了，艾莎她們來代課，講的都聽不懂，又沒耐心……」

聽了一耳朵的邵鈞不由看了眼柯夏，看來柯夏這這個老師還挺受歡迎的。

古雷走上前摸了下那具機甲，微微有些出神，過了一會兒才介紹道：「這具機甲，我採取的是一種新能源，從理論上說，它應該比金錫更卓越，但是遺憾的是製成機甲後，目前還沒有人能夠成功啟動他——我將他複刻到了天網裡，在天網裡，也需要精神力極高的人才能驅動他的虛擬甲。因為這種能源，比金錫更高能，所以這具機甲所裝載的功能，遠遠超過了目前聯盟、帝國所擁有的任何一具機甲，這也意味著他的操控者，需要有極為強大的精神力以及精確的機甲操控能力。」

他看了眼柯夏，眼裡也帶了一絲期待：「實物機甲不好運載，實際上也因此只能給你們試試天網中的虛擬機器甲了，假如你真的能將這具虛擬機器甲的大部分功能都使用，那我會考慮讓你接觸它的實物。」他眼裡充滿了捨不得，但依然道：「我反復證明了十多年，理論上是完全沒有問題的，但我卻找不到一個人能夠啟動這具機甲，這是我這輩子的所有心血凝練出來的唯一一個巔峰作品，無論是誰，只要能啟動他，我就將這機甲送給他。」

「他叫天寶。因為他的能源來源，是天上降落下來的寶貝。」

天寶這名字平凡到近乎可笑，誰也想不到許久以後，無論是聯盟還是帝國，都為這一具機甲所側目，製造這具機甲的人，以及駕駛這具機甲的人，都銘刻在了機甲史以及聯盟戰爭史上。

這一刻仍然籍籍無名的他們卻只是看著這具機甲，尋思著它的特別之處。

邵鈞忽然問：「新能源……是天上落下的隕石？」目前機甲使用的能源金錫掌握在帝國手裡，若是這次真的發現了新能源，整個世界格局都將會被改變。

古雷看了他一眼，搖了搖頭道：「是的，這具機甲的能源，是我無意間發現的一塊隕石，我叫它鈦銀，當時我們研究覺得它應該可以取代金錫成為更卓越的能源來源，但是真正投入機甲使用後，卻無法啟動——理論完美無缺，但只有一塊，我無法能夠取得更多的實驗樣本了，我們也派出了大量的宇宙空間站在那附近採集了無數的星球樣本，但找了十多年都沒有找到第二塊，這是天外來物，換句話說，假如這具機甲能夠啟動，它將是這世界上唯一一座非金錫能源的機甲，根據我的測算，那一塊隕石中蘊含的能量，就足以支撐這具機甲進行大戰至少十次……但是，我找不到第二塊了。」

也就是說，這具機甲的所有功能，都是建立在這個『鈦銀』隕石上，而一旦這鈦銀隕石能源用完，他們又沒有找到這能源，或是取代這能源的其他能源，這具機甲也就廢了——實際上這具機甲目前也還是未能啟動，和廢鐵也真的差不多，所以說誰能啟動機甲，就將這機甲送給誰。換成其他人還未必會多領情。

全世界都沒有找到的新能源，豈有如此簡單？

看古雷言談舉止及艾莎等人對他言諸於形的尊重，應該是與葛里差不多實力的機甲製造師，葛里藉著為元帥製造機甲的名聲功成名就，又藉著給元帥女兒設計機甲的名聲廣收財源。他這位元機甲製造師哪怕沒有葛里的高度，要過得衣食無憂受人尊敬還是沒有問題的，他卻仍然一根筋一樣的耗在了這渺茫的新能源機甲上。

科技的高峰，正是浩渺時代長河中一個一個人看似微不足道的堅持所堆疊起來的，其中必然充斥著無數的錯誤，但沒有這些錯誤的研究作為墊腳石，沒有那些淡泊名利的付出和犧牲，就不會有正確的科學突破。

邵鈞原本對這個地下俱樂部組織是頗為警戒，畢竟柯夏身分不一般，如今看到古雷的堅持，卻忽然產生了一些好感。畢竟能夠為孩子們煞費苦心物色教師，又能包容這樣一個古板頑固，不願意換取利潤的機甲製造師，這樣的組織就算只能存在地下，大概也不會是特別危險的吧？

邵鈞正沉思著，忽然「嘟」的一下，大廳的四面牆唰地消失了，整個大廳彷彿懸浮在浩渺無垠的宇宙中，饒是早已經歷過在虛擬場景拍戲的邵鈞，在這顯得個人無比渺小的浩大宇宙場景中，也不由在心中驚嘆了一下。

柯夏上前摸了摸天寶，按開駕駛艙，輕靈地躍入其中，機甲雙眸亮了起來，那具漆黑無華的身體原地輕靈躍起，落在了前方星空中，漆黑的機身幾乎完全隱沒在背景中——演示開始了。

僅僅是一個簡單的突進動作，古雷和艾莎臉上的表情都變了，艾莎忍不住開口道：「啟動速度好快。」

機甲啟動後，會有一段時間的補充能源和緩衝，即使是在天網中，大部分機甲也會模擬這一段時間，但是這具機甲卻沒有，古雷微微有些驕傲道：「這就是這種能源的特性，它的供能速度比金錫能源更快。」

機甲站在那裡，先是做了幾個標準的軍校教材標準動作，然後忽然颼地一下原地消失，陡然出現在前方十幾米處，原地做了個十分漂亮的膝擊動作。

艾莎吃了一驚：「隱身？」

古雷哈哈一笑，臉上寫滿了故弄玄虛：「並不是隱身，只是速度太快，以及機甲本身那特別的塗料吸光，那一瞬間會讓你感覺到他消失了，瞞不過對方機甲的探測器，但是只要這一瞬間的驚慌失措就足夠了。」

艾莎啞然，捫心自問若是機甲戰中自己的對手忽然消失，也難免會有些無措。

只見那具黑色的機甲回身伏下身軀，機身上那漆黑的顏色忽然刷地一下變成了青綠相間的迷彩色，機身軋軋變形，變成了一架極快的小飛梭，靈巧地在空中上下飛了幾次後，又忽然唰的一下變型成為一具通身雪白的高輪重型卡車，在空中軋軋前行。

艾莎再次嚇了一跳：「擬態？這種技術真的能實現？這機甲的機身材質，不是也和其他機甲一樣使用鈦合金的嗎？是塗裝有什麼特殊之處嗎？」

變形為飛船、飛梭、重型卡車、坦克是大部分機甲都能實現的功能，但卻不容易做到在變形的同時表面同時進行變色偽裝。這也是由於機甲本身的材質，戰鬥需要機甲材質有著極具堅硬以及獨特延展性的特性，因此除了鈦合金，目前還沒有能夠取代的材質，否則古雷早就應該名震聯盟了，那麼眼前的技術應該還是表面塗裝的創新和改變。

古雷臉上露出了傲然的神情：「表面塗層上我摻入了鈦銀，這種金屬對精神力十分敏感，需要精神力細膩地操作改變顏色，看起來很普通的功能，但在複雜的地形戰鬥中很有用——這小子不錯，這麼快就發現了天寶的獨特功能。」

艾莎看著在虛擬宇宙中縱橫捭闔、凜然生威的天寶，喃喃道：「真是十分強大的新能源——如果能找到是在哪個星球的話……你確定這真的不是天網裡的功能，而能在現實裡能達到的嗎？」

古雷微微有些沮喪：「我不知道……我只能說理論上可以。」他向柯夏投去了期望的眼神——這個金髮小伙子的精神力如此高，能夠這般熟練地駕馭天寶的虛擬機器身的話，會不會也可以駕馭實體機甲？

可是，他的心沉了下去，基地不可能讓外人隨意進出，一個陌生人，很可能帶來的就是對基地的毀滅性打擊，或者……想辦法將天寶運出基地？古雷心裡默默打算著。

艾莎道：「你這具機甲甚至不能參加天網機甲聯賽，機甲設計必須嚴格遵循實體功能原理，這具虛擬機器甲的功能通不過審核的——嚴格來說，我們也不該給孩子們演示這樣的機甲，會讓他們產生錯誤的知識結構。」

古雷臉上黯淡了下去，看著柯夏在空中展示了一輪機甲的功能後，又做了一些軍校演示的標準機甲操，然後才徐徐落回中間，駕駛艙打開，柯夏從駕駛艙裡輕巧翻了出來，落在地上，一雙長腿輕鬆優雅。

艾莎笑著對他道：「很好的演示。」

柯夏卻對古雷道：「很大膽的設計，載入了這麼多的功能和重兵器，還用了這麼巨大的機身，如果能源真的跟得上，你將開創一個機甲的新時代。」

古雷有些悵然道：「這一切的功能設計，都是建立在這種新能源上，而假如真的能大量發掘出這種能源，不僅僅是我，所有的機甲設計師，都能做出比我更優秀的設計。」

柯夏微微一笑：「人們只記得第一，第一個製造出極夜的，第一個駕駛極夜的。」

古雷問：「什麼？極夜？」

柯夏道：「不錯，永遠的黑夜，很適合它吸光的外表，機甲裡的中控系統很喜歡我替它起的新名字，它說天寶配不上它的霸氣。」

古雷怒道：「它就叫天寶！是我製造出它的！」

柯夏揚了揚頭：「即使是虛擬機甲，也只有我是第一個能啟動它所有功能的人。」

古雷道：「小子，你還沒駕駛過實體機甲呢，等你真能啟動機甲，那我才同意你給它改名，否則它就只能乖乖的叫天寶！」

柯夏冷笑：「這世上不會再有第二個人能啟動它。」

古雷怒：「天寶這個名字有什麼不好的？」

柯夏不置可否笑了笑。

古雷冷哼了幾聲，又斜睨他：「我喜歡你這小子的狂傲。」

邵鈞卻是想到了天網裡知識淵博無所不能的艾斯丁，心中一動：「能讓我們看看這新能源的樣子嗎？」

古雷點了點頭，示意艾莎將學生帶走，帶著邵鈞和柯夏從演示廳一側的一個通道走進了另外一間虛擬設計室內，給他們展示新能源——一個盈盈發著藍光的能源：「這是提煉過的能源。」

他又按了下演示按鈕，出現了一塊仿如巨石的立體影像，那巨石看著平凡，仔細看斷面卻反射著藍光細絲：「這就是那塊隕石。」他點了個按鈕，旁邊刷出了數據：「這是這種金屬的各項指標，除了提煉它能得到傑出的能源外，它對精神力非常敏感……我們做了許多實驗……」

古雷顯然研究過許久，說起各項指標特性來侃侃而談，邵鈞默默地將這些全記住。

兩個星時過得很快，柯夏到時間下線了，他說下就下，還是那副冷傲的樣子，但艾莎等人卻完全不以為忤。

連古雷都和他打聽：「你和這小伙子是朋友？要不要也上虛擬機器甲試一試？」

邵鈞遲疑了一會兒，他是很想去試試，但是他也得下線去看看柯夏了，因此還是婉言謝絕，約好了下午授課的時間，就下線了。

把柯夏從虛擬艙中抱了出來，檢查過他各項指標一切正常，將柯夏放回床上，蓋好被子，邵鈞默默又看了一會兒閉著眼睛彷彿沉睡的柯夏，心裡計算了下今天拿到的授課報酬，艾莎他們很慷慨，一次就將一個月的授課報酬都支付給了他們，這樣的話，第一期藥費就夠了。

他正沉思著，房門卻輕輕敲了下，他起身出去開門，鈴蘭站在門口，拿了一張卡遞給他：「杜因大哥，這裡頭有一百萬聯盟幣，您拿著，給夏治病用。」

邵鈞沒拿，只是打量著鈴蘭，她只穿著一身黑色禮裙，樣式極為簡單，但良好的布料以及剪裁勾勒出她身段玲瓏，與極簡的裙子相反的是她脖子上佩戴的項鍊，璀璨如星，與海藻一般的紅髮上的寶石花相互呼應。

這樣正式隆重的妝扮並沒有顯得她成熟老氣，反而更突出了她身上清純稚氣的感覺，當她抬眼望向人的時候，那深綠色的眼眸甚至有一種無辜柔軟的天然魅惑。

這是經過專業人士精心設計的形象，邵鈞了然，鈴蘭解釋：「您別擔心，我前陣子和您說過參加了一個新人歌手選拔賽，我拿了第一名，這是大賽的獎金，和經紀公司分成並且繳稅以後，這就都是我的收入，我也已經留下了我和布魯生活的費用，其他的都交給您，另外，我已經能夠接廣告、代言了，收入不菲，足夠承擔我們的生活。」

一切彷彿都十分順利，鈴蘭解釋道：「都是很有名的公司，不信您可以問問范比羅，他現在已經是我的經紀人，所有的合約都替我給專業律師審核過，完全正規合法，職業生涯也有專門的規畫書，您一切都不必太擔心，同時因為有工作合約，我已經拿到了合法居留身分，開了帳戶，我很喜歡唱歌，這是我喜歡的職業，一切都很好，杜因大哥──等夏的病好了，我們還會過得更好的。」鈴蘭抬起眼，雙眸裡一絲陰霾都沒有，露出了個明媚的笑容。

邵鈞終於沉默地接過了鈴蘭手裡的卡，說了一句：「我們會還的。」

鈴蘭微笑：「我們是家人，不是嗎？」

邵鈞點了點頭，鈴蘭道：「夏一定會好起來的。」她看了看房裡躺在床上一動不動的柯夏，眼裡掠過了一絲痛惜，又輕聲道：「我晚上有晚宴，先走了，有范比羅在，你放心。」

少女輕盈地轉過身出去了，邵鈞凝視了一會兒她纖細的背影，回到了房裡，先和克爾博士通了個電話，商量了下下一步的治療方案，掛了電話後看了看也要到自己上天網授課的時間了，便為柯夏翻了個身，輕聲和他說：「錢夠了，我們可以開始下一階段的治療了，我跟克爾博士約個時間，這個階段比較長，我們目前的資金比較充裕，根據克爾博士的建議，我在天網裡也替你預約了心理醫生，每週去一次，每次一個小時，你可以和心理醫生多談談。」

柯夏睜開眼睛看了他一眼，眼神複雜，邵鈞安撫地理了下他的頭髮：「鈴蘭獲得了歌手比賽頭獎，拿了不少獎金，還接了很多廣告和代言，目前我們資金不成問題了，你安心治病，等以後病好了，我們再還給她。明天我們在星網上看看她唱歌的影片吧，她很有天賦，我相信她一定能成為風靡聯盟的大明星的。你剛從天網下來，先好好休息。」

邵鈞又和他說了幾句話，便離開了房間，登錄上了天網，登陸點上，他抬頭看了眼高處仍然和從前一樣散發著柔光的主腦，站在下方輕聲喊了幾句：「艾斯丁？艾斯丁？」

一隻手搭在他肩上，他轉身，艾斯丁在他身後意態悠閒：「怎麼了？我以為你有了朋友，就不理我了呢。」

邵鈞沒有理會他開玩笑的話，這兩天艾斯丁完全沒有主動找他，很顯然他也並不想接觸其他人，一段靈魂脫離肉體生存在天網中，還是一個赫赫有名的人物，若不是自己也是這樣的靈魂，艾斯丁肯定不會接觸自己：「想問問你見過一種叫鈦銀的新能源嗎？」他稍微介紹了那種能源的外貌，特性和屬性。

艾斯丁一怔，搖了搖頭：「沒聽說過，我查一下，你等等。」他閉上了眼睛，面容漠然，過了一會兒睜開了眼睛：「目前公開發表的論文和學術研究中，沒有提到這種新能源。如果照你說的是隕石，目前也還沒有機構公開發布過這項研究。」他饒有興致：「如你所說，這種新能源的確會是劃時代的發現，但是無垠星空，究竟是哪一顆星球有這種能源，要找到的可能太小了，即便是找到了，這種能源是否有沒有再生性、是否大量存在、以及那顆星球也許已經消亡，也都是未知數，所以這麼快就將這種新能源用在機甲設計上，不得不說這位元機甲製造師，也是很大膽了，畢竟人的生命是有限的，花時間在這希望渺茫的研究上，真的算得上是一種浪費。」

邵鈞沉默了，艾斯丁看他的神色笑道：「你朋友很喜歡那具機甲吧？基因病就算治好，再能駕駛機甲的可能還是微乎其微的。」

邵鈞道：「我知道。」但是他今天看到那孩子操縱著別人連啟動都無法啟動的機甲，或是上課的時候傲氣滿滿的樣子，就很希望他能夠真正擁有那台機甲，無論是叫極夜也好，天寶也好——他忽然很理解從前見過的退役轉業的兄弟們有了孩子，對孩子予取予求，買了無數模型、玩具的心理。自己如今也是個家長了啊，他心裡感嘆。

艾斯丁也沉默了，過了一會兒微笑道：「這種能源我替你留心一下，如果見到就告訴你。」

邵鈞道謝，艾斯丁卻又道：「不用謝，你讓我想起丹尼爾，從前我喜歡什麼，他也都想辦法幫我弄來。」

邵鈞點了點頭：「我還有點事……先走了。」

艾斯丁臉上帶著一絲懷念的笑容：「去吧。」

邵鈞離開了登錄點，往俱樂部走去，授課的時間要到了。

艾莎還是那樣熱情洋溢地接待了他，帶他前往授課點，邵鈞和艾莎道：「格鬥技巧並不適合天網傳授，畢竟這門功課與體力、耐力、身體素質息息相關，和機甲一樣，在天網裡格鬥技巧高，並不等於實際生活中格鬥技巧高，而我在天網裡，沒有見到孩子們真正的身體情況，也無法做出有效針對的授課，同時我安排的練習，也必須要在現實生活中實踐。」

艾莎道：「這個道理我們知道，我們會有助教，一是根據你的授課和課後作業，線下督促學生練習，二是根據學生的實際練習情況，及時回饋給您，並調整練習情況。」

邵鈞看了她一眼：「所以這些孩子都是在同一個地方的？我看你們的格鬥技巧都不錯，為什麼不自己當面教？這樣效果更好吧？」

艾莎笑容微微凝固：「邵老師真是敏銳——這些孩子們很多都是孤兒，我們這些人都是非正統出身，不會教孩子，所以才重金求經驗豐富的老師，我看過您多場戰鬥了，您的招式很多都有固定套路，穩紮穩打，既注重自身安全，又直接有效攻擊對方，有著十分豐富的對戰經驗，十分適合初學者學習。」

邵鈞看了艾莎一眼，知道這些人應該是在背後觀察了自己許久，自己學的那些對戰技巧，的確是一代代軍隊的教練們反復總結凝練出來的最適合士兵學習的套路。

他沒有說什麼，只是先列了一些基本要求出來：「學我的格鬥技巧，先要做好基礎體質的訓練，每天跑步三公里，紮馬步一個星時……」

艾莎如獲至寶，邵鈞又交代：「並不是要求一定要完成，要看各個孩子的體質，密切觀察，不要勉強，剛開始都是順其自然，主要是先看看實際的情況。」

上課了，邵鈞上了台，看著下邊睜著好奇眼睛的學生們，伸手，卻是點開了兩幅圖，一副人體肌肉圖，一副人體骨骼圖。

裝著乖巧的學生們全都意外地驚嘆。

連在外邊聽課的艾莎都忍不住意外地睜大了眼睛。

邵鈞說話：「學格鬥，我們首先要對自己的身體瞭解，我希望大家對人體的每一個地方都瞭若指掌，知道每一個動作是哪些肌肉在用力，知道你需要鍛鍊和加強哪一組肌肉群，知道如何從飲食中加強自己的肌肉和骨骼，知道自己應該如何針對自己個人的身體素質來開展鍛鍊，知道人體最脆弱的地方是什麼地方，知道傷害什麼地方會有什麼後果，知道如何讓對方儘快失去戰鬥力，知道自己應該如何保護自己、避免自己受傷……」

邵鈞沉默了一會兒，堅決而溫和地說：「我認為大家在熟悉人體、熟悉自己身體的基礎上，才能更好地掌控自己的身體——以及在未來的格鬥中取得主動地位，這是我的第一節課，希望大家認真聽講。」

Chapter58 黑歷史

上完課的邵鈞，出來簡單照顧了下柯夏，看著他用了晚上的飲食，洗過澡，按摩過，然後進入深沉的睡眠，便又上了天網，毫不猶豫地再次投入了陪練賺錢的通宵中。

第二天天亮了，早餐後邵鈞把星網點開，讓柯夏瀏覽些軍事、政治新聞，以免讓他脫離社會太久，然後搜索了下，把鈴蘭歌手選拔賽決賽的影片找了出來。

鈴蘭的藝名叫夜鶯，主持人含笑介紹：「接下來是我們的夜鶯上場了，她已經連勝了十一場，再勝一場，她就是這一次選拔賽的歌后。上一次有專家說，夜鶯的歌聲，彷彿能讓靈魂共鳴和震顫，讓我們來歡迎衛冕者，準歌后夜鶯出場！」

歡呼聲中，鈴蘭纖細的身影在舞臺中間緩緩顯現，身後有光效做出的一對羽翼，光圈中閃閃發光。她海藻一般的長髮披散著，髮上壓著一頂小而精緻的珠冠，穿著一身雨絲一樣的銀灰色傘裙，紛披下來裙絲在舞臺上被風吹動，若隱若現地露出筆直修長的腿，腳踝上銀灰色的絲帶交叉纏裹，卻偏偏光著一雙雪白纖細的雙足——一個雨中的天使，背後的羽翼濕氣蒸騰，雙足彷彿踏在水中，水面倒映出美麗的影子。

燈光下看她抬起纖長的睫毛，墨綠色的眼珠子朦朧無辜，前奏響過，她唱：

「當我直視這世界，鳥翼掠過，花如海浪，世界暗了。」

「雨水充盈之時，我等待雷電猶如枝蔓一般從天上劈下，將虛妄的我血管裡的謊言洗亮……」

她的嗓音是出乎意料的高，輕而易舉地駕馭著極高的音域，而如此高的音域，卻仍然遊刃有餘的帶著清亮柔軟的感覺，即使是外行如邵鈞，也知道她唱得極好，而下頭觀眾們彷彿爆炸一般的掌聲和歡呼聲更是證明了這一點。

邵鈞心中讚嘆，轉頭去看柯夏，他雙眸也在閃動，顯然也被吸引了，一曲歌完，影片結束，下邊彈出了好幾條關聯的影片，是二十四小時內最熱的關聯新聞：

「『夜鶯』原是『流鶯』——高音公主夜鶯被爆有賣淫黑歷史」

「銀河公司擬與醜聞纏身的夜鶯解約」

「血管裡的謊言——歌后夜鶯因性醜聞面臨巨額索賠。」

「歌迷們的憤怒，小歌后夜鶯的虛妄。」

邵鈞飛快地將星網新聞關掉，若無其事地看了下時間掩飾道：「是上天網的時間了。」將柯夏抱起，放入了天網虛擬艙。

看著艙上透明的艙門合上，顯示柯夏已經順利連上了天網，邵鈞飛快地走了出來，打了個電話給鈴蘭。

鈴蘭接了電話：「杜因大哥……您看到了新聞嗎？沒事，您別擔心，經紀公司這邊有整套的危機公關處理，您別擔心，好好照顧夏，不用擔心我。」

似乎為了打消杜因的懷疑，鈴蘭甚至點開了影片，全息影片閃現了出來，鈴蘭身上仍然穿著一身華服，似乎是在一處僻靜的休息室內，她眼眶微微發紅，臉上卻仍然微笑著：「你放心，我馬上就要開新聞發布會了，一切都會變好的，相信我。」

邵鈞沉聲道：「無論別人怎麼說，我們都會支持妳，不想唱歌，就回來，錢我一分都沒有動用，隨時可以還回去。」

鈴蘭含著笑，聲音微微顫抖：「大哥，我真的沒事，你聽說過一句話嗎？別低頭，皇冠會掉。」她極快地伸出手指，擦了下奪眶而出的眼淚：「新聞發布會馬上就開了，相信我，我不會屈服的。」

邵鈞深深凝視著那女孩，她強顏歡笑，卻胸膛挺直，眉目堅定，這個在黑街裡將年幼的弟弟帶大的女孩，她的內心興許比許多人強大太多，他終於點了點頭：

「不要強撐，等妳回來。」

鈴蘭點了點頭，深翠色寶石一般的眼睛彷彿又快要落淚，她卻及時將通訊給關掉，將淚水仔細擦掉，一個人細細補上粉底。

邵鈞掛了電話，想起上了天網的柯夏，還是按平日的習慣也連上了天網，柯夏才上天網沒幾日，他還不能完全放心。

上了天網，他先去了授課的地方，艾莎卻道：「夏老師來了一下，只交代了作業就說有些急事出去一會兒。」她臉色不太好看，雖然說那少年也說了這節課不收錢，但隨心所欲的老師實在不太像話。

邵鈞看了下好友頻道確定柯夏線上，有些歉然道：「他家裡有些事，很快就會處理好。」

艾莎看了他一眼笑道：「不是說不太熟嗎？」

邵鈞點了點頭，沒回答，也很快離開了授課的俱樂部，在好友頻道直接點柯夏名字，點擊「傳送到好友所在地點」，再點擊「發送請求」。

柯夏乾脆俐落地點了同意。

傳送後，邵鈞發現自己和柯夏在一間小房間中，中央的大螢幕上正播放著記者會，柯夏坐在那兒，身姿筆挺，面容冷漠，看著螢幕上現場的情形。

鈴蘭一身黑色禮服，在經紀人的陪伴下出現在了記者會的講臺上，瞬間點燃了現場的氣氛，記者們都瘋狂了，站起來不斷發問。

鈴蘭站了起來，先十分恭敬地向在座的記者以及觀眾們鞠了三個躬，含著淚道：

「今天為了我的事，勞煩各位來到這裡，麻煩各位喜愛我的歌迷們百忙之中關注我的事，實在是我的不對，先向大家道歉。」

她眉目清麗，聲音誠懇動聽，現場瞬間安靜下來，整個場內只聽到她清亮而柔軟的聲音迴盪：「大家都知道今天，我是為了哪一樁事召開新聞發布會，我也就直入主題了。對於過去，我並不覺得有什麼覺得羞愧恥辱的，我沒有受過教育，迫於生活，曾經出賣過身體，我也不想諱言，我的確曾經有過迷惑和軟弱，以為就這樣輕輕鬆鬆以年輕的身體換錢，並沒有什麼不對的。」

現場微微有些騷動，但臺上那少女面容坦然，對那些針扎一樣的眼光和刀割一般的言語都泰然面對：「曾經有位大哥對我說，妳習慣了輕輕鬆鬆就可以拿到錢用身體換錢的思維模式，錢來得快，去得也快，以後妳只要缺一點什麼，都會想到最快而最直接的辦法，妳這一輩子，都會毀掉。我永遠感謝這位大哥——並且再也沒有從事過這一行。」

現場再度安靜了下來，少女抬眼望向觀眾們：「各位先生女士們，我和我的弟弟，在娘胎中就沒有聯盟的合法居留權，是徹頭徹尾的偷渡客。在失去父母庇護的那一年，我十歲，弟弟六歲，我們活下來了——哪怕沒有尊嚴。」

「人們只會羞辱我，卻沒有人告訴我應該怎麼從泥潭裡走出來。」

「我還是掙扎著爬了出來。」

「雖然現在有一萬隻腳想要將我再踏回去。」

少女仍然是那彷彿無辜的雙眼看向鏡頭，彷彿與所有鏡頭前的觀眾們直視著，不避不讓，卻又帶著一絲懇切的柔軟和不易發現的示弱。

那少女並沒有說太多的話，只是再次深深的鞠了一個躬：「沒有什麼更多的話好說了，感謝各位耐心聽完。」

少女的頭低了下去，睫毛彷彿濕了，纖細潔白的脖子和單薄的肩膀顯得柔弱無依，所有人都感覺到了罪惡感。

啪的一下，螢幕關掉了，柯夏將遙控器擲回桌上，冷漠地下了個評語：「漂亮的一場戲，善於表演的女人。」

邵鈞沉默著，柯夏轉頭看了看他：「怎麼來了？」明明是放下手裡的要事去看記者會，如今臉上的表情，卻彷彿完全不認識那螢幕上的鈴蘭。

自己在天網中，畢竟對柯夏而言只是一個結伴過幾場的陌生人，邵鈞沒有說什麼，只是接著他的話頭道：「想來聽聽你的機甲課，聽艾莎說你有事。」

柯夏道：「你也對機甲有興趣嗎？」他想起之前他們格鬥時頗為密切的配合，點了點頭，帶了些矜持道：「那具虛擬機器甲，有雙人搭載的功能，我可以帶你進去看看。」

邵鈞點頭：「那最好不過，謝謝你。」

柯夏沒說什麼，看了下時間起身道：「那我們過去吧，安排他們背誦的操作方法應該結束了。」

他們走出娛樂城，醒目的地方巨大的彩色廣告上仍然播放著新聞：「小歌后夜鶯召開新聞發布會，坦承黑歷史，有驚人歌唱天賦的墮落天使，是否能夠取得大眾諒解？」新聞畫面用的卻是鈴蘭奪取第一名的演唱畫面，少女睜著朦朧濕潤的碧眸，櫻唇微張，髮上壓著歌后的金冠，纖細玲瓏的肩頭披散著海藻一樣的長髮，一雙裸足雪白晶瑩，正如折翅墮落的天使。

這巨幅立體畫面實在太逼真震撼，柯夏忍不住又駐足抬眼看了下，嘴角譏誚：「再好的天賦，命不好有什麼用。」

邵鈞想起了少女今天說過的話，輕聲嘆息：「欲戴皇冠，必承其重。」

柯夏嘴角一撇，重複了一遍：「欲戴皇冠，必承其重嗎？」

「呵呵，」他轉眼看了他一眼：「你真像我一個朋友。」

邵鈞一怔。

柯夏嘴角浮起一絲笑容：「滿嘴的過時勵志箴言。」

Chapter 59 雙人機甲

柯夏不過是隨口一句話，轉身就走了，邵鈞心裡卻略微留了意，雖然正常人很難想像到機器人會上天網，他卻還是需要小心，畢竟他與柯夏朝夕相處了數年。

他需要表現出和機器人不一樣的特質，他心裡尋思著，和柯夏一同回了教室，教室裡沸反盈天。

柯夏一出現，孩子們就全都安靜了，個個乖巧坐在座椅上。

柯夏也沒說什麼，只是點了點講臺：「都背下來了嗎？我們開始上機甲實際操練課。」

孩子們爆發了歡呼聲，紛紛收拾桌子上的書，顯然早已心癢難搔。

柯夏卻似笑非笑，彎起幾根手指敲了敲桌子：「想什麼呢，才第二節課，都坐在這裡，等我上機給你們看。」他將講臺上一個按鈕按了下，便從臺上角落裡漂浮起來一個小小的光亮小氣泡，浮在了柯夏身前，而他身後的大螢幕上也隨之顯示出了教室裡的樣子。

這個邵鈞卻在拍戲的時候見過，是智能攝影儀，沒想到虛擬天網中也能有這樣的模擬攝影儀。

孩子們失望之情溢於言表，柯夏道：「一頓飯吃不成胖子，聽說過精神力暴動嗎？在你們沒有學會好好操縱精神力之前，貿然接入機甲，哪怕是虛擬機器甲，精神力也很容易失控甚至暴動，任何一個機甲教師，都不會輕易讓沒有經過訓練的普通人隨意嘗試接入機甲的。」

他走出教室，向邵鈞抬了抬下巴示意他跟來，熟練地穿過通道，刷開了機甲訓練室。

天寶靜靜的佇立在那兒，柯夏翻身進入了駕駛艙，邵鈞站在下方，望著天寶雙目點亮，然後巨大的機械手沉下來，將他帶了上去，一同進入了駕駛艙內。

駕駛艙裡十分寬敞，想來這也是托了天寶體型分外巨大的福，柯夏站在中間，調整了下駕駛艙內的光線，駕駛艙裡一個甕聲甕氣的聲音冒了出來：「你好，鈞，歡迎你來到天寶。」

邵鈞問：「你不是叫極夜嗎？」

天寶遺憾地回答：「雖然我很喜歡，而且夏是第一個能夠啟動我所有功能的人，但是他依然還不是我的主人，所以目前我的名字還叫天寶。」

攝影儀裡傳來了孩子們的笑聲，柯夏轉頭，眼睛裡也帶了點笑容：「你以前搭乘過機甲嗎？」

邵鈞搖了搖頭，攝影儀裡有個大膽的孩子在嚷嚷：「老師，不公平，為什麼你又能帶著鈞老師去機甲裡？」

柯夏傲然道：「你們能和你們的格鬥老師一樣，能夠在格鬥俱樂部百戰百勝嗎？」

學生們驚嘆著譁然了，畢竟地下格鬥俱樂部，可不是那麼容易獲勝的。

柯夏拍了拍中間最醒目的駕駛艙座椅，上下出現了活動著的神經帶：「這是精神力接駁帶，讓你和整個機甲的中控系統接駁，當然這裡是虛擬天網，這只是模擬的，真機甲這個神經帶接入的時候可不大舒服，摻和了生物科技，一般正式的軍人會穿上相應的機甲戰鬥服，可以事先就先將你的身體主要神經接駁，讓你進入機甲內立刻就能最快進入戰鬥狀態，最大可能的讓你和機甲同步，接駁以後，你會感覺到整個機甲就是你——當然主要還是看精神力的高低，精神力越高，與機甲的同步率就越高。」

「這是功能鍵台，可以供非戰鬥模式時的機甲操控，比如飛船模式、飛梭模式、行車模式等等。」

「這是手動戰鬥鍵盤，從前生物科技沒有進入機甲領域的時候，機甲戰鬥主要靠鍵盤手速，但是自從人們能夠使用精神力操控機甲以後，鍵盤操作只作為應急備用系統了，而當你不得不使用鍵盤操控機甲的時候，往往也要戰敗了，因此手動戰鬥鍵盤大部分都側重於逃生、飛行、駕駛等……」柯夏漫不經心地介紹著，看得出他對機甲內部所有配件的功能都十分熟悉，連一些極其微小的如腳下的腳墊，腳踏，都會說起他們的功能來。

學生們也會一直提問，柯夏也會當即回答，他回答的時候不假思索，彷彿這些豐富的知識儲備早已在他胸中，不過是信手拈來，誰會想到他不過是一個中學生呢？

邵鈞不由想到之前看到新聞發布會上的元帥女兒，再和跟前的柯夏對比，心中感慨更為複雜。

柯夏卻不知他在想什麼，整理了下手動戰鬥鍵盤跟前的座椅，介紹道：「這具機甲設計的巧妙之處，就在於這個手動戰鬥模組了，理論上由於精神力原因，機甲都是單人操作，但是這具機甲配備了十分豐富細膩的手動戰鬥鍵盤，大家知道這意味著什麼嗎？」

攝影儀那頭學生們七嘴八舌：「雙人作戰？」

柯夏點了點頭：「不錯，雙人作戰機甲，這是目前世面上所有的機甲都沒有採用的功能。」

學生們依然不解：「為什麼？」「是不夠精神力快嗎？」「一定是操作太慢了跟不上主控的反應。」

柯夏似笑非笑，自己坐在了手動戰鬥鍵盤前，非常熟練地扣上了安全帶：「當然是因為能源啊——一個人用精神力操作出機甲全部的戰鬥功能，就已經全神貫注，其他人在機甲上操作其他功能，往往不能和主控者配合密切，同時又會耗費無謂的能量，因此完全是雞肋……」

「當然，能源充足的情況下，雙人操作機甲，經過多次配合，密切無間的情況下，對戰鬥力肯定有提高，但前提還是配合密切。事實上操控機甲的時候，駕駛艙內有外人，對主機甲操控者來說，是一個極大的干擾和不安全的因素，因此極少有人願意和人共同駕駛雙人機甲。畢竟要培養一名機甲戰士是非常難得的，所以機甲漸漸也就變成了如今的單人機甲……」

學生們卻都追問：「老師呢？老師喜歡雙人機甲嗎？」

柯夏淡淡道：「當然不喜歡，精神力越強大，與機甲同步率越高，誰能忍受一個外人在自己的……」他頓了頓：「機甲內？」

但這群學生們顯然生活環境與一般人不一樣，早已竊竊笑起來。

邵鈞卻忽然問：「那如果是機器人呢？」

柯夏一怔，邵鈞非常明顯在他神色上看出了，他一定在想〇〇七，學生們卻已經大聲嘲笑起這位看起來很好說話的格鬥老師：「沒有精神力的人工智慧是完全無法和有著超高精神力的機甲戰士對戰的啦！老師你太孤陋寡聞了！」

邵鈞笑了笑，倒也不覺得窘迫：「這樣嗎？」

柯夏卻說了句：「如果是和主人配合非常密切的人工智慧機器人的話……」他十分罕見地遲疑了，然後搖了搖頭：「有機會本來可以在現實生活中試試，但是……」

他沒有繼續說完這句話，邵鈞卻知道他沒有說出來的下半句：但是，已經不可能了。

他之前不知道為什麼說默氏病治好後雖然能如常人一樣工作生活，卻不太可能還能駕馭機甲，現在他終於站在機甲內，看到那密密麻麻的神經帶，才算依稀明白過來。那些壞死摧毀掉的神經，就算新生，還能經得起機甲這樣高強度的聯結嗎？

柯夏卻已示意邵鈞坐到後頭精神力操控的地方，邵鈞坐到了機甲主位上，柯夏替他戴上了駕駛帽，四周的神經帶彷彿有知覺一樣地纏上了他的雙臂，腰間，腿部，甚至有幾根從他後頸探入，一路貼在了他的頸椎、脊椎、腰椎上。

嗡的一下，機甲頭部的雙目亮了起來，機甲啟動了，邵鈞感覺到靈魂深處彷彿被撫摸和入侵一般，不由一陣毛骨悚然，柯夏沉聲道：「不要胡思亂想，閉上眼睛，放空精神，專心。」

邵鈞閉上眼睛，感受了一會兒，柯夏凝視著他，仍然緩緩道：「找到那個感覺，和機甲合一的感覺。」

學生們都屏息不語，等著他們的格鬥老師的第一次。機甲沉著地立在原地，久久不動，忽然沉膝握掌，右臂向前直衝，出拳！

這是個十分漂亮的格鬥起手式，由巨大粗笨的機甲做來，又分外有威勢，學生們譁然鼓起掌來。

柯夏嘴角也浮起了一絲笑容：「不錯，大部分人第一次與機甲聯結，都是失敗的。」

他伸手按了下，將房間內的中控模式打開，吩咐道：「初級機甲對戰模式。」只見機甲訓練室四壁再次一閃，切換了場景，一片茫茫草原出現在腳下，天空是蔚藍的天空，而草原上，則出現了一台機甲，與邵鈞所操控的機甲遙遙對峙。

柯夏坐回了手動鍵盤座位前，含笑道：「這是最簡單的初級機甲對戰訓練模組，速度調得也很慢，給你試試手，我手動輔助你。」

邵鈞感覺著機甲巨大的身軀在自己精神力指揮下緩緩動作著，這種新鮮的感覺讓他興致盎然，他憑著直覺，以自己平日格鬥的技巧，向對方奔去。

柯夏嘴角含笑，看著天寶向訓練機甲對手奔去，漂亮地飛足向對方踢去。然後飛快地失去了平衡，重重地摔倒到了地面上，碎草飛起，對面的機甲也沒有錯過這攻擊的良機，肩上火炮架起，轟地近距離放了一炮。

Chapter60 手動操控

簡易上機模式就此結束，在邵鈞被打倒第十次後，柯夏用手動操作機甲，接管了機甲操作，輕而易舉打敗了對手，退出了訓練模式。邵鈞十分無奈地從機甲操作座上出來，聽到柯夏正經八百教訓學生們：「嫺熟的格鬥技巧可以讓你更快的與機甲聯通，打下良好的基礎，但格鬥好不等於機甲操控就能和身體一模一樣，大家下去多練習吧。」

機甲實技課結束，關掉攝影儀，柯夏一直心情很好地笑著，邵鈞看出了他眉眼裡的小得意來，顯然頗有些自得，到底是少年人啊，那股狂傲好勝一直埋在他骨子裡，邵鈞哭笑不得，卻想到他的病來，不由心中又一沉，他看了眼手工操作機甲鍵盤，忽然問柯夏：「你能教我這個手動機甲操作嗎？」

柯夏揚了揚眉：「你直接找古雷，他肯定會很開心你來練習，不過你為什麼要學這個？精神力才是最簡單直接的方式，你就算學會了這個，也不會有機甲戰士願意和你配合——更何況這個功能太雞肋了，外面的機甲也不會有這麼全面的手動操作鍵，這台機甲也不會有問世之日，畢竟無源之水。」

邵鈞卻反問：「那你怎麼會手工操作機甲的？」

柯夏笑了笑：「小時候我舅舅送我的玩具，一具小機甲，用外接鍵盤操作的，我玩了很久，還和同學對戰過。」

南特子爵……柯夏一說，邵鈞也想起來了，他是有一個一人高的機甲玩具，小時候他特別寶貝，誰都不許摸，連柯琳也不准摸，的確是有一個外部控制的裝置，他從前只以為是未來星際的兒童玩具，沒想到那居然是完全複刻的縮微機甲？

果然是財大氣粗，然而如今南特子爵，卻已扶持了一個假的柯夏小郡王出來，真的小郡王卻流亡在外，重病在床。

柯夏卻似乎沒有什麼更多的情緒在過去中，他只是隨手敲了敲，然後道：「還是多加強精神力的練習吧，手工操作，畢竟是一個過時沒用的技能——時間到了，我先下了。」身影淡化，然後消失了。

留下邵鈞一個人在機甲中，默默地看著手動鍵盤，忽然機甲艙門打開，古雷進來了，看到他點了點頭：「那小子走了？每天都剛好兩星時，一分不多一分不少，該不會他還是學生吧，被家裡管教得嚴。」

邵鈞避而不談：「您剛才也看到他的手動操作了？」

古雷點了點頭，長嘆道：「雙人操作是我之前的一個想法，機甲戰中，若是能源足夠，雙人操作多功能，應該會有出其不意的戰術組合，可惜真的設計了之後發現機甲戰士很難和另外一個機甲戰士配合……」

邵鈞卻出其不意道：「如果是機器人呢？」

古雷一怔：「機器人？機器人不行……實戰千變萬化，對上的又同樣是精神力敏銳強大的機甲戰士，機器人不行的……」他卻已經皺起眉頭，顯然開始深思。

邵鈞卻道：「不一定非要追求臨場反應，你也說了，可以提前設計出戰術配合，主控戰士做出什麼動作時，機器人便預做出同樣的戰術配合，最簡單的，假如遇到圍攻，主控對付主要敵人，至少機器人能夠做出一定的防禦以及攻擊次要敵人的操控。」曾經作為一名極度強調配合和服從的軍人，邵鈞太清楚戰術設計的重要了。

古雷喃喃道：「不錯，天寶載入了比一般的機甲更多的武器和功能，一個人操控本就不容易，如果加入一個機器人的話……只是簡單的識別敵人攻擊敵人應該可以做到……」他皺著眉頭，一邊沉思著，沒有繼續理會邵鈞，自顧自地陷入了自己的構思中，然後迫不及待地離開了演習室。

邵鈞看著他沉迷其中的背影，忽然微微覺得一陣恍惚迷惑，他們究竟在做什麼？就算古雷改裝成功，他也找不到合適的人來啟動那具實體機甲吧？

都是在做無用功嗎？

一個執著於沒有能夠成功啟動過的所謂「新能源」機甲的設計師，一個已經此生可能再也不能真正操控機甲卻仍然沒有放棄機甲的默氏病人，還有一個沒有身體，朝不保夕，卻還想要學一個過時的手工機甲操控術的機器人……

明明已經身臨絕境，卻始終沒有放棄。原來他們從某種角度上說，居然是同一類型的人。

邵鈞離開天網的時候，仍然有些搞不明白一貫目的性強行動力強的自己，最近究竟在做什麼。

第二天的清晨，柯夏是被清新的薔薇花香喚醒的。

邵鈞不知道去哪裡弄了一束薔薇花插在床頭，粉色的花瓣層層疊疊地挨擠在花瓶中，十分熱鬧。

柯夏幾乎有些期待這個機器人每天的晨讀時光了，似乎他的花樣不少。機器人解釋：「鈴蘭帶回來的，歌迷送的。」

柯夏眸光閃動，那個女孩，她的危機真的渡過了嗎？他並不樂觀，哪怕是帝國，高層糜爛開放，皇帝甚至有公開的情婦，卻絕不會有人願意公開讓歡場女子進入自己的門第，與歡場女子交際，聘請歡場女子為自己做事，也不會有任何一家大品牌，敢請歡場女子來為自己代言——是的，輿論會同情她，歌迷會憐惜她，但是利益卻會讓所有人避開她——無論帝國還是聯盟，世情如此，從無例外。

邵鈞扶起他，問他：「雖然有人工紫外線補充，屋裡空氣循環也不差，但是醫生還是建議第二階段的治療，最好能推你出去散步，你願意出去嗎？」

邵鈞看著柯夏緊緊閉上了雙眸：「如果你願意出去的話，就睜開眼睛，閉兩次眼睛。」

柯夏完全沒有睜開眼睛的打算，他的自尊心強到無以倫比，完全沒辦法接受陌生人那些同情、好奇的目光。

邵鈞沒有勉強他，只是打開了星網，為他讀早報新聞。

之後給他灌食，輕輕按摩後繼續放入虛擬艙內，看著他連上了天網，觀測指標一切正常後，他打算也跟著進入天網，畢竟他對柯夏的機甲課著實頗有興趣，也很希望能再多接觸機甲，哪怕是虛擬機甲，也是非常珍貴的機會。

然而他卻接到了歐德的來電：「杜因，今天有空嗎？風先生有事想見見你。」

邵鈞遲疑了下：「我今天有兼職。」

歐德聲音頗為懇切：「放心，風先生不會虧待你，關於你表弟的事，風先生希望能幫助你。」

邵鈞心裡卻湧起疑雲，但電話裡不好詳細說什麼，他只約了時間地點，看了看沉睡在天網虛擬艙裡的柯夏，換了外套出門。

鈴蘭在廚房忙碌著，她穿著簡單的藍裙，圍著圍裙，彷彿只是個普通的鄰家姑娘，原本圓潤的臉微微還是瘦削了些，看到他衣著整齊出來，問道：「杜因大哥要出去嗎？」

邵鈞點了點頭：「有些事要出去，妳今天不用工作嗎？」

鈴蘭臉上掠過一絲陰霾，但仍然維持著笑容：「不用，公司讓我放了一個月假，等過了這陣子熱度下去就好了，您放心出去吧，我會注意關照夏的。」

邵鈞心中微沉，知道鈴蘭的危機怕是沒那麼好度過，但他們都太忙，沒有時間讓他們消沉憔悴自怨自艾。

他臉上沒有顯露出異常，只是點了點頭，如平常一般吩咐道：「密切關注機器人看護，不是必要，最好不要進去看他，他還是不想見人。」

鈴蘭笑道：「好的，你放心。」

Chapter 61 間者

花間風這次約見的地點，是一棟郊外的別墅，歐德親自出來開門將他迎了進去。整個房子都是木質結構的，連地板也是，打掃得一塵不染，穿過客廳，是一個秀緻的庭院，庭院裡砌著精巧的山石假山，山上栽種著姿態優美的矮松，從松樹間穿過，便看到一個靜謐的湖，湖上修建著木製迴廊，通往更深的房間。

歐德引領著他走上回廊，走廊邊的燈是一朵一朵的蓮花燈，散發著柔和的光澤。

在令人心情安靜的潺潺流水聲中，邵鈞一路走了進去，到了一間幽深的房舍，歐德將古樸的門簾挑起，請他進去，自己卻守在了門外。

房間裡光線柔和，牆上掛著一幅一幅的字畫，牆邊屏風上繡著一群正在飛翔的白鶴，屋內有著低矮的坐榻和矮几，榻上是雪白的麻質墊子，屋裡有一種沉澱了許久的松柏香籠罩著，花間風就坐在矮几的後頭，抬眼看他。

他今天穿著十分隆重，從袍子衣領上能看出數層布料，但每一層都極為輕薄，最外一層的衣袍柔軟光滑，穿在身上顯示出優美的絲光，應該是極昂貴的布料，繡著十分精美的朱紅色雀鳥以及綺豔靡麗蓮花花瓣，長長的頭髮漆黑光亮，整齊地梳理了束在背後，他正伸著手倒茶，雪白乾淨的內袖裡伸出一隻光潔秀緻的手，眉目平靜，倒茶的手很穩，動作是那種經過自小訓練調教過的雍容優雅，其實他這個打扮和他平日裡寬袍大袖麗妝示人的造型差不多，但同樣是臉上那些穠麗的花紋，在微微有些黯淡的燈光下，這一刻卻彷彿是神祕高貴的花徽。

那個輕佻浮躁吊兒郎當玩世不恭的敗家大少已經消失不見，面前的人，是擁有著深厚底蘊的世家子弟，那些古老而神祕的世家總有著與眾不同的氣質以及累世積累下來的優雅和高貴。

邵鈞走上前，花間風替他倒了一杯茶，抬眼看他，嘴角含笑，聲音溫和：「請坐。」

邵鈞坐下來，沉默著接過茶杯喝水，和平日完全不一樣的花間風讓他知道，今日這個會面非比尋常，但他仍然一言不發，直到花間風放下壺，凝視著他半晌，笑了：「許久不見，你還好嗎？你表弟身體好些了嗎？」

邵鈞沒說話，一雙眼睛看向他，花間風被這樣一對和自己一模一樣的眼睛看過來，忽然微微有些失神，過了一會兒才又笑道：「好吧，我還是直接說來意吧，我知道你的表弟患了大病，我願意為他支付所有醫藥費和生活費，只需要你幫我一個小忙。」

邵鈞依然一聲不吭，脊背挺直，一雙漆黑的眼眸依然凝視著花間風，沒有放過他臉上肌肉的一絲變化，他的眼神若有實質，花間風感覺到了之前從未有過的壓力，這種被洞察一切的壓力甚至讓他有一絲的退縮，這讓他不由有些驚詫，畢竟這可是從前默默無聞在自己身邊的平凡助理所不具備的。

他微微瞇了瞇眼睛，柔和的燈光裡，睫毛陰影落在眼瞼上，彷彿一隻蟄伏的野獸：「簡單的說，我需要離開洛倫去做一件事，這件事需要瞞著許多人，因此在我離開的期間，我需要公眾們仍然看到『花間風』一直活躍在洛倫。」

他看向了邵鈞：「你是最佳人選，除去相貌，你在我身邊工作也有一段時間了，熟悉我的舉止，要扮演我其實很簡單，只需要不斷的接戲，演戲，活躍在公眾前就可以了。你放心，沒有生命危險，我聘請了最專業的保全團隊，歐德也會在你身邊協助你提醒你，最關鍵是——」

他嘴角浮現了一個薄涼的笑：「除去這浮誇的妝容、浮誇的性格舉止，沒有人熟悉我，也不會有人識破我，你甚至可以任性的、隨心所欲的，非常容易扮演我，放心，絕對不會讓你做任何違法的事情，你想怎麼樣就怎麼樣，甚至能動用我目前所擁有的財產。事結以後，我可以給你和你的表弟一個合法光明的身分，讓你回到原來的身分和生活，如果你不想待在洛倫，可以選別的城市，我會提供足夠讓你們生活的保障。」

他微笑而篤定地看向邵鈞：「這事真的不難，時間大概是兩到三年的時間，足夠你表弟治好病，回到校園，這個交易不錯吧？我們可以簽訂合約，甚至可以讓你預支醫藥費，條件很豐厚。」

邵鈞抬眼看他，將杯子裡的茶一口飲盡，淡淡道：「對不起，我拒絕。」他站了起來，毫不猶豫地轉頭就走。

花間風抬頭，顯然十分意外，但仍然及時應對：「知道了這樣的祕密，你還敢拒絕——你不怕走出去，就被我滅口嗎？」

邵鈞站住了，淡淡道：「殺了我你能得到什麼？」他的聲音也篤定到了極點：「你將長期離開洛倫，對這裡的局勢完全失去掌控，你需要心甘情願的扮演者，威逼達不到目的，殺了我除了麻煩你什麼都得不到，既然我是最佳人選，除了利誘你別無他法。」

他還有一張底牌，他這具機器人的身體，當揭開的時候，對方一定會吃驚而忌憚，因為既然是機器人，背後必然有主人操縱。唯一的弱點是柯夏，但一旦對方知道自己是機器人，就不會對柯夏輕舉妄動。

但這其實是在不得已的情況下揭露自己身分的底牌，但如今他卻不能被對方牽著鼻子走，這是一場要命的博弈，不能落入對方的套路。

花間風握緊了手裡的半透明的玉杯，笑了聲：「隨便一個整容手術，就能做出和我一模一樣相貌的人來，不知道你的自信在哪裡。」他的確不明白對方的底氣從何而來，但他身上的氣勢太淡定了，他從來沒有在他身上感覺到一絲精神力的波動，冷靜，沉默，不動如山。

這個已經在自己身邊工作這麼久的助理，甚至還救過他，有著不俗的身手和巧合的長相，明明已經查了又查對方的底細，對方如今又是如此糟糕的境況，隨便一個普通人應該已經在這生活的重擔和命運的戲弄中疲憊、脆弱甚至崩潰，他卻還是沒有看到他低頭，退步過，甚至連一絲軟弱狼狽的神色都沒有，他究竟是什麼人？他真的有如此底氣？他背後真的沒有別的勢力嗎？而自己選這麼一個看不透，控制不了的人做替身真的做得對嗎？他同樣也選了一步險之又險的路，他甚至承受不了賭輸後的後果。

邵鈞沒有回答，直接往門外走去，眼看就要走出房門外。

底線已經被人看穿，花間風終於失去了之前的淡定：「可以問問拒絕的原因嗎？」對方是在以退為進，爭取更大的利益，他明明看穿了對方，卻不得不隨對方的意。

邵鈞道：「第一，我從來不信有白給的好事，好事背後必然需要付出代價；第二，我不和無法彼此信任的人合作，在風險高的任務裡，一個錯誤的資訊就能導致死亡。」

花間風笑了聲：「好吧，是我不坦誠了，請您坐下來，我再解釋一下前因後果。」他聲音裡終於帶上了認真和誠懇：「杜因，我需要你的幫助，也請你相信，這是一個雙贏的局。」

邵鈞終於轉身，重新坐了下來，花間風重新審視著跟前這個黑戶助理，緩緩開口道：「我們花間家族，世代都是最優秀的間者。」

邵鈞心裡一震，雙眸望向花間風似笑非笑的眼，知道這家族祕事，今天自己無論如何都只能接受這個任務了。雖然之前就已知道今日之事就已不能善了，他只能以退為進爭取更多的利益以及知道更多的真相。但如他所說的，當不得不接受一個高風險的任務時，他必須盡力掌握最齊全最真實的資訊，必須保證自己和合作對象是暫時可以信任和交託的。

花間風再次掌握了話語權，心裡卻並不輕鬆，雖然面上的神情依然是悠然的：

「花間家族有嫡四系，即青龍、白虎、朱雀、玄武四嫡系，每一代都是純血，我們有著代代相傳的傳承技藝，偽裝、隱匿、潛伏、挑撥、色誘、威脅，也因此花間家族得以屹立不倒，並且累積下驚人的財富。每一代的族長，會輪流在這四嫡系中的候選人中產生，選拔的條件，就是完成族長挑戰任務，完不成的，則失去繼承資格，由下一個嫡系的候選人來參加任務。」

「按順序，下一代族長輪到朱雀了，我就是朱雀這一代的嫡子，只要我能完成族長挑戰任務，就能夠順利繼承族長，掌握世人難以想像的權柄和財富，如果我完不成，那就會由另外三支嫡系的候選人來挑戰。」

花間風輕描淡寫地述說著，聲音低柔，彷彿不是再說一個黑暗中延續了數千年的古老家族的祕事，而是在說一個風趣的故事一般：「每一個族長挑戰任務，都由長老們精心擬定，投票選出，任務必須有可行性，並且必須對聯盟有著巨大貢獻。」

他微笑了下：「其實也就是為聯盟當政者做的投名狀，由做出最大貢獻的人來擔任花間家族的族長，有利於與聯盟當政者締結更牢固的利益關係，並且延續家族。花間一族數百年的延綿生息，全靠私底下替當政者做了許多見不得人的事撐起來的。」

花間風看向邵鈞：「這一次的族長挑戰任務，在帝國，具體的任務內容，恕我不能再透露更多了，畢竟這與我們的交易內容無關。族長挑戰任務何時開始、內容等等都是完全保密的，僅由執行任務的候選人自主決定，即使是下達任務的長老也完全不能干涉和知曉，其他三嫡系的人也只會在任務結果出來的時候才知道詳細的任務目標和挑戰結果，畢竟他們可是族長的競選者。雖然族規不能自相殘殺，但是每一代的族長挑戰任務，幾乎都伴隨著鮮血和背叛。」

花間風雙眸閃動著光：「族長挑戰任務可以自行放棄，我需要一個人在公眾面前營造一個我還在聯盟的形象，這並不僅僅是掩護我的身分不被帝國人發現，其實更是為了迷惑其他候選人以及藏在暗處的敵人，讓他們以為我已經決定放棄任務，也就是說你扮演的這個角色需要連花間家族的人都要一起瞞過去。」

「你的安全會受到和我一樣級別的保障，我之前扮演的角色任性隨意，這也給你留下了扮演的空間，你只要化好妝，穿上那些誇張的衣服，每年拍個兩部片子，保持在公眾前出現的機率，就足夠了。任務完成後，我個人會保障你和你表弟的安全，可以給你提供基因面容改造手術，讓你更名，擁有一個全新的身分。」

「當然，假如我回不來……」花間風面容平靜：「你可以繼續一直用這個身分，你可以擁有我的所有財產，我只希望你能照顧一下我妹妹，任務失敗以後，我和花間雪這一系，就會自動被從嫡系序列中刪去，每年在基金會中領取一些生活費，慢慢淡出人們的視野。」

「那麼，我說得夠清楚了吧？」花間風看向邵鈞，面容平靜：「你還需要考慮一下嗎？」

邵鈞沉默了許久，才道：「你早就計畫許久了？花間財閥相對於其他世家，要低調許多。我猜，你們家族其他候選人，平日裡肯定極少現身於人群前，畢竟最優秀的間者都是默默無聞的人，而你卻一反常態要站在公眾前，扮演一個張揚的明星——上一次大峽谷，也不是意外，那個時候就已經有人對你動手了是嗎？」

花間風坦然：「是的，公眾面前活躍的明星其實也有個好處，沒人能正大光明的暗算，族規擺在那裡，之前我只是想讓親信去整成類似我的容貌來扮演我，但是見到你以後，我覺得你更合適。當然我也對你和你表弟之間進行過多方面的考察瞭解，畢竟你和我長得實在太相似了，令人難以相信這是個巧合。我應該可以相信你吧？」

邵鈞皺緊了眉頭，看向花間風，花間風微笑著，目光清澈，態度誠懇，他已經坦誠道出一切，任務的確有風險，但卻是邵鈞能夠完成的，除此之外還能順便照顧病重的表弟，這樣豐厚的條件，應該不會有人拒絕。

邵鈞忽然站起來，毫不猶豫地往花間風臉上揮了一拳！

Chapter 62 交易

這一拳實在太重，太突然。

花間風側過臉，噗的一下吐出了一口血，裡頭掉落了幾顆牙齒。

邵鈞緩緩道：「這一拳，是為了夏的基因病，為了鈴蘭所受的侮辱。」

柯夏身為皇族，產檢以及出生，必然經過仔細的檢查，因此他明明應該只是帶因者，怎麼會忽然發病？而前陣子突然漲價的基因藥，還有忽然爆發鈴蘭的黑歷史，都是為了進一步將自己和夏逼到困境，這一切，都不過是為了驗證自己和夏的身分，以及更好的控制自己。

花間風拿出了一張雪白的絲帕，緩緩將自己嘴角的鮮血擦掉：「一點誘發基因病的藥，在劇烈運動中能夠加速作用，誘發人所潛伏的基因病，我也不知道他潛伏的是如此罕見的基因病——聯盟元帥你知道的，他的女兒露絲，和你表弟同一班，也是中了這招，她的基因病是哮喘，好治，但也到溫暖的地方去養了好些年才恢復正常，布魯斯身體有病，無法再生育，才無論如何都保住了這個女兒，這也是豪門常見的手段了。」

「藥價和鈴蘭的事，也都是我安排的，我需要完全確認你們背後沒有別人，你出現的時機實在太巧合。」

這樣一個前途有無限可能的少年，完全沒有防備的被人計算成功，在床上無知無覺地躺著，只能靠相依為命的表哥賺錢治病，等接受基因治療以後，他能治好潛藏在基因裡的病，然後憑著他卓越的精神力可能還能成為別的領域的佼佼者，卻幾乎再沒可能駕馭機甲。沒有人會拿一個精神力如此卓越，一個優秀機甲戰士的未來來做陷阱，花間族的所謂族長，都比不上那少年所應有的潛質和未來。

也因此，花間風才相信眼前這個和自己長得一模一樣的人，的確是出於巧合，也才能夠放心地繼續。他沒有道歉，他不做沒有意義的事。

邵鈞已經明白過來：「機甲賽期間他同學送的薔薇香水。」那彷彿白薔薇王府裡清晨盛開的薔薇花香，讓他一次又一次的使用，機甲運動是極為激烈的運動，在那取得榮耀的一場場機甲賽中，陰影中的魔爪已經探在了他身上。而這一切，僅僅只是因為自己長得和花間風相似從而引發的試探和考驗。折斷這樣一個少年最璀璨的翅膀，然後在他們最窘迫的時候，提出難以拒絕的條件，用來換取他們的忠心和感激，無論到了哪裡，都有這種居高臨下玩弄人心，噁心的所謂貴族高門。

邵鈞盯著花間風，一動不動，心裡計算著將他殺死會有什麼後果。

花間風不由自主地迴避對面那人的目光，心中苦笑，從這樣黑暗以及人人討厭的家族中誕生，又不得不去爭取族長之位，自己不是早就應該拋棄良心這種東西了嗎？為什麼在這個衣著簡樸地位卑微的黑戶跟前，他竟然感覺到了膽怯？對方甚至連一句譴責的話都沒有出口，只是冰冷地看著他而已，但那一股完全掩蓋不住的殺氣，讓他甚至有了一絲後悔和怯懦，對方甚至在這個應該極其憤怒的情形下，仍然一絲精神力都沒有外洩。

他神色複雜：「如果完成這個任務，我還能活下來的話，算我欠你和你表弟一個人情，我一定盡我所能還你這個人情。」能完成任務，自然就是族長，一個千年潛伏在黑暗中的間者家族，所能夠調動的人力及財力，那是完全不可想像的，這樣家族的族長的許諾，當然是常人不可求的。

邵鈞面容冰冷：「我同意扮演你的替身。」

花間風不由自主鬆了口氣想表達出一個微笑，但臉上傳來尖銳的疼痛卻讓他擺出了一個頗為滑稽的表情，邵鈞卻繼續道：「但是，我不能代表我表弟的那一部分。我同意扮演你的替身，用來換取給他最好的醫療設備和治療，保障他的生活，但我卻不能代表無辜受到連累的他來接受你的承諾。等他病好恢復後，等你任務完成回來，我會原原本本告訴他，讓他自己決定，是原諒你接受你的人情，還是不原諒。」

邵鈞冷冷看著花間風：「我只想告訴你，假如他不原諒你，那我會為了他，不顧一切，用盡所有手段來報復你。」

他面容仍然平靜漠然，花間風卻知道面前這個人既然說了，就一定會做到。

按常理，就算那個夏柯知道自己今天所受的這一切是被人暗算的，那已經是既成事實，是個聰明人都會選擇接受事實，接受一族族長的許諾能給他帶來的實惠，至少一世衣食無憂是沒有問題的。

花間風深深地向對方施了個禮：「歐德會協助你，他知道一切，其餘所有的人，包括我妹妹，包括你的那位表弟，請都不要透露我任務的細節和家族的祕事。」

邵鈞嘴角浮起了一絲冰冷的笑：「成交。」

花間風輕輕拉了下座椅旁的鈴鐺，發出了清脆的聲音。

門簾掀起，歐德走了進來，目光落在了花間風青腫的臉上，臉色頓時一變，花間風卻擺了擺手讓他不必介意，交代道：「我今晚就走，一切都交給你了，住房，你表弟的治療安排，以及下一步的拍片計畫等等，都有歐德替你安排好，你一切交給他就行。」

歐德送了他出來，帶著他上了飛行器。大概因為他打了花間風的原因，他的語氣也很冷冰冰：「這裡整座山都是花間家族的產業，人跡罕至，建議你將你表弟送過來這邊安置，我已經安排了高端看護機器人以及簽訂了保密協定的工作人員。每次可以派專人去接醫生過來看診。當然，為了保密，建議你們和鈴蘭分開居住，你租住的那間小公寓，我們已經買下來，可以讓他們姊弟繼續在那邊居住。」

安排得很仔細周到，顯然一直認為他們會接受這些條件。邵鈞一言不發，看著窗下，隨著飛行器飛高，那些精心修整的庭院漸漸遠去，忽然道：「可以搬過來，但是庭院要修整一下。」

歐德一怔：「啊？怎麼修整？」

邵鈞淡淡道：「這些矮樹不好看，我不喜歡，全鏟掉，庭院裡全部種上薔薇花，要白色的，而且要全開花，主臥也要改，傢俱全換掉，換成雕花銅床，床品全白色，窗改成落地玻璃大窗，白色蕾絲窗紗……」

歐德不知道做出什麼神情，臉上肌肉幾乎扭曲了：「那些松樹一株幾百萬……」

邵鈞一副又怎樣的表情看了下歐德：「三天後我們就搬過來，應該有足夠時間讓你換掉這些了，對了，要讓花全開好了，這對你們不難吧。」當年的白薔薇親王府，四季花常開，以現在的科技，肯定沒問題。

「湖水上的蓮花太少了，多種些睡蓮，走廊上的燈太暗，換成電子感應燈。」

「種滿白薔薇？」花間風爆發出大笑，牽動了臉上的傷口，一邊捂住半邊臉，一邊仍然忍不住胸口起伏著笑咳起來，歐德一邊用絲巾裹著冰塊替他冷敷，一邊吐槽：「不知道什麼品味……」

花間風又笑了一會兒才道：「按他說的做。」

歐德有些不平：「那些黑松，一株幾百萬，移栽不易。」

花間風正色：「歐德，不要小看他們，他們不是一般人家出身，不要以為他品位低俗，他其實就是心裡不痛快罷了，讓他出出氣，心裡舒服些也好。薔薇花是他表弟喜歡的，把黑松都移栽到後山吧，小事情罷了。」

歐德一怔，花間風道：「你知道嗎，不過是幾句話，他已經完全知道了那些事都是我們做的——我還是第一次這麼被動。」

歐德停下了手裡的動作，有些吃驚地抬眼看花間風：「他表弟的病？」花間風將臉上冰敷的冰塊放回清透的玉盆中，拿起浸在水中的濕毛巾，低下頭洗臉：「全部，包括他表弟的病，夜鶯的黑歷史，以及藥被抬價的事……」

花間風苦笑：「我明明占盡優勢，卻被他逼得攤開底牌。等我走了，你好好配合他，尊重他，他不是個好操控的人，無關大局的事，你儘量順著他吧。」濕淋淋的毛巾落入水中，紅色妝粉緩緩在水中滲出，花間風剛剛洗乾淨的臉上，白皙的皮膚光滑無暇，那標誌性遮擋面容的花紋已經被洗掉。

歐德低頭看著水裡沉浮的漸漸融化的冰塊被紅色的妝粉染紅，低聲應道：「是。」

花間風將頭上的假髮取了下來，一頭長髮已不知何時剪成了短碎髮，那些穠豔的麗妝和花紋洗去後，之前的成熟神祕也被一掃而空，乾乾淨淨的臉上瞬間多了幾分稚氣，因著剛洗過臉，睫毛還濕漉漉的，漆黑的眼仁看人的時候也多了一分怯弱，氣質和之前已經迥然不同。

花間風看著歐德，過了一會兒才低聲道：「委屈你了，我一定能回來的。」

歐德沉默了一會兒，才輕聲道：「請你也放心——我們等你回來。」

三天後，庭院裡果然種滿了盛放的白薔薇，從主臥寬大明亮的玻璃窗看出去，溫暖的陽光下，雪白的薔薇花瓣彷彿也散發著柔光。

邵鈞摸了摸床上柔軟的真絲床品，邊緣全是手繡極為精美的花紋，終於稍稍表示了些滿意，歐德道：「考慮到是長期臥床的病人，因此使用了是特製的床，床頭隨時可以調整傾斜度，還有其他配套治療的醫療設施，全部都整合在床頭內。」他熟練地按著床頭的按鈕演示所有功能。

他顯然也看出來了，邵鈞一切都只為他那表弟著想，從前看著脾氣好，什麼都不在意，但他表弟的一切，都要最好的，因此這一次的別墅改造，也全圍繞著那個叫夏的表弟的需求設計。

「別墅內的所有房間以及走廊等等都是方便輪椅行走的，湖邊也加上了護欄以確保安全。另外考慮到病人將來的養病和復健，專門設置了視聽室、復健健身房、遊戲室以及會客室等等。」

「主人房內所有的工作都由智慧型機器人完成，中控系統名為『蓮花』，你可以聲音控制，前山的小樓住著保鏢、廚師以及管家、維護工人、技術工程師、司機以及常駐家庭醫生等，不經允許不會隨意踏入別墅內，但只要你有需求，隨時可以通過蓮花來呼叫聯絡他們，有什麼不懂的統統可以問蓮花，或者打電話給我。」

歐德伸出手做了個示意，幾個機器人靜悄悄地轉了出來，他們都是雪人造型，外形分外圓潤親和，表面材質柔軟細膩，圓滾滾的腦後以及雪人身軀上都標著編號，顯然是它們的代號。「都是裝載了最新人工智慧的專用醫學看護，你可以吩咐它們做任何事情。」

邵鈞轉眼看了看歐德，問了句：「是風先生在的時候就這樣，還是新規矩？」

歐德道：「風先生在就是這個規矩。」

邵鈞點了點頭，心道難怪是門者世家，看這情況，很可能外頭的工作人員一輩子都不會見到主人，真是社交恐懼者的福音，不過這樣真的很適合他們現在的情況，柯夏不願意見外人，這個空蕩蕩卻有著完善的智慧家居中控系統以及最先進的看護機器人的別墅，太適合他養病了，還能在絕對碰不上人的庭院裡曬曬太陽散散步。

歐德看出邵鈞的滿意來，也鬆了一口氣：「那麼明天搬進來後，我們再商量工作的事？」

邵鈞點了點頭，回去了小公寓，先和鈴蘭、布魯說了要搬走的事，又說了這小公寓已經買下來，可供他們一直居住下去。

鈴蘭十分意外，但還是真心實意地祝福他們：「要去別的地方養病了嗎？這是好事……經濟上沒有困難了吧？」她沒有細問為何邵鈞忽然就彷彿經濟寬裕，畢竟這兩人一直以來的言談舉止，就不是底層出身。

布魯咬著唇一聲不吭，雙眼通紅，半天憋出一句話來：「既然有辦法，為什麼不早說？害得……」

鈴蘭打斷了他的話：「夏一定會很快好起來的，將來我們還能見面吧？」

邵鈞溫和道：「會的。」他看了眼鈴蘭，將之前她的卡還回去給她：「這是妳的卡，妳可以考慮一下要不要回到學校去繼續學業。」

鈴蘭接過卡，垂下睫毛，忽然又笑了：「不了，我覺得這條路很合適我，公司對簽約的藝人有免費的課程可以去上，這段時間我選了不少課，跳舞、聲樂——還有表演，下一步我可能會往表演方面轉型，公司的意思是，最近風頭上，再出唱片銷量會低，不如先低調地去拍一些網路劇，保持曝光率，也算是多一條路。」

邵鈞深深看了她一眼，知道她其實基本已經算是被半冷凍，一個才華卓絕的歌手，去演戲，還是從來沒有演戲過，怎麼可能？只是娛樂公司還沒有賺回簽約的錢，繼續出唱片肯定是血本無歸，索性乾脆借著她目前的黑歷史熱度讓她去拍片，她身上話題度高，一些小片子可以借機賺取話題度，而娛樂公司也可以借機從片酬收回本錢。但是想也知道，鈴蘭去拍片，那肯定都不會是什麼好角色，怕都是一些不堪的角色，肯定也會被劇組排擠。

然而鈴蘭什麼難處都沒有說，明敏如她，早已知道生活一直是這麼難，但邵鈞的目光仍然讓她覺得有些承受不住，她聲音微微發了抖：「您放心……還有什麼比過去更差的呢？在基貝拉街裡什麼人都接，只要有錢就行，所有的人都可以任意侮辱，沒有身分，生病後只能在床上爛死。現在不過是那些高高在上的上流階層的人們，發現了我們這樣的下流胚子混進來感覺到不屑，很快他們就會忘記了，我們無論如何都已經比過去更好，我和布魯，會一直感謝你們將我們帶出來。」

邵鈞道：「不是我們，是妳自己的努力和天賦。」他看著少女明敏智慧的雙眸，重複了她之前說過的話：「別低頭，皇冠會掉。」

他相信這個堅強的女孩，會抓住每一次機會，躍出命運給予她的深坑，而他也還有太多的事要做，他們都有太難的路要走，無論是柯夏那見不得光的身分，還是自己駭人聽聞的機器人身分，都不適宜和任何人朝夕相處，搬離公寓，是目前最好選擇。

他看了眼沉睡的柯夏，不知不覺，他與柯夏已經綁在了一起，其他人，都變成了過客。

柯夏沉睡著，肉身無知無覺，就被搬運到了新的別墅大床上，等他醒過來的時候，〇〇七正在拉起白色蕾絲窗簾，明亮的落地窗外，雪白的薔薇清香和著暖風徐徐吹入寬敞舒適的房間內。

彷彿回到了家一般。他許久沒有睡得如此酣暢甜美了，半夢半醒那種舒適的朦朦朧朧中，他恍然以為自己做了一場大夢，噩夢過去，自己醒了，父母還在，自己身體仍然健康，朋友等著他一呼百應，出門玩耍。

他喜悅的想要一躍而起，然後沉重的身體束縛住了他，他甚至連轉頭都做不到。

巨大的落差攥緊了他的心臟。

邵鈞轉過頭的時候發現他在哭，淚水落了滿臉，然後打濕了枕套，他連忙過來拿了絲巾替他擦臉，淚水卻拭之不盡，只能笨拙地安慰他：「我換了個工作，和朋友借了一棟不住的別墅，讓你養病。克爾博士說你要開始第二階段的治療了，這個階段的治療很重要。」

柯夏淺金色的睫毛濕得都貼在了一起，瓷白的肌膚上被淚水打濕，卻連胸膛的起伏，一般人的哽咽、鼻息的抽泣全都沒有，只是一動不動地往外安靜地流著淚水。這樣子實在是可憐，邵鈞最後也說不出什麼話來，只靜靜抱著他許久，等著他平靜下來，心裡想著心理醫生的治療還是得放上日程了。

然而現在最重要的還是先將克爾博士接過來，儘快開始柯夏的第二階段治療。需要做的事情太多，等柯夏的病情穩定，他就該履行約定，好好扮演花間風了，拍戲的話……還能兼顧在天網替那群孩子上課嗎？按從前花間風那種隨性的拍法，應該可以吧……

邵鈞皺起眉，心裡一項一項地規劃著，等柯夏平靜後，有條不紊地給他灌食，按摩，和克爾博士預約時間，安排了司機過去接克爾博士，再算著時間放柯夏進入了虛擬艙，隨後自己也連入了天網。

柯夏已經到了課堂上，有條不紊地在上課，語言不疾不徐，顯然思路清晰，目光明亮，明亮寬敞的課堂中，金髮少年舉手投足都輕而易舉地俘獲了下頭孩子們的心，完全看不出三十星分前，這孩子剛剛情緒崩潰過。

邵鈞默默地離開了教室，去找艾莎。

「要改格鬥課的時間？」艾莎吃驚道。

邵鈞點了點頭：「實在對不起，現實生活中有事，上天網的時間很不規律，格鬥課，大概只能每週一次到兩次，我可以提前和你預約，之前領取的課酬，我可以退回，作為違約的代價，等你們聘請到新的格鬥老師……其實我還是那句話，格鬥訓練，還是在現實生活中訓練較好……」

艾莎笑道：「能提前預約時間就好！我們不會換老師的！還請您繼續教下去……」她十分懇切挽留：「鈞先生，我們這些人，想必您也知道了，我們學的都是殺人的手段，旁門左道，還傷身體，並不適合教孩子，您的格鬥術我觀察許久，正統而且系統化、理論化，您是我們這些年找到最合適的教師了，請不要推辭。」

她一邊拿出了一個小小的硬碟：「這是古雷先生托我轉交給您的，說是您要的機甲手動操作程式，您可以在現實生活中接入任何一個虛擬機器甲鍵盤來訓練，鈞先生，您和夏先生，是我們這些年找到最合適的教師了，這些孩子——如果失去你們，大概真的就一直爛下去了……」

她目光柔軟，邵鈞有些無奈，加上其實也想著在天網裡還是需要更多關注柯夏一點，只好點了點頭：「好吧，我儘量爭取。」

「哭過？哭出來是好事，情緒的宣洩比壓制好，病人不排斥的話，可以儘快在天網裡去看心理醫生。」克爾博士從去接他的飛梭中下來，先被庭院裡盛開的薔薇震撼了下，然後隨著出來迎接他的邵鈞往內院走去，邊走邊聽邵鈞介紹情況。他打量著庭院和房間以及機器人，十分滿意道：「這環境很不錯，保持心情舒暢，儘量滿足病人的需求。」

進了房，他檢查了柯夏的各項指數：「從指數上看不錯，可以開始第二階段治療了，還是應該儘快開始治療，否則對神經復健不利。」

「只是要有心理準備，」克爾博士低頭看到柯夏睜開了眼睛，溫聲提醒：「第二階段治療的後期，隨著神經系統漸漸康復，會疼，疼的程度每個人都不一樣。但是，神經痛真的是最難捱的一種痛，很多止痛藥到後期不太有用——另外止痛藥對精神力有不良影響，很多人不願意用。而往往精神力越高的人，對疼痛就越敏感。」

柯夏只是一直平靜地看著克爾博士，似乎完全沒有被那描繪的痛苦嚇到。克爾博士微笑：「堅持一下，療程雖然比較長，但是一個多月後你就可以重新恢復知覺了，你們經濟狀況改善，我們能夠選擇最好的治療方案和復健方案，經過復健，你很快就能恢復行動了。」

真相是復健需要非常漫長，因為復健過程很痛苦，有些病人甚至用了好些年才能夠和常人一般的行走。但這個時候，克爾博士需要鼓勵病患，更何況他也非常高興這個病人經濟條件的改善，最好的藥，不管多昂貴，杜因先生眼都不眨的選擇效果最好的那種，這實在是讓主治醫生也感覺到了輕鬆，能選用最好的治療方案，這實在是默氏病患者中最幸運的人了。那些昂貴的藥，就連克爾博士調試的時候，手都不免發抖，而患者的表哥，卻淡定的一次採購了整整一個療程所需要的所有量，以確保不會斷貨影響治療。當不需要考慮患者的經濟狀況時，治療變得更純粹，一切都只需要挑選最好的。當然，至於病人為什麼忽然有這麼大的經濟改善，這些是病人的隱私，他作為醫生完全不在意。

在第二療程開始前，邵鈞還是讓柯夏又連上了一次天網，因為克爾博士專程提醒過，涉及到神經的恢復，接下來有可能隨時會停止接入天網。

邵鈞以為柯夏會去俱樂部那邊辭掉教師那個職務，畢竟他一開始似乎也只是為了錢更多一些，沒想到柯夏卻拿出了幾個錄好的授課影片給俱樂部，告訴他們自己最近現實生活事情較多，如果出現毫無預兆不能聯網的情況，就暫時用這些教學影片讓孩子們學習。他甚至不知道柯夏什麼時候錄下這些授課影片和教學內容，他上天網的時間那麼短，基本除了授課就沒多少時間了……

明明是個桀驁不馴的叛逆期孩子，卻偏偏有著完全不相稱的責任心，他大概還是真的挺喜歡這份職業的吧？如果病好以後，能不能考慮以後任教職？邵鈞和天下所有家長一樣，陷入了未雨綢繆中。

然後第二療程治療正式開始。

千金難購的藥瓶打開了，一滴一滴地經由點滴送入柯夏的靜脈內，克爾博士觀察了半個星時，看指標沒什麼問題，囑咐了邵鈞一些注意事項，就離去了，邵鈞吩咐司機同樣將克爾博士送回住處，才回到了主臥內，坐在了柯夏身旁，按克爾博士的要求，第二階段的第一次治療，需要密切觀察病人的身體變化，畢竟病人沒辦法表達和掙扎，每更換一種新藥，都需要高度審慎。

因此雖然有看護機器人，邵鈞仍然守在了柯夏身邊，每隔半個星時，就揭開被褥，解開睡袍，仔細檢查柯夏的身體、四肢是否有異樣，然後替他輕柔翻身，檢查背部的壓迫情況，防止褥瘡。在他第三次打開被子，解開柯夏的衣袍，伸手按壓他的肩膀胸膛時，柯夏忽然睜開了眼睛，和他四目相對，靜靜注視著他。

天氣極好，軟風送著花香，邵鈞和柯夏對視了一會兒，才想起自己應該說話，沉默寡言的機器人從前只需要接受命令，如今卻成了唯一打破沉默的人：「你第一次換藥，克爾博士說要密切觀察你的身體情況，如果有皮膚變色、手指腳趾僵硬，體溫下降、心跳加快、呼吸困難的情況，都必須要立刻停止用藥，聯繫醫生。」

柯夏緩緩眨了眨眼，表示知道了，這是他第一次在失去所有知覺後，在現實生活中對機器人做出回應，並且表現出繼續交流的姿態。

邵鈞心中微微放鬆，臉上露出了溫和的微笑，他將柯夏的衣襟掩好，又檢查過他的手足，他檢查得非常仔細，手指腳趾，一隻只手指都輕輕揉捏過去，甚至連柯夏的私密之地，他也不曾放過，輕拿在手心，仔細檢視，專注而慎重，彷彿在仔細檢查什麼珍寶一般。

雖然柯夏完全沒有感覺，但看機器人的動作以及注視的方位，可以非常明確地明白他在做什麼，他一向是知道每天機器人都會對他的身體進行按摩，但之前他一直拒絕交流，身體也完全沒有感覺，每次都是閉著眼睛和一具真正的屍體一般的無知無覺，他還是第一次看到機器人這樣檢查自己的身體，這具連自己都嫌棄唾棄的廢物身體，卻有人在珍視保養，一絲不苟——即便是個機器人，完全不帶有任何意圖的檢視，他那太過像人的面容和神情仍然讓他心裡有了一絲赧然……他心裡甚至有了一絲對聯盟禁止仿人型機器人有了一絲贊許，果然……還是那些圓滾滾的雪人機器人更讓他沒那麼尷尬。

等一切都檢查完，邵鈞抬頭看柯夏還在凝視著他，不像從前一直閉著眼睛拒絕交流。看來明亮寬敞的居住環境確實能改善心境，讓他願意交流，邵鈞心裡又是一陣寬慰，確認自己的選擇沒錯，便又輕聲詢問柯夏：「來點音樂吧？」

柯夏又緩緩地眨眼，邵鈞吩咐中控系統：「蓮花。」

屋頂的吊燈閃了閃：「您好，杜因先生。」

邵鈞道：「請隨便來點和緩輕柔的古典音樂。」

吊燈閃了閃，輕柔的潺潺流水聲流淌出來，期間間雜著鳥的婉轉鳴叫聲，偶爾一兩聲蛙鳴，頂級的音響令那些聲音彷彿真的一般，只讓人放鬆。輕紗隨著風輕輕擺動，轉眼就到了夕陽西下的時刻，點滴裡的藥水終於全部滴完，柯夏身體一切正常，沒有任何不良反應，邵鈞鬆了一口氣，小心翼翼地撤下點滴，然後看了眼窗外漂亮的落日餘暉，又看到柯夏難得地沒有閉上眼睛，便問道：「要出去散散步嗎？這個庭院裡沒有人，都是機器人，醫生說你該多散心，多曬曬太陽。」

柯夏竟然同意了，邵鈞彷彿怕他反悔一般，迅速地將他抱上了輪椅，調整好角度，將他從落地窗推了出去，

繁密的薔薇花苞和雪白花瓣墜滿了枝枒，庭院裡彷彿落了一層厚厚的花雪一般，風一吹來，花朵簌簌擺動，邵鈞推著他在花徑中緩緩行走，柯夏在輪椅上仍然是動彈不得，他看得到風吹著花枝搖曳，卻感覺不到風迎面拂來，他能看到天邊夕陽如血，卻感覺不到曬在身上的陽光的溫暖，他就像行走在人世間的行屍，腐朽地穿行。

機器人卻將輪椅停在了一處有花有湖之處，將輪椅稍微調整了角度，讓他半躺著，水汽和著花香軟軟薰了過來，他看到機器人將他的腳抬了抬，讓一雙赤足裸露在夕陽中，蒼白的肌膚被夕陽鍍上了一層暖色，淡青色的青筋微微凸起，機器人道：「讓太陽曬曬腳心，有好處。」

柯夏有些無語，卻看到機器人單膝跪了下來，將他一隻腳放在了膝蓋上，然後手中一閃，細細替他修剪起腳指甲來。

指甲嗎……這具什麼知覺都沒有的身體居然還在生長嗎？

哦對，有些屍體死去後頭髮指甲都仍然生長。

柯夏有些好奇自己的頭髮如今不知長到什麼程度了，機器人似乎沒有修剪過他

的頭髮。

他漫無邊際地放縱著思想信馬由韁，那中控系統還在忠實地播放著自然音樂，是風吹松濤的聲音，期間隱隱約約會有一種奇怪的器樂演奏，在空曠的庭院裡顯得遼遠曠闊，想必在一些地方埋了播放機，水面寬闊，波光粼粼，風行水上，果然讓人心胸頓開。柯夏看到湖面上還有著盛開的纖細蓮花，與薔薇頗有些格格不入，而湖面上一對黑天鵝款款從湖邊的垂柳枝條下游過，自得地豎起身子，在水面上扇了扇翅膀，彷彿伸了個懶腰，它的伴侶則伸出長喙，替它整理羽毛，遠處可見木製的回廊遠遠在湖面上穿過。

柯夏已經在心裡笑起來了，這是什麼東拼西湊的庭院造景？想來這別墅裡本就是這種質樸天然、樸素典雅之風，卻被機器人不知以何手段，生生將他的主臥外強行種上了大片永遠長不大的少女最愛的白薔薇，雪白蕾絲窗紗，以及富麗堂皇的黃銅床柱，以至於與整個庭院格格不入，景調不倫不類，品格更是瞬間惡俗起來。

柯夏看著仍在低頭剪指甲的機器人，心頭狠狠恥笑了一輪這沒有情趣品味的機器人，纏繞在心上的那點怨艾戾氣不知何時也淡薄了些，他心裡漠然想著，白薔薇王府，大概是永遠回不去了。

只有他的機器人，還在天真地為他營造這樣一片虛幻無用的慰藉。

他早就不是孩子了，繁華如夢，往事成灰，夢終究是要醒的。

只是不知道他到底是去哪裡忽然弄來這許多錢，總不會是將他自己賣了吧？他那身軀，倒還算得上是高級訂製人工智慧機器人，但貌似賣掉他，也還是買不起這樣一座庭院，用不起這許多高級機器人，支付不起那巨額藥費，更何況聯盟還禁止類人機器人。再說了，這機器人做得也不怎麼樣，相貌不過是清秀而已，誰會花大價錢買它？

所以真的是有人借給他的？這機器人木訥又寡言，還能交到朋友？是想利用他嗎？等自己第二階段治療治好了，就問問他，蠢機器人不會暴露了自己機器人的身分，有人想利用他去做什麼事吧？

完全想不通，但機器人穩重可靠的舉止讓他並不是非常擔心，柯夏在沙沙的風聲中，漸漸眼皮沉重，睡了過去。

等邵鈞放下他的雙足站起來時，他已經睡著，有幼細的薔薇花瓣落在他淺金色的頭髮上和身上，蒼白的肌膚彷彿帶著柔光，面容恬靜，彷彿邵鈞許久以前見過的西洋油畫中的女神，美得不似人間凡人，又脆弱得朝不保夕，邵鈞替他拂落碎花，將他抱回了床上。

Chapter 65 新戲

第二療程治療進度很好，邵鈞便安心地召喚了歐德，是時候扮演花間風了。

歐德拿了幾本劇本來，面無表情：「這裡有幾個劇本，你先選一選，不過因為上一部片和風先生配戲的女主角被黑得太慘，這一部戲，有些名氣的女星都不會和你合作，所以可以選些只有男人的戲……羅木生他也是這個意思，建議選特效好做的，以群像為主的。」

邵鈞翻了翻劇本，果然大部分都是以男人為主角的戲，有拍戰場的，有動作片，也有商戰片。

他拿著那戰場片多看了一會兒，歐德道：「真想拍機甲戲也行，就是投資太大了些，而且特效並不好做，還要花許多錢聘請相關專家和顧問，拍出來效果也一般，羅木生並不適合拍這種類型，他適合文藝片，我建議可以考慮炒作下同性愛，有話題度，容易炒作……」

邵鈞忽然若有所思看了眼還在正經分析的歐德，忽然說話：「其實花間風演技挺好的吧，畢竟家族專業，拍片要拍這麼爛，還真不容易。」誰的演技，能有用命來偽裝的間諜高？臉上有醒目紋身，演技拙劣，都是為了替身留出扮演餘地，自己開工作室，從來不接代言廣告，從來不接受採訪，則最大限度保證被人識穿的可能性。

歐德忽然閉了嘴，臉上表情一言難盡。

邵鈞又翻了翻那幾本劇本，總結道：「我理解你的意思了，你的意思是要拍的時候還是儘量控制投資規模，儘量壓低成本，不要用你家主子太多錢，然後人物越少越好，省得我被拆穿，但是拍出來又需要有一定的話題度，有社會影響，讓人覺得花間風還在聯盟，達到掩護的效果，對吧？」

歐德臉色難看地點了點頭，邵鈞將手上幾本劇本一扔：「這些都不行，你替我找個編劇來，我要訂製劇本。」

歐德幾乎嗆咳起來：「訂製？」

邵鈞淡淡看了他一眼：「不錯，而且我還要指定女主角。」

歐德臉色難看，已經想起來了什麼：「你要用鈴蘭？不行……」

邵鈞冷冷看了他一眼：「有什麼比花間風捧一個有黑歷史的歌后更有話題度？現成的熱度，花間風也不是在乎名聲的人。」

歐德啞口無言，過了一會兒才勉強道：「可是萬一鈴蘭認出你，說出去怎麼辦。」

邵鈞淡淡道：「放心，劇本我會處理，基本不會和她有什麼交集，而花間風這樣高貴的人，和她戲後不會有什麼交集的，再說了你家風先生的妝容裝甲可厚著呢，沒那麼容易被識穿的。」

他銳利的眼睛掃了一眼歐德：「這是你們欠她的。」

歐德被那鋒利眼神一掃，脊背竟然一寒，為了達到他們的目的，他們將那剛剛從泥沼中掙扎出來的少女又推入泥沼，若是個心理脆弱一些的，怕就已經輕生了，他默默無言，居然很快真的為邵鈞找了個編劇來。

邵鈞對編劇說了自己的要求，又盯著歐德去找了鈴蘭的經紀人說了合作意向，然後先放出了一輪炒作。

「傳夜鶯將與花間風工作室合作，目前項目劇本尚在製作中，未曾透漏具體內容，但知情人士表示劇本是為夜鶯量身打造，資金已到位，同時還聘請了聯盟頂尖特效團隊為電影做特效，此外據聞還和著名音樂工作室訂製了電影音樂，預計下半年可正式開拍。」

鈴蘭本來就是風口浪尖上的人，這一輪炒作更是掀起了腥風血雨，引起了全網嘲諷：

「花間風？是看上夜鶯了嗎？還真是嫌自己不夠黑啊！」

「是炒作吧，花間風這是想紅想得發瘋了吧，和一個出來賣的捆綁炒作？不過繼《最後的勇者》裡埃麗莎被全星網嘲，神格墮落後，但凡有些前程的女星都不會再和花間風搭戲了吧？能蹭到夜鶯的熱度也不錯了。」

「都說是出來賣的了，能賣個好價錢也不奇怪啊，畢竟花間風一向沒心眼的人設不變，夜鶯是歌手大賽奪冠的，去拍片哪能拍出個什麼來，呵呵。」

「心裡好難受，《最後的勇者》風先生明明已經有了不錯的表現，扎扎實實再拍幾個好劇本，一定就能紅起來，畢竟風先生不缺錢不缺機會，但是為什麼要和站街女一起拍片？還炒作？」

「說夜鶯是賣的也太搞笑了吧？花間財閥是什麼財力？不懂的上星網好好搜搜看，花間風從來不缺錢代言都不接的，想要什麼樣的美人沒有？他雖然演技不好，可從來沒有過緋聞和桃色新聞好嗎？夜鶯那麼好的歌喉，那麼美的歌聲，不過是因為生活所迫失足過，就不能有人憐惜她的才能拉一把？非要把人想得那麼齷齪骯髒。」

網上如火如荼的輿論在邵鈞意料之中，這樣的熱度正合花間風的要求，他完全不在意地關了星網，看了看時間，接入了天網。

下午是柯夏應該要去看心理醫生的時間，雖然早晨他提醒過他，但對方無動於衷的眼神讓他仍然不太放心，看著到了點還是抽空上了天網，第一時間查看好友列表。

柯夏果然在線上，但卻沒有在心理治療所，而是在俱樂部裡。

邵鈞有些無奈，趕了過去，柯夏剛剛從一場格鬥中出來，有些無趣地甩了甩手：「太弱了。」他抬頭看了眼邵鈞，漫不經心道：「你來做我對手吧，他們都和我打不了多久，你應該不錯。」他的精神力太高，在天網內格鬥實在是極具碾壓性的，地下格鬥場裡雖然追求刺激的亡命之徒不少，可這傢伙格鬥的時候，也是個不要命的風格。

邵鈞問他：「你下午怎麼有空上來？」

柯夏有些意外看了眼邵鈞，這個星網裡認識的鈞，沉默寡言，不是個愛打聽隱私的人，但他沒想太多，只是嘴角撇了撇：「家裡的人要我看心理醫生，我沒去。」

還真是坦白！

邵鈞實在沒有立場勸說下去，眼前的少年一臉「關你屁事」的表情，漠然地又點了下一個房間，勾上了挑戰，他只得也點了進去，接受了他的挑戰。

這是柯夏第一次在星網裡和鈞對戰，之前作為隊友，他只覺得對方沉穩，老練，格鬥技巧穩紮穩打，會替他壓陣補薄弱之處，是個不錯的隊友，而聽艾莎說過，他在地下格鬥俱樂部裡從無敗績，做收費陪練賺了不少錢，想來應該也是個不錯的對手。

然而真正對戰的時候，他卻萬萬想不到對方居然狠狠地全方位壓制住自己。

看似穩重且平凡無奇的人，在和他對戰之時卻毫不留手，每一擊都淩厲強悍，平時都是他壓著對手打，如今他卻感覺到了被對方壓著打的憋屈感。當又一次很勉強地用手臂架開對手彷彿鐵鑄一般身體的大力轟撞之時，他體味著手臂傳來的疼痛感以及半邊身體幾乎麻木的感覺，瞳孔急劇收縮，第一次感覺到了對方的力量，好強！

招式很簡單，但那種攻擊中蘊含著的純粹的力量讓他悚然，對方的精神力很強，平日裡天網的交談，對方精神力平淡無奇，沒想到對戰之時，作為對手的他才感覺到那精神力的恐怖威壓。

柯夏一貫是個遇強則強不肯認輸的人，被凶狠地擊中了幾次後，疼痛反而讓他鬥志幾乎燃燒起來，猶如一把著了火一般的劍無所畏懼地向邵鈞攻擊著。

邵鈞在俱樂部陪練對戰過不知幾千場，本來就有著極為豐富的戰鬥經驗，柯夏之前的對手精神力遜於他，因此紛紛敗了，但對上經驗豐富、精神力又旗鼓相當的邵鈞，就有些落在下風了。

大概半個星時後，系統判定柯夏輸。

柯夏和邵鈞離開了房間，在休息室裡再次相會，柯夏閉著眼睛將頭後靠在沙發靠背上，從脖子到胸口劇烈起伏粗喘著，第一次感覺到精神力的透支，這是一場太過激烈的戰鬥，邵鈞有些緊張坐在他身側：「你怎麼樣？」

柯夏閉著眼睛搖頭：「沒什麼，休息一下就好。」

邵鈞遲疑著再次詢問：「精神力會不會使用過度？會不會影響你的身體。」他原本還想讓一讓，但是柯夏不愧是高精神力天賦者，緊緊相逼，逼得他不得不也用盡了全力來對戰，戰鬥中沒有時間思索別的，每一招每一步都只是想著戰鬥，但結束後那悔意卻又湧了上來，畢竟眼前這頭暴躁的小獅子，現實生活中卻是一觸即碎的蒼白病患。

柯夏睜開冰藍色的眼睛看了他一眼，帶了絲鄙夷和傲然：「我沒那麼弱。」他補了一句：「我總會打敗你的。」

邵鈞笑了下：「只是經驗比你多，你多練習就比我強了，你機甲很強。你是不是該去看看心理醫生了？不去的話你家裡人會不會介意。」

柯夏深思著看了他一眼，這素昧平生的人小心翼翼地照顧著他的自尊心，對他也有超乎陌生人界限的關心，這種珍重的感覺令他有一瞬間地覺得熟悉，仔細想起來又想不出像誰，畢竟自己在聯盟沒有朋友，而帝國卻已離自己太遙遠。

他搖了搖頭，下線了。

邵鈞有些無奈地看了看時間，去艾莎那邊預約了一節格鬥課的時間，也下了天網，聯繫了克爾博士。

「不願意去看心理醫生？」克爾博士也覺得有些棘手：「總要有個宣洩管道，否則不利於心理健康。」

邵鈞正是擔心這個：「他在天網裡和人格鬥，如果格鬥過程太激烈的話，會不會影響到他現實生活中的身體？」

克爾博士深思道：「那也算得上是一種宣洩吧，他精神力強，聽說夏柯同學的格鬥技擊是洛斯教授教的，很優秀吧，如果他喜歡的話，也算是一種宣洩方式，格鬥的過程讓有經驗的人引導一下，爭取不要出現大起大落的刺激，以鍛鍊精神力為主，應該也不是問題，畢竟夏柯同學的精神力也是數一數二的，沒那麼容易暴動崩潰的，只是密切觀察就好。」

那只有爭取每一次都讓自己是他的對手了，邵鈞心裡想著，和克爾博士又說了目前治療的情況，才掛了電話。

日子又平凡的過了一週，治療一切順利，除了柯夏固執，無論如何都不肯去看心理醫生，邵鈞只能以鈞的身分陪他打，有時候是隊友，有時候對打。柯夏總算贏過一次兩次，當然還是邵鈞贏得多，而柯夏贏的時候也是似笑非笑，顯然也看出來了邵鈞在習慣他的套路有餘力以後，開始讓著他。

不過總體來說，一切順利，天網裡柯夏的脾氣都好了許多，有嬌滴滴的女士來求組隊刷積分，顯然是被他迷上了，這可是勝過無數的邵鈞都沒有享受過的待遇，可惜柯夏非常鋼鐵直男地拒絕了，問他為什麼拒絕，柯夏十分驚訝看了他一眼：「她那麼弱，一定會拖累我們的啊。」

忙碌之中，他的新戲劇本也寫好了。演員招募完成，訂製的音樂完成，道具服裝完成，一切萬事俱備，開拍了。

他臉上重新噴上了花間風的紋繡，在喉嚨裡放進了一個小小的能讓自己聲音變得和花間風一樣的小裝置，穿著花間風獨特風格的華麗長袍長靴，帶著歐德、保鏢、司機等人，聲勢浩大的到了攝影棚。

花間風那業內第一的攝影棚裡，如今已經在一流特效團隊的努力下，搭出了碧藍色的海底場景，琉璃一般通透明亮的海水中，一個少女從海草珊瑚中款款穿遊而出，頭上戴著一頂珠冠，一頭海藻一般的紅髮在海水中四處飄搖，纖細修長的脖子上佩戴著瑩亮的珍珠串，雪白的上半身佩著貝殼胸衣，僅能遮住了關鍵部位，雪白的腹部上的肚臍也點綴了晶瑩的寶石，纖腰腹分外柔韌地款擺著，更引人注目的是那一條點綴著無數珍珠和寶石的巨大魚尾巴，魚尾上的魚鰭猶如薄紗一般在海水中招展，魚尾活潑嬌俏地在海水中翻了個身，顯露出了那光潔白皙的背以及腰以下那動人心魄的弧度。

不諳世事的清純無辜與引人犯罪的誘惑身材，在這小美人魚身上完美融合在了一起。

不錯，邵鈞提供的劇本故事，正是小美人魚。

擁有著全世界最美歌喉的小美人魚，是海王的第七個女兒，海王最寵愛的小公主。她在海底世界無拘無束地長大了，然後一次偶然機會遇見了英俊的王子，她被王子迷住，並且在海浪中救出了王子，為了能到王子身邊去，小美人魚獻祭了自己那最美妙的聲音，被巫婆割掉了舌頭，將自己美麗的魚尾剖裂，生出了一雙屬於凡人的雙腿，從此每一步都彷彿走在刀尖上。她終於得償所願到了王子身邊，卻因為說不出話，眼睜睜地看著王子誤認了救命恩人，娶了鄰國公主。在王子新婚的夜裡，小美人魚公主拒絕用姊姊們送來的匕首刺死王子，即使那是她唯一回到無憂無慮大海裡，自由自在歌唱的最後機會，在天亮的時候，化成了薔薇色的泡沫。

這個哀婉淒絕的故事，讓歐德找來的編劇感動不已，數次在編寫劇本過程中數次落淚，她以崇拜而不可置信的目光追問一向以紈絝身分示人的風先生，是不是他原創的故事，邵鈞當然一口否認了，只說是一個遙遠的童話傳說，聽說是一個叫安徒生的人寫的，只是時代太過久遠，版權已經失效，要求標明劇本根據安徒生童話改編。

影片小美人魚由鈴蘭主演，同時整部電影的歌曲，全部由她歌唱，歌曲已經訂製完成，是最貴的音樂工作室，最好的填詞者，以及最好的錄音設備，而在這之前，鈴蘭還接受了專業的游泳訓練以及演技訓練，此外，還選了一批有游泳經驗的新人來扮演美人魚的六個姊姊，

男主角王子由花間風主演，從頭到尾只是一個英俊的背景板，唯一的幾場對手戲就是昏迷中被小美人魚救起來，邀請公主跳舞，邀請小美人魚跳舞，然後婚禮，最後睡在床上等小美人魚進來刺殺。幾乎不需要任何演技，和女主角也基本

沒有互動。

再恰當不過的安排，就連歐德也挑不出一絲毛病，按這樣的劇本，鈴蘭和花間風基本沒有什麼碰面交流的機會。而那人物設定與扮演者，出人意料卻意外貼切。有著美妙歌喉的小美人魚扮演者歌后夜鶯，正是以那神一般的超高音域的美妙嗓音征服了所有裁判和聽眾，而夜鶯悲劇的身世，殉難一般地出賣身體供養弟弟，卻又神奇地與殉情的小美人魚的悲劇貼合，更不要提那為了愛付出一切的勇氣和柔弱身體中令人想不到的堅韌不拔，歐德想不出還能找出哪一個女星來飾演這樣一個純潔悲情的角色。

美麗的小美人魚正在矢車菊一樣藍的海水中伸展出纖細潔白的雙臂，豐盛而透明的氣泡成群的在她身體周圍飛速升起，碧綠雙眸猶如精美寶石，少女微微揚起弧度優美的下頷，張開嘴歌唱：

「他——我愛他勝過我的爸爸和媽媽；

他——我時時刻刻在想念他；

我把我一生的幸福放在他的手裡。

我要犧牲一切來換取他和不滅的靈魂。」[1]

1　註：出自安徒生《小美人魚》。

背景音樂是海水的空靈水聲，歌聲是那麼高亢，高到令聽眾的脊椎都微微顫抖，彷彿靈魂都隨之震顫起來。

小美人魚碧綠的雙眸彷彿含了淚，卻又有著不顧一切的決絕，她彷彿什麼都不懂，卻有著比世俗人類更堅決的勇氣和決斷，那樣純粹而不留後路的愛，在歌聲中毫不遮掩地展示著。

跟著邵鈞走進來的歐德看到這一幕，心尖都忍不住顫了顫，他忽然有一種預感，這部片子，他們不會賠錢了。

在岸上指揮的羅木生臉上是極其直白的喜悅，連身子都激動得微微亂顫，看到邵鈞和歐德過來，他眼睛賊亮和邵鈞說話：「風先生！我覺得這次會賣！我們一定會紅！」他的聲音激動得都變了聲。

邵鈞微微一笑，看往水裡的鈴蘭，羅木生也注視著鈴蘭輕聲道：「真是太棒了，她雖然是新手，但是一點不怕吃苦，一點一點的和我磨鏡頭、磨演技，她一定會紅的。」

這一場拍完了，下一場拍王子與小美人魚的對手戲，王子在水裡昏迷著，被小美人魚從狂風海浪中救起。

對於全程昏迷的邵鈞來說，只需要做防水的妝，雖然這個王子臉上繡著奇怪的花紋，但造型師仍然巧妙地將他化妝成了極英俊和具有神祕氣息的王子，那華貴的紋飾典雅而優美，與服裝搭配一起，絲毫不顯得突兀。

邵鈞在翻滾的灰暗海水中閉著眼睛，被鈴蘭擁在懷裡，來來回回折騰了好幾個星時，才算拍完了這一幕，羅木生真的拿出了精益求精的精神，一點一點的磨著，只要有一點點不對，就要求重拍，看來他這次是真的想要藉這一部電影翻身雪恥。全程閉著眼睛的邵鈞沒什麼，但腿上裝著沉重巨大魚尾巴道具的鈴蘭可就慘了，反反復復折騰，在巨浪中翻滾了一次又一次，艱難地抱著沉重的邵鈞破浪而出，然而她全程都沒有喊過累。

好不容易拍完了出了海水，歐德拿著雪白的大浴巾來包住他全身，邵鈞忙著擦掉頭髮上的水，鈴蘭卻叫住了他：「風先生。」

邵鈞轉身看她，鈴蘭按在水邊，頭髮還在往下滴水，抬著臉懇切地對他道：「風先生，謝謝您給我的機會。」

邵鈞點了點頭，心裡揣摩著真正的花間風應該如何回答，卻見歐德微微變了臉色：「風先生，緊急通訊。」

邵鈞鬆了一口氣，向鈴蘭抱歉地點頭，然後急急往專屬更衣室走去，他本以為歐德是為了替他解圍，沒想到歐德卻一直尾隨他跟進了更衣室。

他到底是機器人的身體，並不敢就在歐德跟前解衣，只有轉頭以目詢問，歐德卻遞上了他的通訊器：「的確是緊急通訊，不是風先生的，是你的。」

邵鈞吃了一驚，聽明白了他的意思，連忙拿起通訊器一看，卻是別墅那邊的中控系統蓮花傳來的緊急通報：「夏先生身體指標有異，心跳加快，大量出汗，體溫升高。」

邵鈞啪地一下摔下了毛巾，連濕衣服都沒有換，急匆匆地衝了出門，歐德急急忙忙拿了乾衣服追在後頭，一路吩咐保鏢準備飛梭，一邊低聲提醒邵鈞：「臉上。」急急忙忙，怕是要帶著這一臉標誌性的妝回去見他那表弟。

邵鈞沉著臉大步邁上飛梭，一邊聯絡克爾博士，克爾博士聽到消息也沒能確認，只是道：「神經修復過程會產生神經劇痛，應該是神經發痛了，不過要看過具體情況，我立刻趕過來。」

歐德在一旁連忙安排司機立刻去接克爾博士，邵鈞轉身進了更衣室將衣服換掉，一邊從歐德手裡接了儀器將自己臉上的花紋洗掉，眸光沉沉。

歐德一聲不敢再出，心中只暗自祈禱那小表弟可千萬別有事，心裡卻已經想出了數套應急方案，以備變化。

Chapter 67 疼痛

柯夏躺在床上，汗水已經打濕了床上的絲褥薄被，身子還在不可抑止地微微發抖，邵鈞低頭看他臉，看他睜著眼睛，沒有焦點，卻一直在流淚，明知道他什麼知覺都沒有，邵鈞還是俯下身子將他擁抱起來。

克爾博士很快趕到，檢查了一下指標，說道：「是神經恢復期的神經痛……這麼痛的話，可能是他的精神力比較高，比較敏感。」

邵鈞低頭看著柯夏被淚水打濕的睫毛，問道：「有辦法止痛嗎？」

克爾博士道：「有止痛藥，但是這個神經痛是一直不間歇的直到他完全重建神經系統，止痛藥用多了會傷害精神力，我們需要家屬的許可和承諾才會使用。」

邵鈞問：「會一直這麼痛嗎？」

克爾博士搖了搖頭：「不好說，神經痛一貫有間歇性和持續性，沒辦法推測。」

邵鈞低頭，捧著柯夏的臉，伸手擦去柯夏眼睛上的淚水，直視著他，吸引他的注意：「聽著，夏，你聽得到我說話嗎？聽得到眨眼兩次，聽不到眨眼三次。」

柯夏茫然看著他，眼睛裡又抑制不住地湧出了淚水，許久以後才眨了兩次眼，邵鈞繼續問：「你現在很疼，我們打算給你用止痛藥好嗎？同意使用止痛藥你就眨兩次，不同意你就眨眼三次。」

柯夏十分堅決的眨了三次眼，他不肯用。

克爾博士嘆息：「這是第一次，還是建議使用，好好休息，用個一次兩次，不會影響太大的。還有，神經有反應，說明已經開始復健，他會慢慢能夠做一些動作，慢慢恢復說話，這段時間就暫時不要上天網了，等新生的神經完全恢復後，才可以繼續上天網。」

邵鈞看向柯夏，輕聲道：「聽著，夏，你現在不能上天網，等一下你如果疼得厲害了，想打止痛藥，我們可能無法及時回應，到時候你會很難受，你再想想，是否現在就用止痛藥。」

他緊緊盯著柯夏，怕錯過他的資訊，但柯夏仍然堅決地眨了三次眼睛，邵鈞點了點頭，替他揭開被汗水打濕的金髮，將他放回床上，輕聲安慰他：「再堅持堅持，我一直陪著你，等神經恢復好了，就好了。」

柯夏閉上了眼睛。

痛，彷彿閃電一樣在身體震顫，尖銳地劈開自己的神經，彷彿大火寸寸燒灼肌膚。

太痛了，但，自己活著。

不再是那具完全沒有知覺的沉重的屍體一般的肉塊，他閉著眼睛，感受到視網膜上疼得一陣一陣的白光，他不會上止痛藥，這痛讓他清醒，讓他終於感受到自己還活著。

這痛也讓他沉淪，無邊無際，彷彿永沒有盡頭，但每一次他睜開眼睛，都看到○○七守在床邊，一瞬不瞬地盯著自己。

也許是整整一夜，不知何時，那無邊無際的疼痛漸漸減弱了些，他似乎睡著了，也許只是自己的神經麻木了暈迷過去了。

再醒過來的時候，天亮了，屋裡重新籠罩了陽光和花香，他睜開眼睛，再次準確無誤地對上了機器人的目光，他仍然看著自己，第一時間發現了他的清醒：「醒了？還疼嗎？」

他眨了三次眼睛，機器人輕輕將他放下，原來不知何時他將自己抱了一夜。看護機器人轉了出來，捧著一疊熱毛巾，○○七拿了毛巾替他解了袍子擦身子，換掉濕了的睡袍。

機器人仍然是那樣珍重而仔細地照顧他的身體，明明乾還是濕他完全沒感覺——不對，毛巾擦在他的肌膚上，彷彿有了一點點鈍鈍的感覺，他，開始有知覺了？

他睜開眼睛，看著機器人確實是在擦他的腋下、胸腹、腿間，在那神經密集之處，這一刻真的又有了一點鈍麻的感覺，不細心體會，是感覺不到的。

這具身體，真的在恢復了。

邵鈞一絲不苟替他擦完汗，換過睡袍，實際上這已經是這一夜換的第五套睡袍了，總是才換上一會兒又被汗給打濕，然後不停的擦汗，替他打點滴補充鹽糖水分以免脫水，然後就只能抱著他等，什麼，都做不了。

仍然是替他灌食，然後讀報紙瀏覽網路，然而這一天柯夏實在太累，沒有堅持多久就又再次睡著。

這之後柯夏又陸陸續續疼過不少次，疼痛的時間事後總結規律，基本在點滴注射藥品後的半個星時內就會發作，但發作的時間不太規律，有時候很快緩解，有時候又能整日疼痛，然而他一直咬著牙不肯使用止痛藥。

邵鈞大部分時候都陪著他，有時候也會短暫離開一段時間，他見縫插針地將美人魚中屬於他的戲份給拍完了，並且和羅木生說再有問題，就用特效處理，他就不再出現在攝影棚了。羅木生嗷嗷直叫，他如今雄心勃勃，甚至痴心妄想想要得獎，但邵鈞完美地演示了花間風任性妄為心血來潮的少爺脾氣，他厭倦了，不想拍了，而歐德也沉默著擁護「風先生」的一切指令，最後羅木生十分無奈，嘟嘟囔囔地接受了現實，好在王子這個角色的確本來就沒什麼發揮餘地，也就罷了。

邵鈞終於可以專心陪著柯夏。

柯夏的身體已經開始模模糊糊有感覺，這種感覺並不精確，只是一種鈍而麻的，依稀而輕微，彷彿打多了麻藥的後遺症一般，但有時候邵鈞替他按摩到一些交感神經密集的身體部位，就能有感覺。

克爾博士加大了隨診頻率，也對邵鈞堅持不懈的天天替他按摩推拿表示了讚賞，同時提出了一些緩解疼痛的方法：「有神經受損的患者在泡天然溫泉的理療中得到比較好的改善，建議你們可以試試。」

溫泉嗎，邵鈞和歐德打聽哪裡有天然溫泉，歐德無可奈何：「你住進松間別墅那麼久，就沒有瞭解下那別墅裡的設施嗎？那別墅後頭靠山的地方，就有露天溫泉房。」

原來那別墅叫松間別墅，難怪種那樣多松樹，可惜全改成了薔薇，邵鈞對此可沒什麼羞愧的，欣然地回了別墅，當晚就將柯夏帶去泡了溫泉。

而柯夏也才發現，他病得不知年月，窗外的薔薇一直盛放，不知何時，時間已經悄悄來到了冬天，熱氣騰騰的溫泉池裡，居然有細雪從天上簌簌落下，然後消融在溫泉水霧中，水邊還有一叢臘梅，已經全開了嫩黃的花，香氣清新悠遠。

柯夏被安置在舒舒服服的溫泉水底網兜上，睜眼看著藍黑色的天空裡，細雪打著圈落下，邵鈞坐在一側的石頭上，身上穿著簡單的浴袍，將他手指正握在手裡，一根根手指的細細按摩推拿。

熱水包裹著他的身體，他居然也能感覺到了隱隱約約的溫暖，以及些微麻木的刺痛，這些密密麻麻的刺痛比起之前的疼痛要容易忍受得多，反而讓他真真實實感覺到這具身體，真的開始恢復了。這讓已經囚禁在這塊肉裡頭好幾個月的他感覺到了一陣輕鬆，他睜著眼睛，心情頗好地用視線追著那些飛旋的小雪。

邵鈞一邊關注著他的心率，一邊輕柔地按摩他的身體，柯夏全身肌膚在溫熱泉水中變成了淺淺的粉紅色，即使是在病中，他的身體也並沒有停止生長，臥床這半年，在邵鈞精心護理之下，他仍然還是長高了一些，身體變得修長，但因為長期臥床，肌肉還是難免萎縮了些，整個人就顯得瘦弱纖細，在水中就彷彿隨時和溫泉邊隨時消融的新雪一樣脆弱而美好。

邵鈞按著按著，忽然頓了頓，抬頭去看柯夏，柯夏原本看著天空的小雪，看到邵鈞看他，帶著疑問與他對視了一會兒，發現似乎無事，又移開了目光，去看那水邊臘梅花瓣上落的小小積雪。

邵鈞觀察了一下他的表情，又繼續替他全身稍微按了按，看了看時間，便對柯夏道：「克爾博士說你身體還是不太好，久病之人泡溫泉不能時間太長，今天先泡到這裡，明天我們再來。」

說完抱了他出來，用雪白大浴巾替他擦乾頭髮和身體，換上睡袍，將他送回主臥，看著他睡了，才出來打了個電話給克爾博士。

克爾博士頗為驚訝：「開始有輕微的生理反應了嗎？」他沉思著：「畢竟那是神經密集的地方啊，這是好事。本來按他的發育情況，也該進入發育期了。許多病人這方面是最後恢復的，因為不僅僅牽涉到神經康復，還有生理、心理等等因素。不過，的確有研究認為……」

克爾博士頓了下，含蓄地解釋：「高精神力的人在這一方面的能力會比較強……總之，這說明他身體恢復進展很不錯，看來距離完全康復很快了，再過一段時間，等逐步恢復感覺，就可以開始進行行動能力的復健以及語言能力的訓練了，我這陣子就和我的醫療團隊商量一下下一步的治療方案，然後和聯盟其他專家探討一下。」

說完他也有些激動：「他這一例精神力高的默氏患者，讓我們的研究有了很大的突破，今後再有默氏患者，我們可以考慮加強精神力的激發這一方面入手治療，就目前情況來看，他的高精神力在他康復治療過程起到了非常大的作用，他是我見過最堅強的患者，將來他一定能創出非凡事業的。」

邵鈞沉默了，誰能想到，當初那個嬌氣任性的帝國小郡王，也會有被人稱讚堅強的那一天呢，都說逆境鍛鍊人，但每一次看著他一動不動地睜著眼睛，全身顫抖汗出如漿，忍受著醫學上十級疼痛的神經痛，卻一支止痛針都不願意打。他就理解了從前那些溺愛孩子的家長們的心態，他寧願看著他嬌氣任性愚魯如不開竅的凡鐵，永遠不知人間疾苦，也不想他嘗遍人情冷暖，在苦難中一遍遍淬火煅燒，百煉成金。

Chapter 68 熱映

《小美人魚》殺青的時候，邵鈞扮演的「花間風」只花枝招展地在殺青宴上短暫地出現了一會兒，就以喝太多不適回去了，陪柯夏去了。

很快《小美人魚》的電影上映，然後很快就轟動了。

也許人們一開始只是衝著已有黑歷史的歌后夜鶯而來，最後都是紅著眼眶散場的。

鈴蘭演唱的小美人魚的主題曲、片尾曲、插曲也在各大音樂平臺飛快地竄升到了新曲榜、影視音樂榜、熱歌榜、銷量榜等等各類榜單的第一名。以小美人魚造型製作出的玩具娃娃、會唱歌的機器人爆賣，而隨之所有以人身魚尾造型作為主角題材的小說、詩歌、電影、歌劇等等也飛快地風靡了整個聯盟，甚至連帝國也受到了感染。所有的地方都在討論《小美人魚》，影院本來看在花間風砸錢的份上排了一些時間，結果很快就自主排滿了各個時段。

到處都是巨大的小美人魚宣傳牌，各類社區論壇上都在討論小美人魚。

「花間風居然也有做對好事的一天，雖然這部戲裡他和從前一樣沒什麼演技，基本就是個花瓶，我還是真心感謝他投資這部電影，定下美人魚的女主角。」

「沒聽編劇接受採訪的時候說嗎？就連這個劇本的來源，也是風先生提出來的民間童話改編的哦，話說有人能考據出這個童話的出處嗎？」

「不好說，是有人說海裡是有類似人身魚尾的生物，但是並沒有人類的智慧，還得請專家考證。」

「只有我對熱度太大的電影沒什麼興趣嗎？總覺得都是吹出來的，心生反感。特別是夜鶯還有黑歷史，是不是洗白洗得太過分了。」

「哎我和你有同樣想法，但是被男朋友拉去看了，真的是好看……那麼好看的小美人魚，我真的覺得可以原諒她的過去。」

「夜鶯真是完美符合小美人魚的形象，歌聲真是一發入魂，連我媽不太聽歌的，聽到我放音樂，都忍不住停下來問我什麼歌名。」

「呵呵，你家夜鶯可不是擅長賣嗎？這次總算賣得對了，賣給花間風，不餘遺力量身訂製的劇本，一流編劇一流投資一流音樂工作室一流填詞家，再加上那點黑歷史的熱度，可算黑紅起來了，真是笑貧不笑娼啊。」

「夜鶯當初是為了養活弟弟才去賣的，一個黑戶，年紀還那麼小，能做什麼合法工作？我看那些笑夜鶯的人，如果自己真落到那樣境地，怕是連賣都賣不出去吧？也是呵呵了，人好不容易走出來了，還揪著那點過去不放，太惡毒。」

「理那些黑子做什麼？我看是哪位被夜鶯壓下去的歌星的水軍吧？不說夜鶯，只說花間風，我能說雖然花間風才出來幾次，但是我也被他迷住了好嗎？我覺得小美人魚被他迷住犧牲一切真的太正常了，他蒼白著臉躺在沙灘上，濕漉漉的頭髮睫毛，還有薄薄的唇，真的好想親上去！」

「呵呵花間風的蠢粉絲出來了，你家風先生捧賣藝女自己做踏板，反正錢多人傻大家也沒話說，但是花錢將正在上映的熱門片撤檔換映，這是不正當競爭，實在是齷齪噁心。」

「不要搞笑好嗎？正在上映的熱門片是說的那個所謂青春疼痛的《青檸檬》嗎？你家影帝王子克洛斯老成那樣還裝什麼青少年啊，上映那麼久購買觀看才那麼點數據，《小美人魚》才上映三天就突破了千萬銷量，影院不換小美人魚，難道還繼續讓《青檸檬》占著時段不調整？知不知道羞恥？」

各種爭論話題很快捲入了粉黑大戰，不同粉絲之間的大戰，而《小美人魚》也因此話題度越來越高，之前因為被揭穿黑歷史而幾乎被冷凍的鈴蘭，也一舉翻身。

她專程打了個電話給邵鈞，報告了這個好消息，同時還問他還需不需要錢，她這裡有五百萬。

邵鈞卻知道這五百萬，已經是她最近的電影、唱片的所有收益了，他笑著拒絕了：「夏身體正在恢復中，沒有什麼大問題，妳別擔心，我們也不缺錢，妳把這錢好好留著，幫布魯換個好點的學校，也替自己置產，或是投資也好，幫自己留點後路。」

鈴蘭在這段時間的大起大落後，心態卻也寵辱不驚起來：「我最近一直在接新的片約，還有公司也在為我準備新的唱片，可以預計還會有持續而穩定的收入，您不必為我擔心，如果缺錢，請務必一定要和我說。」

邵鈞點了點頭：「好的，還有什麼事嗎？」算算時間夏又要注射藥了，他得去守著。

鈴蘭遲疑了一會兒卻問道：「杜因大哥……您認識花間風先生嗎？布魯斯說您以前受聘過他的助理，所以這次，應該是風先生看在您的面子上，拉了我一把。」

邵鈞一怔，沒有承認，也沒有否認：「是你自己的天賦和才能驚人，否則誰都扶不起來。」

鈴蘭眼眶紅了：「杜因大哥，你真是一個溫柔的人。」

邵鈞微笑著掛了電話，回到別墅，還沒來得及去看柯夏，中控系統蓮花卻忽然發出了滴滴的警告聲：「警告，警告，花間雪想要強行進入別墅內；警告，警告，花間雪想要強行進入別墅內，是否啟動防衛模式？」

花間雪？邵鈞一怔，吩咐蓮花：「啟動防衛模式，絕對不允許她進入主臥。」

蓮花滴滴閃了閃：「已啟動防衛模式，已為您連接監控，花間雪要求和主人通話，是否同意？」

邵鈞對面的螢幕上閃了下，映照出監控圖像，花間雪穿著黑色工裝背心和一條寬寬大大的工裝背帶褲，短髮清爽，看著像個清秀的小男孩，但是她卻手裡拿著個大扳手，正在砸前廳桌子上的花瓶，地板上已經粉碎一片了。

真是個小惡魔，她該不會又喝了軟性飲料來發瘋吧？

邵鈞想了下，沒什麼把握能不讓花間雪發現，好在這對兄妹似乎也一直關係不好，還是就通話算了：「接通吧。」

蓮花閃了閃，音箱裡傳來了花間雪的聲音：「哥哥這別墅防衛保全措施還還真好啊，藏著什麼人？小歌后嗎？」

邵鈞將一個小裝置按回了脖子上，聲音再次變得和花間風一樣：「妳沒資格管我的事。」他模仿著花間風那冰冷嫌棄的語氣。

被攔在外院的花間雪看著四面牆上探出的光線屏障以及別墅外院小樓上已經拿著武器出來警戒的保全們，眼睛氣得通紅：「你要自己拍片捧自己，誰都沒有意見，現在家裡人人都知道花間財閥的小少爺，拿大把錢砸了捧個出來賣的！花間風你還要點臉嗎？你真的自甘墮落放棄任務了？」

邵鈞有些無語，前陣子帶著幾個小白臉來找花間風要求他拍片的時候順便捧捧她的那些軟飯男的，難道不是她？這麼雙重標準真的好嗎？看來這不過是叛逆的妹妹吸引哥哥注意力的手段，可惜真心疼愛她的哥哥已經遠走他鄉，去完成一個顯然非常艱巨的任務，扮演著她哥哥的演員，卻是一個沒有心的機器人。

他忙得很，哪有空哄叛逆期的小姑娘，機器人全部的耐心都已在他的小主人身上用盡了。

他按了下按鍵，中斷了通話。

監控上花間雪氣得跺腳，暴跳如雷罵了許久，最後被保全恭恭敬敬的請出去了。

花間雪就像個小插曲，很快就抹過去了。

年底的時候，別墅裡的湖已經全都結上了薄冰。柯夏已經開始逐漸恢復身體各處的知覺，能夠含糊發出音節，雖然還是不能控制身體，用藥後也還是會有神經疼痛，但身體恢復的速度還是令人欣慰的。

在這一年的年度金繆斯電影節上，羅木生雄心勃勃將《小美人魚》送去參選，進了提名。羅木生打了電話來，軟硬兼施，一定要花間風出席電影節頒獎典禮：「不管得不得獎，男女主角都必須要陪著我！不然我多沒面子啊。」

邵鈞無奈，雖然他很想多陪陪柯夏，但的確這麼大的場面，他作為花間風的扮演者，是很該出場刷一刷存在感的，因此他還是接受了羅木生的邀請，通知歐德做好出場電影節頒獎儀式的準備。

歐德派了人過來替他量身訂做禮服，做髮型，當天晚上還親自過來接他過去。態度恭敬溫順，他最近老實了許多，不再對邵鈞指手畫腳，似乎也被這開玩笑一樣的《小美人魚》居然大獲成功給鎮住了。

邵鈞看出了他的改變，打趣他：「《小美人魚》賺的錢，比之前哪部電影都賺得多吧？」他臉上重新繪上了花瓣，漆黑的長假髮紮成一束在背後，黑色的高級訂製禮服襯托出他筆挺的身姿，薄唇帶著一絲嘲諷的微笑，整個人那種切切實實強者的氣息，幾乎可以說是比恣意妄為的花間風有過之而無不及。

誰還看得出他是那個默默無聞的小替身？

歐德神情複雜，拿了胸針袖扣以及手錶來替他一一別上戴上：「不錯，風先生一直說，你們不是池中物。」不用非凡手段，駕馭不住他們，原來真的只需要這麼一點機會，這個看似平凡的替身，就能點鐵成金，施展出如此場面。

邵鈞笑了笑，應該是將這只是當成了恭維的話，沒放在心上，只見飛梭停穩，羅木生帶著鈴蘭登上了飛梭，羅木生邊走還十分紳士地為鈴蘭介紹：「我也有飛梭，可沒有風先生這個最新款的拉風，我們這次獲得提名，雖然不一定能獲獎，但是這個出場一定不能輸！」

鈴蘭有些羞澀尷尬，只是禮貌性地向邵鈞點頭為禮，她今日穿了一身十分貼身的白色露背薄紗禮裙，從胸至臀都完美服貼，勾勒出她美好的身段，薄紗後肌膚若隱若現，上頭綴著細密的珍珠又讓人完全看不到薄紗下的風景，反而增加了禁欲純潔感。光滑白皙的背部往下是誘人遐思的腰，小腿處裙角薄紗撒開，彷彿曼妙魚尾水中搖曳，整個人就像還在海底的小美人魚公主，性感而又純潔，清美曼妙到無與倫比。

歐德彬彬有禮上前：「夜鶯小姐今晚真美，預祝您和羅木生導演心想事成。」

羅木生大言不慚：「那當然了，我們獲得了八項提名！」

歐德含笑端出了個托盤，托盤上擺著一個首飾盒：「這是風先生給夜鶯小姐的一點心意，正適合今晚的場合。」

歐德打開了首飾盒，上頭是一套璀璨精美的深綠寶石飾品，正與鈴蘭的眸色相似，顯然是精心挑選訂製的，鈴蘭連忙搖頭：「多謝風先生的心意，但這實在太貴重了，不必了。」

邵鈞道：「收下吧，這是妳應得的。」

歐德卻聽出了他聲音裡的嘲諷之意，臉上微微一熱，懇切對鈴蘭道：「金繆斯頒獎典禮是全聯盟的盛典，您的美需要這些來襯托。」

羅木生揚著嗓門道：「沒錯！收下吧！妳等一下可是風先生的女伴，太寒酸也是會丟花間家的臉的，今晚如果獲獎後，會有無數的奢侈品寶石品牌來捧著項鍊求妳代言，求妳在重大場合佩戴的。」他伸手拿起上頭的項鍊，彬彬有禮地替鈴蘭佩戴，美麗的雙眸和那璀璨生光的湖水一樣的寶石生輝搭配。

鈴蘭抿了抿唇，看向花間風，今晚的花間風因為出席典禮穿的西服，換下了那一身濃妝以及標誌性的花袍長靴，整個人不知為何總感覺有些熟悉。

飛梭停穩了，窗外已經能看到前邊紅毯旁記者無數，喧鬧無比，遠處一具巨大修長的女神金像熠熠生輝，女神一手握著豎琴，一手提著燈，那是司掌藝術與音樂的繆斯女神。

邵鈞轉過身，從歐德接過了墨鏡戴上，隔絕了那探究的目光，這也是他拒絕見花間雪的原因，女子那種建立在沒有邏輯的敏銳直覺往往準確無誤，他必須高度提防。

羅木生深呼吸了一下，提醒他們：「記者如果問什麼尖銳的問題，不要回答！不要理會！一直微笑就行了！」

他伸出手臂，邵鈞和鈴蘭一左一右，挽著他緩步下了飛梭，飛梭起降台緩緩降落在地面上，雪亮的閃光燈亮了起來，司儀充滿熱情地高呼：「著名導演羅木生，帶著他被提名的新片《小美人魚》男女主角花間風、夜鶯踏上了紅毯！」

喧嘩聲，歡呼聲，音樂聲等等響起，羅木生臉上充滿了矜持的笑容，挽著他們兩人緩緩步入紅毯，在簽名版前亮相拍照，然後走入了記者採訪區。

蜂擁圍堵的記者們將話筒幾乎擠到了他們臉上，卻幾乎只提問鈴蘭：「請問夜鶯小姐，你有信心今天能奪得獎項嗎？」

「請問夜鶯小姐，您知道著名歌后藍薇兒公開宣稱如果您獲獎，她將從此拒絕繆斯獎項申報和頒獎嗎？」

「著名導演左山在訪談中稱他有一部關於夜場流鶯的紀錄片希望能與您合作，請問您有意願嗎？」

「夜鶯小姐，請問您對豎琴學院聯盟發表聲明說不會為您譜曲有何回應？」

「夜鶯小姐，請問您與花間風先生是否真的是情侶？有沒有公開計畫？下一部電影還是花間工作室投資嗎？」

「請問夜鶯小姐，妳對星網上宣稱是鄰居，曾為妳墮過胎的流言如何回應？」

「夜鶯小姐，請問妳真的能坦白無愧地站在領獎臺上嗎？」

問題一個比一個尖銳，彷彿利刃如雨落下，鈴蘭的臉從盈盈微笑到勉強微笑，邵鈞忽然上前伸手將那些無禮的話筒推開，卻引起了更瘋狂的追問：「風先生，請問星網上傳說你和夜鶯小姐的戀情是真的嗎？」

「請問你為夜鶯小姐甘心做陪，巨額投資，量身訂製劇本，是否真的對夜鶯小姐的過去毫不介意？」

邵鈞忽然站著，將鈴蘭攔在自己身後，堅定而冷漠地摘下了墨鏡，沉聲地對眾人道：「你們誰沒有罪的，可以拿石頭打她。」

眾人一默，被他的氣勢所懾，另外一方面畢竟也顧忌他身後的花間財閥，都沒有再繼續糾纏，只看著邵鈞護著鈴蘭走進了頒獎大廳內入座，然後面面相覷，低聲交談：「他說的話什麼意思？」「不知道啊，意思是大家沒有資格評判嗎？」「回去查查。」

下一組明星已經進來，記者們並沒有時間繼續糾結，而是忙著又去追著採訪下一批熱點了。

然而星網上已經因為花間風這麼一個簡單動作而爆炸了：「有人在看金繆斯頒獎典禮嗎？花間風那個動作真是帥爆了，好紳士！本來對他無感的，因為他那個舉動迷上了他。」

「呵呵，沒文化就是沒文化，說話都語無倫次的，什麼叫誰沒有罪的可以拿石頭打她？意思是在座的人都是有罪的？真是紈絝人設不倒，捧人也是這麼直接粗暴。夜鶯還真是有本事，找到這種金主，看來有希望嫁入豪門，徹底洗白？」

「怎麼可能，聯盟幾大世家，你見過誰家嫁娶娛樂圈明星？哪怕是窮人家的教師，也是家世清白好嗎？」

「我還是很羨慕夜鶯的，就算不能嫁進去，僅只看今晚的表現，花間風就是個合格男人，哪怕曾經擁有也值得啊——我之前還以為花間風是喜歡同性的呢。」

「雖然聽不懂他說的話，但是那說話的眼睛和神情真的太冷酷了，我喜歡這霸道風範。」

「我倒覺得花間風真的很紳士啊，雖然演技不怎麼樣，但是從他為夜鶯量身訂製影片，不顧流言蜚語護著她，我就覺得人品真的很不錯，上面說的紳士，我覺得真的是，而且他今天沒有濃妝加那誇張的花長袍，真的正常順眼了好多。」

「樓上說人家沒文化的太可笑了，說花間風沒演技可以理解，畢竟這是靠繆斯女神眷顧的天賦來吃飯的。但是人家花間財閥的嫡系子弟，別的不說，精通多國語言，雙博士學位，隨便拿出來不屌打在座哪一位？有錢也不一定買得到博士學位的好嗎？不要整天看著人家醉生夢死非要自己拍電影，就真覺得人家是紈絝。再說這次小美人魚的劇本，編劇都說了也是花間風提供的大綱，演的王子也算中規中矩，有什麼好嘲的？夜鶯的歌唱天賦明擺在那裡，花間風出道以來，什麼緋聞都沒有，就不能惜才嗎？」

「呵呵，我查到了，花間風那句話是有出處的，兩百年前的一本《小星球宗教文化錄》裡頭記載一個已經毀滅了的小星球流傳下來的宗教神話：世人將欲裁判一名行淫的婦女有罪，押她到神前請求裁判，神說：『你們當中誰無罪的，可以拿石頭打她』，最後人們紛紛離去，眾生皆有罪，神寬恕一切。」

「雖然不太理解，但是莫名覺得很厲害的樣子，說起來也沒錯啊，流鶯只是道德上的審判罷了，我們誰敢說自己道德毫無瑕疵呢。」

「我也覺得，好有哲理啊，所以花間風是真的博覽群書嗎？這樣的典故都聽說過？」

「就——花間風兩個博士，一個是神學博士，一個是政治學博士，這兩個博士都是最容易混的，我之前也覺得花間風是靠巨額捐款砸回來的，現在看來好像人家還真的有真才實學啊，我懺悔。」

「哇靠！哇靠！別聊了！你們看到頒獎沒！最佳劇本獎！小美人魚拿到了！編劇都快笑瘋了，致辭上瘋狂感謝花間風提供的靈感來源呢。」

「最佳劇本獎嗎？說實在的，《小美人魚》這個劇本的確很好，夜鶯的洗白，真的全是靠這個劇本，獲獎也算眾望所歸，我也投了一票。」

「樓上+1，我也投了一票，我們全家都投了這個，真的太好看了。」

「下一個獎最佳音樂獎，提名也有《小美人魚》啊，那個片子的音樂真的不錯，各大榜單都榜首啊，我感覺會拿獎啊。」

「不錯，我也覺得他們這次最大的可能應該是這個獎，不過如果真的是這個獎，那夜鶯可真正是要翻身了，拿了金繆斯獎，她真的可以完全穿回她的衣服了，一個站街的黑戶，不過是長得好點，唱得好聽點，又遇上了人傻錢多的富家公子，真是幸運。」

「我實在是好奇，夜鶯就算賣，也沒有傷害到各位吧？人家也並沒有遮掩，躺平任嘲了，怎麼就有那麼多人真情實感地恨她，巴不得她一輩子都翻不了身？黑戶不是她能選擇的吧？那酸溜溜的語氣算什麼呢？」

「呵呵不是有句話說嗎，比本來就高高在上的人獲得成功，你身邊的人獲得成功才是最讓人難以接受的。更何況夜鶯還是比她們更低的人，如今一飛沖天呢？說真的，有些所謂的良家，名媛，怕是比夜鶯還髒吧，你們扭曲嫉妒的嘴臉，出賣了你們的醜陋。」

「嘖嘖，我清清白白自尊自愛的，為什麼不值得為此驕傲？」

「什麼遠古化石跑出來了？處女不等於清清白白自尊自愛，望周知。」

「這些人只有這麼一個優點了，還是不要打破她們的幻想好嗎？」

「別吵了，黑子們要酸死了，不止最佳音樂獎，連最佳女主角表演獎都頒獎了，都是《小美人魚》，這才是真正的實力呢，除了盯著別人不名譽的過去，他們還能說什麼呢？」

「不，他們還有話說的，外頭已經在瘋狂刷本期評比不公，有黑幕，評審接受花間家族行賄的熱帖了。」

「哈哈，每年都這樣，他們累不累，去年是《藍海》一匹黑馬，也被黑得夠嗆。投票票數實實在在在那裡，評委權重並不大，質疑有用嗎？再說了真能買到的話，那也是人家的實力喔，實實在在砸真金白銀去刷出來投票，他們也可以砸錢啊。」

「有句說句，最佳音樂獎，最佳特效獎都是有目共睹的，沒什麼好說的，實在也是這次參選的影片不怎麼樣，倒襯托得《小美人魚》特別出色，但最佳導演獎居然羅木生也拿到了，這個實在是有點不合適啊。羅木生也就這一部片還過得去，之前的那都是什麼垃圾。」

「只有我覺得花間風捧自己不太上心嗎，羅木生為花間風拍了那麼多，每一部都票房慘澹，結果花間風難得捧個女星，還是那些配置，就一飛沖天了。」

「所以還是那句話，花間財閥的資源，隨便換個普通藝人也都一飛沖天了吧哈哈哈哈，粉絲們還不承認你家偶像差勁嗎？」

《小美人魚》劇組這一晚滿載而歸，整整拿到了年度金繆斯最佳影片獎，最佳劇本獎，最佳女主角表演獎，最佳電影音樂獎，最佳電影特效獎，最佳導演獎六項大獎。

星網上掀起了腥風血雨，整個娛樂圈都為之矚目。

回來的路上只有羅木生一直非常興奮地在說話，他本是花間風的同學，雖自負才華，但聯盟有才的人太多，他只能依附花間風，一部一部的替花間風拍那些不知所謂的大製作片子。這次得以一舉洗雪恥辱，成為知名導演，今後即便沒有花間家的支持，僅憑《小美人魚》一部片子的豐厚利潤，就有無數投資商捧著錢去求他拍片。

他心情愉快地和鈴蘭說話：「拿了這個獎，妳今後就順了。」

鈴蘭看向不太說話的邵鈞，有些忐忑，畢竟花間風這次一個獎都沒撈到，當然，風頭還是不小的，畢竟《小美人魚》由他投資，他擔任主演，他還提供了劇本思路，劇組每個領獎的代表上去都真誠的感謝了花間風先生。

鈴蘭輕輕道：「多謝風先生的指點，下一次風先生參演的新片，一定還能拿獎的。」

羅木生卻看出了她的拘泥和顧慮，大笑道：「剛才獲獎致辭裡頭還沒有感謝夠嗎？妳放心，風先生才不會在意這些，這次我們替他賺錢贏面子了！」他拍了拍花間風的肩膀，說實在話，花間風雖然任性妄為，但是卻從來不會因為票房慘敗遷怒於人，實在是個非常好的金主，如果只是專心做金主，不要非要自己做演員就好了，他心裡十分遺憾地想。

邵鈞笑道：「我知道羅木生現在肯定在想如果我能專心投資，不要做演員就好了。」他用花間風的聲音模仿著那漫不經心的油腔滑調，惟妙惟肖，歐德忍不住側目。

羅木生大喊：「又被你猜到了！」

眾人哈哈大笑，鈴蘭看了花間風一眼，那種覺得他和杜因像的的感覺卻消失了，都說花間風先生喜怒不定，任性紈綺，其實也是個溫柔的紳士啊。大概是這樣，她才會莫名覺得花間風和杜因大哥有些相似吧？也對，能做替身，本來就是長得相似的啊，鈴蘭也微笑了起來。

送走了他們，歐德才將邵鈞又送回了松間別墅。

邵鈞又用特殊藥水洗過了臉上的妝，換了衣服才進去看柯夏。

柯夏還沒有睡，斜躺著，對面放著星網上的新聞，他不由有些心虛，上前看到放的都是軍事新聞，鬆了口氣，輕聲問他：「怎麼還沒睡？滿晚了，早點休息吧？」

柯夏含糊地應了聲，邵鈞便關了星網，又上前替他放下床頭，蓋好絲被，柯夏卻聞到了他身上一股混雜的香水味，有些不滿，皺起了眉頭，嘴裡含糊地發出了聲音，他已經能做出一些表情了。

邵鈞不知道他哪裡不舒服，忙靠近問他，味道卻更濃了些，柯夏臉上的神情卻更不悅了，但仍然還是說不出清晰的話來，發出那聲音已經費盡他的力氣，最後乾脆閉上了眼睛，拒絕和邵鈞交流。

邵鈞有些納悶，通訊器上一閃一閃地顯示接到了鈴蘭的通信要求，應該是獲獎了向他報喜的，他看了眼閉著眼睛的柯夏，走出外頭接電話。

鈴蘭聲音輕快：「杜因大哥，您今晚看了頒獎典禮嗎？我拿獎了。」鈴蘭展示那金光閃閃的最佳女主角玫瑰獎牌給邵鈞：「這是我第一個也是最後一個演技方面的獎牌，明年我將會申報聯盟音樂大獎賽，希望能再奪得一枚獎牌。」

邵鈞溫柔贊同：「看到了，恭喜妳。妳一定會再能拿到獎的。」

鈴蘭道：「我真的很高興，今晚我和羅木生導演、花間風先生一起去領獎。對了，花間風先生真的不笑不說話的時候有些像你，難怪當時聘請你做他替身。」

邵鈞心下暗道果然，嘴上說話：「只是身材有些像罷了。」

鈴蘭道：「他也是個紳士，今天幫了我擋了下那些記者。」

邵鈞點了點頭：「妳別在意那些。」

鈴蘭笑道：「比這更嚴重的我都見過，寄威脅信給我的，拿到我的通訊號碼傳送辱罵簡訊的，太多了。杜因大哥你別擔心，現在好多了，我才拿到獎，就好多奢侈品牌打電話給經紀人，希望和我談代言，還有很多導演都希望和我合作下一部片子。」

邵鈞關心道：「那妳要多注意安全，需要聘請保全公司嗎？」

鈴蘭道：「有的，公司已經請了最好的保全公司，還有……」她遲疑了下繼續道：「公司的意思是，接下來我要舉辦聯盟巡迴演唱會，應該不會再接戲約了。」

邵鈞了然：「這個選擇是對的，妳的長處是在歌唱。」

鈴蘭道：「是，公司的意思是，保持小美人魚的形象對我有利，我的演技並不算優秀，因此他們不建議我再繼續演電影，以免人們心目中的形象被覆蓋。」

「但是，」她有些歉意：「風先生其實在這部片子投入很多，這次頒獎典禮也幫了我，我和公司說了，如果風先生這邊還希望我參演他的片子，我還是會接的，但是真的在風先生面前說這些話就太輕狂了……」

邵鈞寬慰她：「不必介意，他們不會介意的，妳不要想太多，這點投資在花間財閥，真的算不了什麼。更何況妳不是都賺回來了，換一個人肯定不會演得這麼好。你們公司是個很成熟的演藝公司，這個選擇是對的。」如果保養得好，她還可以唱許多許多年，但演戲卻不一樣，不可控的因素實在太多，演得好，不一定能討觀眾的歡心，純潔、熱烈、執著以及勇於為愛犧牲的小美人魚是唯一一個最契合她身分的形象，就此固化這個形象：一個會唱歌的小美人魚，從此再也無人能模仿和超越，她終於走出了泥沼。

鈴蘭鬆了一口氣：「杜因大哥這麼說我就放心了，這麼晚了，會不會打擾您和夏休息了？」

邵鈞道：「他今晚有些不舒服，我一會兒再去陪陪他。」

鈴蘭張了張口：「若是我能拿到獎……」她看著杜因大哥的漆黑雙眼，那句話在喉嚨裡滾了滾，最終沒有說出口，她綠色的眼睛裡似乎帶了一絲淚光：「不知道到時候，夏能恢復健康了沒？」

邵鈞點了點頭：「一定會的，他已經開始能發出一些聲音了，醫生已經在著手為他擬定語言康復計畫。」

鈴蘭看著對方輕鬆喜悅的臉色，心裡酸澀。那麼杜因大哥，夏先生恢復身體健康，您什麼時候才能從這沉重的負擔中解脫呢？就算是她，一直承擔著撫養的弟弟的責任，如今布魯也已經要考取大學，將來也會有自己的家庭……杜因大哥，還會有屬於自己的人生嗎？

他究竟付出了什麼代價，才忽然有了經濟狀況的巨大改善呢。

他們和自己顯然是不一樣的人，即便他們淪落入塵埃，也能夠輕而易舉地將自己從泥沼中拔出，但是自己卻對對方毫無幫助，因為他們面對的境況，可以輕而易舉將凡人壓垮。今後，會不會就再也沒有交集了？自己從此以後，就從杜因大哥的人生裡消失了嗎。

她最終什麼都沒有說。

邵鈞掛了電話，沉思了一會兒，忽然問道：「蓮花？」

他附近的燈閃了閃：「我在，先生。」

邵鈞問：「今天夏有什麼不對嗎？」

蓮花道：「並沒有什麼不對，和昨天一樣的治療和訓練過程，白天你都在，只有晚上你出去過，夏先生情緒也一直很穩定，沒有表現出什麼不對。」

邵鈞納悶：「那為什麼我回來以後，他卻排斥我靠近呢？」

蓮花閃了閃：「您和出去之前的區別就是多了些味道。」

邵鈞一怔，對了，這些日子自己出去得少，偶爾出去演戲，也都不會有特別親密的接觸，唯有今天參加盛典，和鈴蘭以及和許多人應酬，雖然回來換掉了西服，難免還是沾染了些味道。

蓮花好心建議：「建議您可以洗頭洗澡，或者進溫泉蒸汽間去待上十分鐘除味。」

邵鈞有些無奈，真的進去梳洗了一輪，換了一套乾淨無味的衣服，重新進去看柯夏，柯夏果然睜開了眼睛，頗為滿意地看了看他，顯然不再排斥，邵鈞伸出手來，和每個晚上睡前一般，替柯夏按揉肌肉。

柯夏感覺到那有力的雙手替他翻身，在躺了一天微微有些痠麻不適的背肌上按，推，揉，敲，搓，舒心地閉上了眼睛。在已經適應了自己機器人管家的服侍後，其他機器人對他來說都太過機械，固定時間的翻身，固定時間打藥，固定時間的機械電流按摩，都不如從小陪伴著自己的〇〇七。

擁有感覺是這麼的美好，雖然還無法操控四肢，每一天都在僵硬地躺臥中感覺到酸麻疲憊，但當機器人帶著溫度的手指給自己身體按摩的時候，那種美妙的感覺，幾乎要讓他感覺到落淚，他終於有感覺了。

他知道這屋裡中控系統也是高智慧管家，整套別墅都有安裝。他有聽到邵鈞指揮它詢問它，等他重新學會說話，他應該就能更控制自己的生活一些，至少不至於像今天這樣，感覺到機器人身上不適的味道，也沒辦法表達。

不過話說回來，〇〇七是到哪裡去了？那麼濃的香水、菸草、酒精、水果的味道混雜在一起……應該是一個很多人的場合，他一個仿人機器人，混跡在人群中，真的膽子很大啊。

他忽然對他的機器人在自己看不見的地方的生活有了興趣。

努力想重新發出聲音的柯夏在恢復語言能力上很不容易，畢竟舌頭、聲帶的控制仍然算是精細動作，好在科技昌明，克爾博士推薦了個智慧發聲儀器，可以根據喉嚨、聲帶的震動幫助發聲，並且有按摩刺激聲帶功能，促進其回復功能，當然價格也很昂貴。

儀器做得像是項圈，邵鈞替柯夏扣上發聲儀器，然後低頭檢查是否太緊，柯夏白皙的脖子被發聲項圈襯托得越發纖細，邵鈞有些擔心扣得太緊了會導致窒息，反復調整了幾次，便看到脖子上薄薄的皮膚立刻就又被那項圈磨得發紅，他十分擔憂地問：「難受嗎？不舒服可以不戴的。」

柯夏搖了搖頭，他最近已經能做出扭頭，動動手指一些簡單的動作，他嘗試緩緩發聲：「疼痛讓我確定我還活著，聲音讓我確信我還能掌控我自己。」他的聲音依然含糊不清，卻比之前好多了，只是就這幾句話，他額上又冒出了細汗。

邵鈞拿了床頭手帕替他擦汗，終於放下心：「不要勉強，克爾博士說語言能力一般都是最後恢復的。」

柯夏仍然搖頭，吃力發聲：「抱我去復健。」

別墅院子裡仍然薔薇盛開，暖如春日，但明亮的玻璃頂外，卻能看到雪花紛飛，落在溫暖的玻璃頂上，很快融化變成水沿著玻璃流到結了薄冰的湖水中。

復健的儀器放在花間碧草上，邵鈞抱著柯夏將他放入了機器，將他的手足、胸腹、腿和手臂都用束縛帶束在機器各個機械臂上，仔細檢查過後，選了最輕柔的一檔，然後按了啟動。

整個機器緩緩擺動著，帶動著柯夏的手足以及全身，模擬著走路，蹲下，起身，抬腿，舉手等等動作，即便儘量輕柔和緩慢，而且還都是機械帶動，不過五分鐘，柯夏渾身肌肉顫抖，嘴唇蒼白，額上細汗密布。本就密切觀察他復健過程的邵鈞上前要停止，柯夏卻擺著頭制止了他，邵鈞看了眼心率和監控器正常，也就沒上前。

柯夏硬生生地熬到了理療時間要求的十五分鐘，身上薄睡袍盡被汗水打濕，臉上的皮膚本來白得透明，卻因運動而透出了潮紅。邵鈞上前替他解開束縛帶，一把將他抱回床上，解衣擦汗，仔細觀察他身上的各處，肌膚因這運動全變成了粉紅色，觸手溫熱，比平時的體溫要高一些，他將汗擦乾，讓機器人端了杯溫水來，扶著他慢慢餵他喝了。

柯夏躺著喘了半天，才算慢慢平息了。然而這一日，數日不曾發作過的神經疼又捲土重來，邵鈞連忙聯繫了克爾博士。

克爾博士檢查後卻表示一切都還是在往好的方向發展：「已經正在恢復了，肌肉等等你看護得很好，之前一直保持的推拿按摩讓它們沒有萎縮太多，經過復健是會恢復的，神經疼應該是因為復健過程對神經又有了新的刺激，再堅持一陣子應該就不會再出現了，復健還是應該循序漸進，不要急於求成，也不要太過強求……」

柯夏閉著眼睛，恍若未聞，也可能是太累了，克爾博士開了放鬆助眠，促進恢復的藥劑，又修改了下他的復健計畫，然後回去了。

邵鈞為他掛上藥物點滴，柯夏在藥物作用下終於疲憊睡著，他看了看手腕上閃爍的通訊，是歐德。

歐德的來電很簡單：「年底了，花間家族會有個家庭聚會，所有嫡系庶系都需要回老宅參加祭祀，迎接新年，按照計畫，你將於十五日與花間雪小姐一同回去，到時候我會去接你，到時候會在木沙島停留大概三日左右才會回來，你表弟這邊，蓮花會全程監控，一旦有事即刻通知你，你也隨時可以通過隨身設備連接蓮花，查看他的情況，呼叫醫生，安排看護，他的情況目前很穩定，或者你如果有其他更信任的人，也可以安排過來。」

邵鈞皺起眉頭：「他不喜歡陌生人，三天太長了。」

歐德道：「年底這個家族聚會很重要——再說，他已經在好轉，應該沒那麼排斥見人了，從心理上說，一直不見人不交流，對他的心理健康並沒有好處……」

他話還沒有說完，邵鈞已經打斷了他：「聚會我會安排。」說完不由分說掛斷了通訊。

他走進了房間裡，柯夏還在沉沉睡著，柔軟的絲質枕上，金色的長髮散開，面容蒼白柔軟。邵鈞彷彿所有愛操心的家長一樣，對要「出差」感到了困擾，然而既然已經答應了花間風，該做的事還應該做好。而除了柯夏，他還有些事需要處理。

他連上了天網，和艾莎交接了一下。聽歐德說過花間世族所居的木沙島，完全斷絕網路，純靠人工和信件傳送消息，外姓人絕不能入內。本來天網授課頗為靈活，但那三天卻真的無法連入天網了，只能請假。

這些日子他授課頗為認真，和這些孩子們多少也有些感情，因此也模仿著柯夏，提前錄了一節影片課，交給了艾莎，艾莎十分關切地探問：「夏有消息嗎？他這些時日一直都沒有登錄天網。」

邵鈞搖了搖頭：「不清楚，不過應該很快就能回來吧。」

艾莎嘆了口氣：「學生們都很想念他，每天都在問他什麼時候回來，他留下來的教學影片，他們每個人都反覆觀看，幾乎都快背下來了，真是奇怪，以前沒見他們這麼用功的，還真是容易失去的才更珍貴，還有學生悄悄和我說是不是因為他們不夠乖，老師嫌棄他們了——最難得的是，我查過了，他有些知識，都是正宗軍校的教法，非常嚴謹且有系統，我們真是無意間賺了大便宜了。」

邵鈞微微笑了下，心想都是熊孩子，大概還真在治熊孩子上有一手，他安慰艾莎：「他一定是現實生活中有很重要的事，等辦完了一定會回來的。」

離開了地下俱樂部，邵鈞回了登陸點，抬頭凝視著那幽藍的主腦，沉思著，背後卻忽然響起了個聲音：「想什麼呢，最近不太來天網？你的經濟危機解除了？」

邵鈞不回頭就知道是艾斯丁，笑了笑：「沒事了——在想天網是不是也很容易探聽消息，我剛聽說有個世家居住在島上，完全隔絕天網和星網，避免他人探知其家族祕密，如果有人精神力非常高的話，也能像駭入星網一樣的駭入天網嗎？」

艾斯丁微微一笑，漫不經心：「花間家族，生活在陰溝裡見不得光的老鼠家族，卻以為旁人會覬覦他們那點偷來的穀倉糧食。」

邵鈞輕輕咳嗽了下，艾斯丁笑道：「星網是資料，自然可以截獲資訊，但天網卻純粹是精神力，你是機械身體，對精神力的感覺可能缺乏身體和神經的感受。這麼說吧，精神力是個很純粹的東西，只要有異物接入，那就猶如針刺入肌膚一般明顯，所以在天網裡，可以用精神力攻擊人，使對方精神力崩潰，卻不可能截獲對方精神力所蘊含的資訊。但現在有許多人為了方便，將星網也接入了天網──所以你懂的，比如上次我和你說的賽車俱樂部的賭局，總有人貪圖精神力的強大力量和便捷，因此將星網的資料接入其中……所以在天網裡，只要有本事，的確是可以探聽到一些不為人知的資訊和祕密，但並不是與星網一樣截獲資料，而是和現實世界一樣，採用逼問等等方式。這麼說吧，除了沒有實體，虛擬天網，其實和現實世界是一樣的，比如如果有人在天網裡捕獲了你的精神力，逼迫你做出一些事，交出一些祕密之類……」

邵鈞吃驚：「精神力能捕獲？不是斷開連結就消失在天網了嗎？」

艾斯丁面上雖然紋絲不動，雙眸卻閃動著饒有興致的光：「當精神力比對方足夠強大的時候……精神力攻擊並不是所有人都能輕鬆掌握，在精神力方面的交流總會造成非常巨大的影響，精神力攻擊可以讓對方精神力崩潰，可以催眠對方，可以困著對方，讓他在天網裡再也無法下線，當然，也可以……」他微微一笑：「神交……」

邵鈞尚未反映過來，他還在吃驚精神力居然也可以被捕獲這樣的事實，有些遲鈍道：「神交？」

艾斯丁笑了下：「如果一方精神力足夠強的話，會比實際獲得更不得了的感受哦，瀕臨死亡那種。」他銀灰色的眸光流動，彷彿誘惑一般：「你想試試嗎？我可以讓你感覺一下……一定會讓你很爽的……」

邵鈞感覺到臉一熱，微微有些不自在別開話題：「您是天網的主腦，那麼您也可以困住某個人的精神力了？」

艾斯丁咂了咂嘴，似乎在遺憾邵鈞沒有接受他的提議，十分索然無味道：「理論上，是的，問題是我留著他們做什麼？」他眸色轉深，不是那個人的話，哪個人配得上讓他強留？不過都是些陪著自己省得自己寂寞的玩具罷了。

他忽然又覺得有些無趣，似乎那刻在靈魂裡的抑鬱疲憊又冒了出來，他搖了搖纖長的手指：「沒什麼事我先走了。」忽然他又想起一事，提醒邵鈞道：「如果最近你和花間家族打交道的話，還是要注意，那個家族精於刺殺和刺探，他們的精神力和一般人也有些不一樣，很善於偽裝，你自己注意些。」

話音未落，他打了個響指，整個人倏忽消失在了空氣中。

Chapter 72 中控蓮花

邵鈞還是和柯夏說了要出差的事。

「出差？」

柯夏剛剛從復健機械上被放了下來，疲憊地靠在軟枕上，金髮都濕漉漉的，他睜眼睛看了眼邵鈞：「你還在工作？」

邵鈞點頭，柯夏問：「你這些日子不是都陪著我嗎？工作是什麼工作？報酬很高？有危險嗎？」

他說話還很虛弱，即便有發聲器幫忙，說話也還很辛苦，這點讓邵鈞保護欲爆棚，他詳細解釋道：「沒有危險，就是幫人做拍戲的替身，前陣子戲拍完了，所以有時間陪你，現在又有新戲了，需要出去幾天。」心裡卻想著如果柯夏要看他拍的戲，他是不是該把以前在大峽谷拍的《最後的勇者》之類的給柯夏看看。

柯夏想笑，但臉上肌肉有些不聽使喚，只是勉強彎了彎嘴角開嘲諷：「真是天下奇聞，不過替身很合適你。」機器人嘛，畢竟不怕危險。

他謹慎地沒有點出邵鈞機器人的身分，畢竟如今住在別人房子裡，四周都是智慧型機器人，還有個蓮花中控。但他也沒有打算看邵鈞演戲的想法，他一直對娛樂圈不感興趣，無論帝國聯盟，娛樂圈都是個能賺快錢的行業，想來自己這個機器人還真賺了點錢，還認識了大人物，這麼說的話前陣子聞到的那些味道就說得通了。

他疲累得很，也沒計較機器人離開的這幾天：「去吧，這邊智能看護也很周到。」他本來就是一個人，少一個看護機器人而已，沒什麼，〇〇七能做的，那些智慧看護機器人也都能做到，而且看系統，理論上比〇〇七還要高了好幾代，功能比〇〇七更齊全，他只是習慣他罷了，他在心裡替自己那隱隱有些不捨辯解。

邵鈞操著老父親的心，將看護機器人的所有看護程式又重新交代了一輪，又叫了中控蓮花出來，一二三四列了數條要求，才收拾行李搭上了回花間老宅的飛梭。

飛梭上還有花間雪，她居然一反常態，換掉了那些驚世駭俗的打扮，一身鮮豔的紅色絲質長袍，上頭繡著魚紋和蓮花，漆黑的短髮梳得整整齊齊油光水滑，還紮著髮帶，佩著綢緞製成的花，居然像個文雅淑靜的淑女。只是看到花間風時臉上翻了個嫌惡的白眼，還是完全破壞了她的氣質。

邵鈞當然沒有理她，他不過是養了個熊孩子，就已經感覺自己擁有了見過滄海桑田的豐富家長經驗。他十分淡定地上了飛梭，在花間雪的瞪視中穿過小廳，目不斜視地進了自己的房間，關上了艙門，看了看時間還早，聯上了天網，爭分奪秒地進了俱樂部對戰陪練了幾把，錢總是越多越好的，誰知道花間風那傢伙能不能完成任務，居安思危的邵鈞有著操不完的家長心。

然而今天卻有些不太順利，他打到第三場，乾脆俐落地把對方幹趴下來以後，對方忽然撲上來抱著他大腿道：「這熟悉的腳法！這乾脆俐落的力道！這似曾相識的精神力威壓，你是〇〇七！原來你來聯盟了！」

邵鈞吃了一驚，定睛一看，對方的面容其實並沒有怎麼改變，只是髮色衣服稍微改了改，仔細還是能看出來，這是帝國那有錢人土豪。

土豪還在興高采烈：「是你是你一定是你！你不用承認，我知道就是你，我之前就聽說這個俱樂部有個很厲害的陪練，一次都沒有輸過，我還在想該不會是你吧？來試了這麼多次運氣，我總算撞見你了！」

邵鈞沉默著，並不想理他，土豪卻仍然熱情而自來熟地說話：「加你好友了，知道你有苦衷，不想暴露身分，放心，我罩著你！我也到聯盟來了！今年考雪鷹軍校，考上的機率很大，你有什麼難處，都可以來找我，在天網裡找我也行，你還缺錢嗎？我轉給你！」一如既往的多話。

邵鈞顧左右而言他：「帝國也能來聯盟軍校讀書？」這位土豪，在帝國應該是高層豪門貴族，還能到聯盟軍校留學，而且看上去非常不拘小節，應該能和他探聽到一些帝國的消息。柯夏的身分就是一枚定時炸彈，多打探些消息總是好事。

土豪嘿嘿地笑：「當然可以啊，軍校招的是學生嘛，真打仗起來還是各為其國。不過審核很嚴，帝國這邊也都嚴格限制名額，怕被策反。我們作為留學生，待遇很好的！你儘管放心，雖然現在聯盟和帝國關係緊張，但是還是正常民間交流還是允許的。」

邵鈞點了點頭，沒說什麼，退出了房間，想了下還是直接下了天網，看了看時間，應該是柯夏復健結束的時間了，便接通了蓮花，要求即時影像通訊。

蓮花反應很快，接上了，邵鈞看到柯夏半躺在床頭，床頭一旁花瓶上插著薔薇花簇，床邊卻坐著一個光學影像——一個美得屏息的女子，漆黑長髮一直披散到裙底，再蜿蜒在地上，穿著廣袖蓮紋白色長裙，額間有銀色蓮花額飾，耳邊垂著細長銀絲，下垂蓮花花苞，全身都散發著柔光，彷彿女神一般。

那個光學影像盈盈向邵鈞施了個禮：「杜因先生。」長髮也隨之拖動，輕靈曼妙。

邵鈞一怔，過了一會兒才反應過來：「蓮花？」

床上柯夏嘴角又艱難地彎了彎，似乎在笑：「我召喚她顯示虛擬形象的，聯盟因為不許有擬人機器人，所以中控系統基本都會設有虛擬形象。」

蓮花的形象溫婉如水，清雅似蓮，含笑軟語道：「夏先生無聊了，正和蓮花聊天呢，今天夏先生的復健計畫完成得不錯，發音也更流暢了許多，用藥後也沒有神經痛，我還替夏先生讀了新聞，用過營養餐，還指示看護機器人做了全身按摩，還請杜因先生不要擔心。」她說話柔和，卻條分縷析清清楚楚，一點兒沒有耽誤。

邵鈞看向柯夏，他確實臉色不錯，白得近乎透明的臉上透出了些粉色，看上去和蓮花聊得也很開心。

他們在別墅裡住了這麼久，平日裡邵鈞不是必須基本不會召喚蓮花，而蓮花也非常沒有存在感，只在他召喚的時候應答。

中控系統，也是另外一種形式的人工智慧，完美貼合主人的要求，當邵鈞只需要蓮花做一個安靜的協作者的時候，蓮花便幾無存在感，絕對不會打擾到主人，而當柯夏會說話了，需要陪伴聊天的時候，蓮花便是一個溫柔貼心的解語花。對於柯夏來說，他和蓮花，都不過是個可以取代的高級人工智慧罷了。

邵鈞點了點頭，叮囑了幾句便掛斷了通話，對自己之前那點離開家庭的擔心有些好笑，就看護來說，興許蓮花還做得比他更好些，至少不是一直沉默寡言。從前聽說過一開始是孩子需要父母，但往往後來反而變成了父母也需要孩子，想來日久天長的習慣和陪伴，也是會滴水石穿地影響人的心理。

他恍然想著，如果柯夏病好以後，應該也不再需要他了？假如花間風順利的話，應該可以給柯夏豐厚的補償，柯夏可以繼續讀書，然後考上大學，有一個明朗的人生，那麼，他自己呢？應該做什麼？賺錢修整機器身體？花間風應該能替自己解決身分問題，可以考慮找一個穩定的工作來做了，自己適合什麼職業呢，他思索著，不覺飛梭外已經到了深夜。

他不需要睡覺，又不想上天網，便打開星網隨意瀏覽著，查看聯盟的世家，卻發現星網上對聯盟世家的介紹並不算多，諱莫如深，只大概知道和花間財閥旗鼓相當的還有萊恩的索羅財閥，以金融經營為主，霍克公國的埃韋財閥，能源起家，大大小小還有十來個財閥，分布在金融、能源、飛梭、港口、軍工等等不同領域，有些是家族控股，有的則是個人創辦，背後卻隱隱有著黑道的影子。相較之下，花間財閥反而較為低調，經營範圍大多是文化、林業花業等種植業為主，最張揚的是花間財閥的敗家小公子花間風，其他都十分低調，關於個人的新聞幾乎完全看不到。

邵鈞默默瀏覽著與花間財閥相關的各類新聞，艙房門口卻傳來了敲門聲，飛梭上只有他和花間雪，因為木沙島只允許姓花間的人進入，所以歐德只將他們送上了島上，島上到底什麼情形，據歐德說，按花間風過去的經驗，進去以後全程都有人接引，無非就是一起用餐，祭祀後就可以離島了。

但邵鈞總覺得自己這一次不會那麼順利，對花間雪總是避開也無用，索性從花間雪嘴裡探到一些消息也好，便起來打開了門。

花間雪還是穿著那一身廣袖長袍，走入房內，毫不客氣坐了下來，臉色凝如霜雪：「哥哥，我聽說任務已經下達，但你卻沒有打算去做。」

邵鈞不置可否，只是坐到了她的對面。

花間雪卻抬起眼直視著他：「父親母親的仇，你已經決心放棄了嗎？」

邵鈞仍然沉默著，花間雪卻尖銳道：「把任務告訴我！我去完成！我已經準備了多年，只等著這一天！」

邵鈞道：「別鬧，做一個平凡人家的女兒，有什麼不好的。」有人從雲端墜落，生不如死，求一個平凡人生而不可得，真是身在福中不知福。

花間雪抬眼瞪著邵鈞，邵鈞靜靜看著她，雙眸猶如深井，波瀾不驚。

花間雪臉色微微扭曲：「我知道你想做什麼，你希望我們都忘記仇恨，遠離花間家族，拿著分產，去過衣食無憂平庸的所謂幸福的人生。」

「但是我偏不！」花間雪直視著他，忽然伸手將自己身上的寬袍帶子解開，光滑的緞袍滑落下來，露出了裡頭雪白的肩頭，穿著工裝背心的身體上，綁著一圈的微型設備。

真是熊孩子！邵鈞瞇了瞇眼。

花間雪舉起了手，手上拿著一個遙控器，她臉上激動得微微有些發紅：「把任務給我，我去做！不然今天我們一起炸死在這裡，我看你有沒有臉去見爸媽！」

花間雪看著這個一貫紈絝任性的哥哥，他安靜而無語地看著自己，彷彿自己還是一個幼稚任性的妹妹一樣，他根本沒當真！

惱羞成怒的花間雪冷冷道：「外邊的飛梭導航已經被我鎖死，你再叫機器人保鏢也已經來不及了，這是強力炸彈，只要按下去，整個飛梭都會在劇烈爆炸中解體，就和當年爸爸媽媽一樣，我們倆一塊完整的肉片都找不到。」

「他們死了以後，我整整學了十年的刺殺，毒藥，追蹤——你把任務交給我，我去完成，如果完不成，你可以繼續離開家族，去做你的花花大少，去捧你的小夜鶯，去拍你的片子，你想怎麼樣做一個平凡的人，都行。」她聲音微微顫抖，眼睛裡已經都是淚水：「把任務交給我，求你了，哥。」

邵鈞沉默了一會兒，忽然按了下手上的通訊器，一個畫面閃了出來。

花間雪吃了一驚，但看到閃出來的是歐德，不屑地閃了閃目光。

邵鈞道：「都聽到了吧？」在花間雪解開衣袍的時候，他就已經按下了連接歐德的緊急通訊鍵，開啟了單向影片。

歐德沉默地看著花間雪：「是的，我都聽到了。」

邵鈞道：「她不是個孩子了，我覺得她至少應該知道，她的哥哥和她一樣。」

歐德沉默，花間雪狐疑地看著他們兩人，臉上還有著淚珠，謹慎地保持了沉默，但手裡舉著的遙控器卻一點沒有放鬆。

邵鈞道：「你來解釋吧，我先出去了。」

他畢竟是個外人，這神經兮兮的花間家族的祕事，還有勸說大小姐這樣艱難的事，還是交給萬能的歐德助理先生吧！

歐德鞠了個躬：「是的，辛苦您了，我來解釋。」

邵鈞看向花間雪：「我出去，歐德會解釋給妳聽，別衝動，否則妳就見不到妳哥哥了。」

花間雪滿頭疑竇，卻也壓住了脾氣，畢竟她的目的是為了任務，並不是真的要同歸於盡，邵鈞站了起來，向歐德抬了抬下巴示意，便走了出去。

片刻後，花間雪從他房裡走了出來，滿眼紅腫，狠狠瞪了他一眼，回房了。

邵鈞非常無所謂地關了門，繼續瀏覽星網。

天亮的時候，木沙島也到了，邵鈞換上了和花間雪一樣隆重的古典長袍，下了飛梭。

有灰衣人在迎接他們，默不作聲，只鞠躬後引導他們前行，木沙島上落滿了雪，雪裡一樹一樹紅梅盛開，他們從梅樹中穿過，整個島分外安靜，只聽到他們踏雪而行的聲音，拾級而上走了一陣子，眼前豁然開朗，原來他們到了島上地勢最高的小山頂上，遠處是冬日裡灰藍色的海水，而距離木沙島不遠處，有一座深灰色幾乎全岩石的小島，光禿禿的，頗為醒目，邵鈞忍不住多看了幾眼，花間雪在一旁輕輕道：「那是永無島，流放和關押家族罪人的地方。」

她倒是毫不顧忌！邵鈞不由警覺看了下在前邊恭敬躬身等著他們的灰衣人，花間雪冷笑了下：「那也是旁系犯過錯的族人，被剝奪了姓氏和名字，自願割了舌頭刺穿耳膜在島上做下僕苦力工作，以此來換取自己的家人能在外頭繼續得到花間財閥的庇護。」

邵鈞不寒而慄，花間雪淡淡道：「進去肯定會有人挑釁你，不要搭理，先動手的要罰跪。」

她轉過身，冰冷的臉彷彿凍結了一般，似乎那些任性和衝動都只在親哥哥跟前展露，一旦發現眼前的人不過是個替身後，她就變成了疏遠客氣的人。

冬日的海風吹過來，想來應該是刺骨寒冷，邵鈞自己是機器人不怕冷，眼前這纖細少女一身薄薄的花袍，卻彷若不覺，只是盯著遠處，眼睛裡滿是寂寥不甘。她在擔心花間風吧，邵鈞想了下安慰她：「他會沒事的。」

花間雪轉過臉看了他一眼，雙眼瞇了瞇，直接走了，邵鈞跟上，過了一會兒他們進了一座透明的升降梯裡，然後一直往下沉，一直沉到地下，然後他們便進入了一座巨大而恢弘的地底宮殿，通道兩側雕刻著各種古樸的花紋，卻又都是高科技的鈦銀通道，雖然是地底下，卻絲毫不憋悶，明亮清爽，通道裡乾淨得一點塵埃都看不見。然而邵鈞卻想起了艾斯丁關於「生活在陰溝裡的見不得光的老鼠家族」的評價，真是頗為精準，這裡明明沒有天網和星網，他是怎麼知道的？

每一層都有一條通道延伸到不同的宮室中，他們一直沉到最下一層，在灰衣人的引導下，一直到了屬於他們的地堡內，房門上銘刻著巨大的紅色鳥雀圖案。

花間雪帶著他進了裡頭，將隨身行李箱扔了進去，冷冷道：「時間到了會有人來引領我們去用餐，然後參加大祭祀，祭拜後就可以回去了，這裡不能連上星網天網，不能四處亂走，其他沒什麼忌諱，就在房間裡待著就好。」

房間裡很寬敞，有整整一面牆的玻璃牆，牆外是深沉的海底，配有燈，能看到一些遊魚和珊瑚礁。一張看著就挺舒適的床，陳設也都華麗古樸，邵鈞坐下來，翻了翻書架上的書，微微有些發呆出神。這個時候，應該是柯夏在復健的時間了，不知道他今天還會不會神經痛。

邵鈞感覺到了自己似乎患上了分離焦慮，明明柯夏那邊有蓮花在照看，也同時吩咐了歐德注意那邊的情況，但自己仍然完全無法放下心來。他拿了書起來翻了翻，架子上的書想來都是花間風以前留下的，全是各種吃喝玩樂的雜誌。

這對兄妹到底經歷了什麼，扮豬吃老虎演得連彼此都瞞過了。

邵鈞心下嘆氣，從箱子裡拿出了一套微型機甲，配著的正是之前古雷給他的手動作業系統，開始練習手動操作機甲。

當花間雪進來的時候，邵鈞正操作著微型機甲，十指如飛幾乎掠出一道道殘影，小小的微型機甲噠噠噠單腿轉圈、小步跳躍、大跨步旋轉在跳舞，花間雪有些無語：「吃飯了。」

邵鈞將手上的鍵盤一扔，讓微型機甲保持著單腿站立，一隻手放在腦後攏著另一隻彎著的腳的小天鵝造型，起身，原本挺直脊背微微一垮，原本那種沉默冷漠的氣質就消失了，懶洋洋玩世不恭的花間風又出現了。

花間雪忍不住又打量了他幾眼，心說也不知道哥哥去哪裡找來這個人，才帶頭走了出去。

用餐是一個極寬闊的餐廳，桌子並不多，十來桌，桌上均插著不同座標，他們這桌上仍然插著朱雀圖案，但卻只有他們兩人入座，和旁邊那些坐得滿滿當當有老有少的桌子不同，其他座位上雖然也有插著朱雀的，卻並不和他們親熱。

花間雪淡淡道：「朱雀嫡系，只剩下我和哥哥了，其他的都是庶系。」

菜還在慢慢上著，顯然還沒有到開餐的時候，四處都有花間族人在攀談閒聊，倒顯得他們這桌空蕩蕩的分外寂寥。但兩人臉色都頗為淡漠，坐在那裡似乎完全無視四面八方或直視或偷偷打探的目光。

邵鈞懶洋洋靠在靠背椅上，有隔壁座桌上擺著青龍的年輕族人戲謔地和他說話：「這不是我們的大明星風先生嗎？怎麼，剛剛斬獲了那麼多大獎，怎麼還這麼低調。」

邵鈞斜眼看了他一眼，一副懶得搭理的樣子，後邊走來了一個人，雖然也是黑髮黑眼，卻肌膚黯黑，虎背熊腰，身材高大得和身旁修長斯文的其他族人有些格格不入，他陰陽怪氣地笑了聲：「睡了小歌后吧？真是豔福不淺啊，算是最後的瘋狂吧？還是再給自己找後路？看來我們的大明星就算被逐出家族，也是能過得不錯的哦，只是剝奪了花間這個姓，怕是連小歌后都不會理你了吧？」

邵鈞眼皮都沒有抬，但是卻無論是眉眼還是身體姿態，甚至是那修長的拿著瓷杯的手指，都完美地演繹出了鄙視這兩個字。

花間雪一旁不屑道：「就你這模樣，就算姓花間，再倒貼錢，怕是人家也不稀罕和你睡呀。」她抬起眼，刻薄而尖利地嘲諷對方：「是不是？花、間、黑、熊？」

花間雄眼皮一跳，他從小就因為長得和族裡的人不太一樣而飽受歧視欺淩，長大了些仗著一身蠻力雖說不再有人敢欺負他，他卻還是對人的輕蔑和眼色特別敏感，而他應對這一切往往是先發制人，不管如何先攻擊了再說。

邵鈞那無視本來就已經讓他火冒三丈，花間雪那含譏帶諷地叫起他小時候的綽號，更是讓他熱血沖上頭，一時也就口不擇言：「呵呵，自然是比不上你們朱雀的相貌總是分外秀麗呢，也算是家傳的，我看啊，風先生捧了個出來賣的，怕不是和你們的親爹一樣，就喜歡出來賣人盡可夫這一口呢……」

他聲音拖得長長的，話音未落，花間雪已經跳起來，一拳直接往花間雄的臉上飛去。

但是她快，邵鈞更快，他肩膀一側，右手一伸已經精準而牢固地握住了花間雪的手肘，花間雪詫異地看到眼前的人不過只是幾根手指握著她的手臂，她的手卻再也不能前進哪怕一寸，她還沒有來得及叱責，花間雄已經呵呵地笑起來。

邵鈞右手握著花間雪的手臂，左手卻漫不經心地反手一拳，以閃電一樣的速度正擊在花間雄尚還洋洋得意的臉上。

原本喧鬧的大廳裡靜了下來，只聽到喀嚓清脆的一聲，正是花間雄的鼻樑被擊碎的聲音。

Chapter 74 罰跪

最後飯當然沒吃成，滿臉開花的花間黑熊小朋友哭著臉地被人送去治療艙治療了，而年宴上先動手的花間風自然也被押到了祭祀的祠堂垂手罰跪，這罰跪也很有特色，跪的是一塊有著密密麻麻尖銳凸起的跪板，一看就知道這個家族有著十分歷史悠久的罰跪經驗，旁邊還杵著兩個看管的老者監刑。

最搞笑的是花間雄的鼻子很快就被治好恢復如初，然後也同樣被押到了邵鈞旁邊，與他一樣待遇被跪板罰跪。只可憐花間黑熊身軀龐大沉重，被按在那跪板上臉色就變得猙獰。他們鬧事是在晚宴前，空腹的他又冷又餓又疼，不到一個星時就已搖搖欲墜，然後被旁邊監刑的找了根繩子來，結結實實將他捆紮成了個穩穩當當的三角形，膝蓋壓在那跪板上，連倒下都不能了，只能垂著頭精神萎靡。

看來這是一定要跪到天亮開始祭祀了，幸好自己攔住了花間雪，邵鈞總算明白花間雪看著他被押走臉上的憂愁了，可惜自己不是凡人之軀，不冷不餓不疼不累，脊背挺直地跪在那跪板上一寸也不曾挪動。至於會不會毀了花間風的紈絝人設，他倒不在意，畢竟風大少爺有言在先，隨便他怎麼演都行，喜怒無常行動任性性格古怪本來就是他之前扮演出來的——他覺得在剛剛的場合，花間風也一樣不會放過花間雄的，那小子心狠著呢。

天亮後，盛大的祭祀開始了，有女子戴著面具穿著長袍出來跳舞，之後是整整齊齊的孩子們出來齊聲歌唱，然後便是長老們出來，族長開始念花間財閥的年報，先說成績，再說不足，然後展望未來，部署下一年工作，和所有企業的年會一樣無聊。

全程邵鈞和花間雄一直被晾在祭祀台一側跪著，接受所有來參加祭祀人視線的洗禮，想來大概這過年鬧事的不算少，因此大家似乎也沒怎麼驚奇，該做什麼還做什麼。

漫長的祭祀終於結束了，邵鈞和花間雄被長老過來訓導了一番，才算罰跪結束，但那白頭髮的長老卻留下了邵鈞，只讓花間雄出去了。

邵鈞被人扶了起來坐到了軟墊上，然後在他腿上綁了兩個治療儀，應該是熱敷活血修復淤傷的。白髮長老坐在他跟前，一邊噓寒問暖，一邊慈眉善目地道：「知道你們兩兄妹這些年也不容易，這次任務已經儘量考慮你們的實際情況了，但是族長挑戰任務，難度總是要有的，實在完不成，也就算了。我已經和其他長老說了，你們朱雀嫡系這一枝，本身血脈單薄，又沒有長輩教養，完不成任務，也不怪你。等你和小雪的孩子長大後，還會給孩子們一次機會參加族長挑戰任務。」

他長嘆著道：「我已經盡力了。」

邵鈞道：「多謝大長老的盡力。」

那長老臉色落寞：「還是心裡有怨啊，你以前都叫我青爺爺的。」

邵鈞面色不變：「任務如果完不成的話，稱呼什麼都沒有意義。」

大長老嘆息了一聲：「你放心，你父母留下的遺產，一定會原原本本交給你們的，就算沒有花間這個姓氏，有什麼事，你還是可以隨時來找我的。」

邵鈞淡淡道：「多謝長老關照。」

大長老看了他幾眼，低聲道：「族長挑戰任務時限是三年，但是其他長老的意思是，現在帝國和聯盟的關係實在太複雜，為了家族，如果你早點正式放棄的話，我們可以選直接進入下一個族長候選流程，為此，按慣例族裡也可以給你一些補償，族裡的意思是，除了經濟補償，小雪也可以留在島上，以後族裡好好給她挑一個好人嫁了。」

邵鈞笑了聲：「青爺爺，現在說放棄為時過早吧？大家壽命都這麼長，三年很快就過去的，雖然我現在不想做，也許明天我就想做了呢？雖然我現在做不了，也許明天任務忽然就自己能完成了呢，畢竟運氣也是實力的一種嘛，我運氣一向很好的。」他慢慢拉長著聲音，神色充滿了無賴。

大長老臉上神色一言難盡，旁邊側門邊簾子一掀，另外一個長老進來，冷冷道：「狗改不了吃屎，偏偏就是你說看他跪得老實，想來脾氣改了，要再勸勸他，我看他們兄妹早就無可救藥了，年會晚宴上也要打架！你看看這德性！要我說，這規矩定得太死板了，早就該改了，這樣的人非要拖著三年時間，什麼都不做，太噁心了。應該補充規矩，不作為者，立刻失去族長候選資格！逐出家族！」

大長老滿臉為難，邵鈞站起來一笑：「看到你們不開心的樣子，我可真開心啊，一想到你們還要不開心三年，我就更高興了——還有什麼事嗎？沒有我先走了。」

那後來的長老氣得發抖，大長老卻攔著他，只是勸說道：「你在氣頭上，回去好好再想想，聯盟和帝國這兩年很可能就要打起來了，這個時候正是我們花間家族建功立業的時候，這是我們的使命。」

邵鈞臉上微微一笑，什麼都沒說，走出了門外。

門外花間雪正遠遠等著，看到他出來連忙迎了上來，目光落在了他的膝蓋上，看到上頭綁著治療儀，才鬆了一口氣：「你沒事吧？」

邵鈞搖了搖頭：「沒事，回去吧。」他歸心似箭，可沒心思和這些唱黑臉白臉紅臉的地底下見不得光的老鼠們糾纏，對花間風父母過去的故事更沒有興趣。

離開木沙島就彷彿離開一座正在腐朽死去沉沉的巨大墳墓，就連冬天刮在島上的森冷海風，相比那種死寂都顯得生機勃勃，他們毫不猶豫地登上飛梭離開了木沙。

回去的飛梭上花間雪一直老老實實，對他的態度也好了許多，至少像個正常人，邵鈞安安穩穩地也縮在自己艙房裡繼續讓微型機甲跳小天鵝。

回到洛倫，把花間雪送回住處，他立刻回了別墅，進了門邊就叫蓮花：「夏怎麼樣？」

蓮花回答：「夏先生剛打過針，現在在神經痛，他沒有要求打止痛針。」

邵鈞直接走了進去，大床上柯夏閉著眼睛安靜地躺在床上，只有靠近了才能看到他的身軀在微微顫動，他上前去低頭摸了摸他全是汗的額頭，柯夏睜開了眼睛，看到他嘴角彎了彎，忍著痛伸手，非常勉強地發聲：「抱我。」

他想念機器人的懷抱。

邵鈞沒有遲疑，雖然他剛從外頭回來，匆匆洗掉了臉上的花紋，身上的衣服還沒有換，但還是彎下腰一手將柯夏抱進了懷裡。

柯夏感覺到了一個有力而熟悉的擁抱，機器人不知道去了哪裡，身上的衣服帶著一股海水的鹹味，混合著一點香料的味道，還有冰冷的雪粒觸感，恆溫的機器人肌膚並沒有更溫暖，卻讓正在疼痛的他感覺到了安慰。

人型機器人還是有用的，比只有虛擬形態的蓮花好用，比圓滾滾的看護機器人好用。機器人的手臂有力而穩定，一隻手輕輕籠在自己額頭上，時不時順著頭髮往腦後撫摸，彷彿在撫慰孩子。柯夏閉上眼睛，覺得身上的疼痛不再那麼難忍，才三天而已，還真的有點想他。

這次疼痛並不久，疼痛平息後邵鈞和從前一般替柯夏擦過汗，換上乾爽的睡袍和床單，緩緩餵過水，看著他沉沉睡去，才回了自己房間，將衣服換過，然後看到歐德已經聯繫過自己幾次。

他聯繫了歐德，歐德道：「雪小姐和我說了，你為了保護她不受罰被罰跪了？膝蓋還好嗎？需要幫你預約醫生做檢查嗎？」

邵鈞搖頭：「我沒事，反而是你們家小姐，你好好管管她，惹是生非的本事真的太大了，我只答應扮演風先生，可沒答應替他管教孩子。」

歐德沉默了一下，臉色誠懇：「這次真的多謝您了。」

邵鈞搖了搖頭，將那個長老的話說了一遍，又提醒歐德：「我看不算哪個長老，都是一樣的，你如果有辦法聯絡風先生的話，要他多小心。」

歐德苦笑：「我也聯絡不上他，只能等最後結果，任務是絕密並且隨機抽取的，就連長老們也不知道任務內容，只有他回來交任務以後，才會打開抽籤匣，對上任務。族長挑戰任務以前出事的太多了，風先生不敢相信任何人。」

邵鈞有些不贊成道：「這樣老鼠一樣的腐朽家族，我覺得離開也沒什麼不好的，為什麼不乾脆放棄任務？」

歐德遲疑了一會兒，低聲道：「少爺的父親母親都還活著。」

邵鈞一怔，歐德道：「犯了大錯，他父親在永無島關押，母親聽說也在服苦役。他想完成任務以後，擔任組長，就可以赦免他的父親母親。」

邵鈞沉默了，歐德苦笑道：「這事你知道就行，雪小姐不知道，她一直以為是飛船失事。我擔心你以後再回老宅會遇事。朱雀這一系，本來一向人丁凋零，上一輩原本有兄弟兩人，就是風先生的伯伯和風先生的父親，結果出了醜聞，兄弟同時愛上了一個人，就是風先生的母親，後來風先生的父母結婚後生下了他們兄妹兩人，後來就出事了。」

「傳說是兄弟爭妻，然後風先生的父親殺了哥哥，他母親也在場，據說也有參與。族裡祕密審判，考慮到朱雀這一系本來就人丁凋零，最後族長這邊還是決定沒有處死他，只是關押，如果風先生被剝奪了姓氏的話，他們這一枝嫡系從此就要另挑純血庶系當家了，族長是他最後的機會，但是青龍、白虎、玄武四枝嫡系也不願意繼續讓朱雀能夠擔任族長。」

「所以從小，無論是其他嫡系的人，還是朱雀庶系的人，每一個人都盯著他們兄妹，希望他們過得不好，族長挑戰任務更是每個人都希望他儘快放棄。」

「風先生，撐到現在，很不容易。」

邵鈞沒有說什麼，歐德鞠了個躬：「非常感謝你的幫助，他如果能平安回來，一定也會感謝你的。」

Chapter 75 有病

歐德沒有讓邵鈞休息太久，初春的時候，他很快又幫邵鈞接了個新戲：「索格達，著名硬漢導演，他看上了你在《屠龍》裡的身手。拍片風格比較意識流，拍的點影有的反應不錯，有的觀眾說看不懂，但是無論成績怎麼樣，他的話題度都是很高的，有很多觀眾就吃他這套，鏡頭語言、畫面、色彩都非常有自己的風格，別的導演也模仿不來。女主角敲定是狄麗莎，去年剛紅起來的動作女星，演技很好，有很多影迷。我覺得這個劇本很不錯。」

邵鈞翻了下劇本，男主角是一個沉默嚴肅的私家偵探，有著一個貓一樣的媚眼如波的女助手，兩人輕悄的在城市裡行走，懲惡揚善，遇到城市裡的形形色色的男女百態。

他頗為驚訝：「就我這種演技，竟然也有著名導演看上？還有女明星願意共演？」《小美人魚》雖然大紅，但他的表演可以說是個單純的背景了。照理說，有出息點的導演都看不上他，之前也沒有好一些的女星願意和花間風搭戲歐德嘲諷的笑道：「花間工作室當然沒這樣的能量，但是，現在是財閥的各家公司都在紛紛明裡暗裡的給你送資源，全都是硬得不得了的資源，所有娛樂圈的明星都要眼紅的那種。就連雪小姐，最近也是接宴會請柬接到手軟。」

邵鈞明白了：「他們希望我越忙越好，最好不要想起再做任務的事。」

歐德道：「應該是，還有，花間雨和花間雷兩兄弟開了很高的價給我，請我去做助理。」

邵鈞點了點頭：「知道了，你定時間吧，但是這段時間是夏恢復的關鍵時刻，這場戲我不能離開洛倫。」

歐德道：「我已經和導演說了，並且不拍暴露戲不拍吻戲不拍床戲。」

邵鈞笑了下：「這樣都能答應，背後的人真是開了很高的價啊。」

歐德挺喜歡和邵鈞說話，都是聰明人，微微笑道：「趁這個機會我們也好好撈一筆，和小美人魚一樣，男主角的片酬以及影片盈利後作為投資商的分成，全部都會轉給你。」

邵鈞點了點頭，沒說什麼，掛了後回了主臥，看到蓮花的虛擬影像正立在一側盈盈微笑，柯夏身上加裝著一套機械裝甲輔助復健設備，正在園子裡草坪上一步一步地走著，襯衫背上已經被汗濕透，瘦削的肩胛骨高高突起，他每一步都十分艱難和緩慢，甚至身體和腿上的肌肉都在發抖，但是卻還是一步接著一步走。

他的復健進度非常快，不過一個月的時間，他說話越來越流暢，簡單的動作也已經能在沒有輔助設備的幫助下作了，而且他對自己非常狠，每天花在復健的時間很長。

克爾博士嘖嘖稱奇：「很不錯，大部分病人復健進展緩慢是因為太痛了，但是夏柯同學的意志力實在是非同一般，復健的進度很好。」

他提醒道：「校長今天問我夏柯同學的恢復情況，我告訴了她，她非常讚賞，讓我轉告你們，說可以提前進行網路復課，只要通過了考試，一樣能拿到學分。這麼一來明年大考就能考慮報讀大學了，可以針對想要報讀的院校和專業，提前選好考試課程的學習。校長和老師們，都很期待夏柯同學重返校園。」

柯夏對此的反應不置可否，但還真的連上了校園網，然後乾脆俐落地將自己之前的課程申請了網路修讀。

教務處很快打了電話來：「我們知道夏柯同學恢復得不錯，校長這邊也已經和我們說了同意讓夏柯同學網路上課，只要通過網路考試就能升學，但是我們還是要和夏柯同學確認一下，確定還要選這些課程嗎？比如戰爭史、機甲機械學、格鬥理論等等幾門課，都是軍校指定的考試課程，其他大學並不需要，目前夏柯同學的體質，考取軍校恐怕會比較困難，即便是文職，也需要體質測試，就算入學也要進行很嚴酷的軍事訓練，這會對他身體造成比較大的負擔。所以還是希望夏柯同學慎重考慮，仔細選課。目前我們的建議是，夏柯同學的文史藝術、器樂課程也十分優秀，建議可以考慮考藝術類院校，愛琳校長說，到時候她可以請一名老友給夏柯同學出推薦信，報考繆斯高等藝術學院。」

邵鈞感謝了教務處教師的建議，然後和柯夏確認，柯夏淡淡道：「我要考雪鷹軍校。」

「不從軍，我怎麼可能還能掌握力量回到帝國？」他伸出手，陽光下他的手指纖細蒼白到近乎透明，和一旁的薔薇花瓣一般柔弱無力，他現在連一個空杯子都拿不起：「我需要力量，軍校是最快的路。」

「機甲系最好，實在不行就文職吧。」他聲音平淡得毫無起伏。

邵鈞沉默，他自己也是軍人，當然知道即便是文職，也不容易度過那些軍事訓練和軍事演習，更何況，沒有背景，文職，哪怕是指揮系，沒有彪炳戰功，沒有實打實的軍績，沒有個人的勇武，也不可能領導、指揮哪怕最小的一支軍隊，軍隊，是一個崇尚力量的地方。

經歷了這麼多的波折，被病痛摧毀，這孩子居然還沒有放棄那個回帝國復仇的心嗎？他應該知道這條路有多麼難走，現在又是病重羸弱之身，卻仍然還要選擇這條最難，最不可能的路嗎？

他沒有勸說，只是遵從了柯夏的安排，教務處又確認過一次以後，愛琳女士親自打了電話來給邵鈞，邵鈞對這個負責任的女士頗有敬意，便和她解釋這是夏柯同學的愛好。

愛琳女士也沉默了一會兒笑道：「也好，只是我擔心夏柯同學如果再在自己擅長的科目上遇到挫折，會影響他的心理，但既然他本人堅持，就還是順著他吧。我會和同學們交代，也希望家長這邊稍微注意下他的心理狀況，精神力高的孩子，很容易出現心理問題的，學校有專職心理輔導老師，如果你們有需要，我也可以安排上門進行心理輔導。」

邵鈞又沉默了，過了一會兒和愛琳女士解釋：「他還是不願意見人，我試試多勸說。」

愛琳女士長嘆一聲：「希望他能走過去，不要辜負了他的天賦。」

天賦嗎？邵鈞站在一旁，盯著還在一步一步走著的柯夏，他看到邵鈞來了，抬頭笑了笑，做了個伸手的姿勢。邵鈞走過去扶他，旁邊的看護機器人知趣地移到另外一旁，柯夏扶著邵鈞，將身子靠在他的身上喘息，原地休息了一會兒，問他：「你是不是又要工作了？」

他已經可以不借助發聲器說話了，嗓音還帶著些少年的稚嫩和病後的艱澀，邵鈞道：「是的，要拍新戲了。」

柯夏沒怎麼在意，又開始邁步開始專心走著，背上還在一陣一陣的冒汗，酸痛麻癢，什麼滋味都有，從前可以輕鬆做出的動作，現在卻難如登天，但畢竟他受損的是神經不是肌肉，只是臥床太久，克爾博士說只要經過一至兩個月的復健，以及良好的營養，他就能恢復之前的肌肉，和常人一樣行動。只是神經……畢竟是太過敏銳的東西，他還能不能駕駛機甲，就連克爾博士也只是安慰他好好復健，復仇的可能近乎沒有。

他自虐一般的一步一步機械性的走著，身體的疼痛彷彿完全不存在一般，肌肉在打哆嗦，汗出如注，心跳得厲害，眼睛一陣一陣白花花的，這具身體才走了多久，就已如強弩之末，他咬緊牙關，喘息著仍然邁出了下一步，卻忽然身子懸空，一個有力的臂膀抱起了他，機器人在他耳邊道：「訓練時間已經超過很多了，你該休息了。」

他放鬆地軟在邵鈞的懷裡，閉上了眼睛，暈了過去。

再醒過來自己和過去許多次一樣，在乾爽柔軟的被褥裡，手上連著各種管子，冰冷的藥水滴入他的靜脈。還是那樣的廢物啊，他睜眼看了下機器人正在通話：「好的，我們會注意他的訓練時間，他什麼時候可以上天網呢？再休息兩週就可以了是嗎？我想繼續預約心理醫生，好的，好的。」

柯夏嘴角掀起了嘲諷的弧度，心理醫生？他是有病，誰都治不了，只有將仇人的頭顱親手割下，他的病才會好。

邵鈞轉過頭看他醒了，掛了電話，過來端了杯水，抱起他的身體餵水：「克爾博士說開始訓練負擔會比較重，你會累，可以考慮游泳，復健的效果也不錯，因為有浮力的關係，對你身體造成的負擔也相對比較小。」

游泳？這個倒不反對，柯夏看了眼機器人，他沒有提心理醫生的事，點了點頭：「好，那就游泳吧，這別墅裡有恆溫泳池吧？」

邵鈞點了點頭：「有溫泉泳池，對你的恢復有好處，再恢復兩週，你又可以上天網了。」

天網啊，柯夏想起那些熊孩子，還真有點想念：「好。」他臉上的神情柔和了下來，邵鈞心裡微微也安定了些，剛才他滿臉蒼白神色萬念俱灰的暈倒在他懷裡，他真的嚇到了。

得幫他找點事做，讓他有宣洩的出口，讓他覺得生活還是有意思的，邵鈞在心裡謀劃著。

新戲很快就開拍了，雖然牽掛著柯夏的復健，邵鈞還是兢兢業業地進組開始拍戲。他話少又勤奮，武打動作準確漂亮，索格達導演很快就對他另眼相看，女主角扮演者狄麗薩原本是有些不屑的，沒想到卻很快被他乾脆俐落的武戲折服。

就是可惜的是，這位傳說任性紈綺的花間財閥的小公子，的確非常任性，他不知道有什麼事，每天來去匆匆，只有有戲才來，拍完就走，一句廢話沒有。倒是花間風的妹妹花間雪來過幾次，也只是靜靜看著哥哥拍戲，看完就走，關係似乎親密，但兄妹相對卻基本沒有交流，非常奇怪的兄妹關係，少不得被劇組工作人員私下議論和注意。

歐德有些無奈，只能好好迎接大小姐，問她怎麼總大駕光臨，花間雪道：「就是想看看哥哥怎麼選上這個人——這樣的人，怎麼會願意做替身。」

歐德苦笑：「風先生用了些手段，算是我們虧欠他，所以雪小姐您千萬別去招惹他，這一位也不是好惹的。」

花間雪目光閃動：「他是有把柄在哥哥手裡嗎？」

歐德道：「具體您不知道比較好。」

花間雪想著那天那個男人面無表情一拳將花間雄鼻子擊斷的情形，若有所思，低低道：「我卻覺得他是個溫柔的人，哥哥……」她低低嘆了聲氣，發現這卻是他們目前最好的辦法了，只是不知道哥哥一個人去執行任務，前途如何，連歐德都不知道任務的具體內容，哥哥更是一個人都沒有帶。

歐德看她這些日子收斂沉靜了不少，不由也微微鬆了口氣：「那雪小姐您一切保重。」他抬頭看攝影棚裡，穿著風衣的邵鈞一個乾脆俐落地翻身回踢腿，將一個酒瓶踢飛，那雙腿又長又直，充滿了力量感。原來真有這樣的人，不動的時候，他就是個普通人，一動起來，誰的眼睛都挪不開。

今天的戲份全拍完了，邵鈞走了下來，假裝擦著不存在的汗，歐德沒注意，只是迎上前，接他上了飛梭，他有私人化妝師，所以甚至都不需要逗留在拍攝場地，但今天狄麗薩連走了幾步追上來，雙手遞上了一張請柬：「風先生，一週後是我的生日，是否能賞臉請您出席我的生日宴會？」

她真的是個身材非常好的漂亮女子，肌膚白皙，雙腿筆直修長，金髮褐眸，無數的影迷為她痴迷。然而她現在卻殷切地看著邵鈞，邵鈞站著接了過來點了點頭：

「感謝邀請，不過最近家裡有些事，可能不一定能參加。」

狄麗薩拂了下耳邊頭髮，微笑道：「能賞臉最好不過了，家裡的事如果能有我能幫上忙的，也請不要客氣。」

邵鈞點了點頭：「好的，您還有什麼事嗎？」客氣但並不親熱。

狄麗薩眼裡閃動著傾慕的光彩：「沒，就是……」在邵鈞那種無形強大的氣場前，她忽然臉一紅：「風先生和傳說中的真的不太一樣，能和您合作，我真的非常榮幸。」

邵鈞彬彬有禮點了點頭，便轉頭離開了。

狄麗薩的助理上前來，小心翼翼道：「我們也回去了？」

狄麗薩還看著邵鈞的挺拔背影發呆，聽到她說話才回神：「好吧。」她忽然笑了下：「現在還真的有點羨慕那個夜鶯了。」

助理嘆氣道：「風先生的打戲，真好看啊，我以前以為都是替身打的，真正近距離拍起來，才知道他真的好強。」

狄麗薩也嘆了口氣：「流言誤人。」進組之前她還擔心人家演技差，自己對戲要辛苦了，那輕浮紈絝的流言又讓她擔心對方會仗著財勢騷擾她。結果現在，她倒是有些遺憾對方實在是個紳士，專心拍戲，又或者是自己的魅力，大概還真的不夠大？莫非那位夜鶯小姐，才符合他的審美觀？真讓人羨慕啊。

懵然不覺的機器人紳士先生卻在問歐德：「這種生日宴會，應該可以不用去吧？最近我的曝光率夠多了吧？」

歐德道：「不去也行，我會替您買一個合適的禮品到時候派人送過去的。」他看了眼邵鈞，發現他應該是真的沒接收到那大美女放出的粉紅信號，有些好笑，一方面他希望「花間風」有足夠話題度，另外一方面他卻也擔心這位替身真的搞出點感情問題或者哪怕只是一夜情，那都不太好處理。

好在這位杜因先生，一心只專注在他的表弟身上，只要開口問自己事，那肯定是又為了表弟，真是簡單多了。

果然邵鈞才上飛梭就問他：「如果想要買一台私人機甲，是不是很貴。」

歐德一哽，忽然覺得剛才覺得這位先生簡單的自己實在真的是太天真了，他卡了很久才緩緩道：「是很貴，而且你買不到。」

邵鈞看了他一眼，那種嫌棄他無能的眼神讓歐德心頭更是堵塞：「關鍵不僅僅是錢的問題，而是針對機甲駕駛者的量身設計。有名的機甲設計師，設計費都是天價。軍方的制式機甲，市面不可能會賣，市面賣的機甲，又主要側重於民用。前陣子葛里大師剛剛發布的春風，據說將要在市面上推廣類似型號，但實際市面發售的型號，大量削減相關功能。若是想要真正能參加戰鬥的機甲，那都是有錢也未必能買到的。除此之外，一台機甲還需要大量能源以及機甲整備師的精心長期維護，你知道一個機甲整備師一年的薪水是多少嗎，而且好的機甲整備師基本都在軍中效勞，還有機甲訓練場地等等，這些都需要大量配套資金。」

「更何況，」歐德含蓄地提醒：「夏公子是神經方面的病，想要再駕馭機甲非常困難。或者，我可以找點關係，租借一台退役的制式機甲，讓他試試看好了。」寵孩子也要有個限度，試試不行也就死心了，即使是花間財閥，去請設計師出面量身訂做機甲，供應能源，提供場地和整備師維護，那需要調動的金額也太大了。即使花間風目前的許可權可以調動得到的，也沒必要，那位躺在床上的小公子，應該沒有能夠駕馭機甲的身體了——花這麼巨大代價來訂製一台沒有用的機甲，那是不太可能的，他看著寵弟狂魔，委婉道：「有時候替孩子選擇更好走的路，才是對孩子的未來負責。」而不是無限度的寵溺滿足要求啊！

邵鈞搖了搖頭，沒有說什麼，心裡卻默默地計畫，一是設計，二是能源，三是整備修理，也就是說要擁有一台機甲，需要這些，心念一動，他卻已經將主意打到了古雷身上，一時計定，他不再理歐德，自己換衣服洗紋身去了。

回了別墅，蓮花說柯夏在溫泉泳池游泳，已經快游滿制定的訓練時間了，他走過去站在泳池邊，果然看到他身上紮著輔助儀器，正在水裡漂浮著，很困難地在劃動手腳。

泳池裡的水清澈透底，邵鈞默默坐在邊上，盯著柯夏發呆，柯夏看到他來倒是高興，勉強游了過去，伸手笑道：「你也下來。」嘴角彎著笑瞇瞇的，心情很好的樣子：「游泳還真的有用，我感覺四肢協調得好多了。」

邵鈞有些無語，但看在他難得的好心情，還是起身到更衣室換了泳褲下了水，機器人沉重的身軀一下水立刻就沉下去了，好在是淺水區，他扶著柯夏又遊了一段，然後勸道：「時間差不多了，休息一會兒吧。」

柯夏這次倒沒逞強，只伸手示意讓他抱起來，邵鈞將他抱上來，解開輔助設備，將他放在旁邊的躺椅上，用浴巾替他擦水，忽然柯夏問他：「你膝蓋怎麼了？」

邵鈞一怔，低頭，發現自己穿著泳褲，露在外邊的雙腿膝蓋全都青黑一大片，且還有一個一個整齊的凹進去的黑點——是那跪板，他跪了整整一夜，十來個小時，這具模擬身軀的肌膚，用的模擬材料同樣也很柔軟和昂貴，長時間壓制自然也會出現痕跡和永久損傷，而且不會和人的肌膚一樣會自動修復。

柯夏臉上已經沉了下來：「你做了什麼？」他伸手去輕輕按了下，邵鈞連忙道：「是工作，演戲的時候做的一些動作，沒注意。」

柯夏不滿道：「別忘了你的身分，要是壞了在聯盟可不好修理，少接太危險的戲。」

邵鈞替他披上睡袍，低頭繫緊，應聲道：「好的，下次我注意。」他回去自己將衣服穿好，轉頭拿了電吹風來替他吹乾頭髮，將他抱起來，送回了臥室。

柯夏有些疲憊，軟軟陷入床褥內，低聲道：「幫我按一按。」

邵鈞將他翻過去，從背部開始按摩，柯夏放鬆身體，感覺到被那雙手接觸的肌膚新生的神經太過敏感，那酥麻感一直從脊椎顫抖著放射延伸到腦後，太舒服了，他長長地嘆氣，閉著眼睛道：「杜因，沒有你我該怎麼辦。」

邵鈞小心地按壓著他的背部肌肉：「今天沒有神經痛嗎？」

柯夏道：「沒有，大概這溫泉游泳還真的有用。」

邵鈞沉默著繼續替他推拿，柯夏卻道：「你要好好保護你的身體。」趴著說話對他其實很辛苦，但他就是想和這沉默寡言的機器人說說話。

邵鈞低聲道：「是。」

又許久以後，柯夏忽然輕輕道：「雖然我不知道你能不能接收到我的意思，我其實是想和你說謝謝，這些時間辛苦你了，雖然你沒有知覺，也不知道感情是什麼——將來我……」他想給機器人一個獎賞的許諾，卻發現自己作為主人一無所有，似乎並沒有什麼可以給機器人的。

於是他沉默了，將半邊臉深深埋入了枕頭內，閉上了眼睛。

邵鈞又沉默了一會兒，才低聲道：「不用謝。我會保護好身體的。」

柯夏趴在枕頭上，閉著眼睛，沉沉睡著了。

看著柯夏睡著，邵鈞便上了天網。

他到了主腦下呼喚艾斯丁，艾斯丁很快出現在他跟前：「怎麼了？忽然想到召喚我？」

邵鈞問：「我想知道，有什麼機甲，能讓全身神經受損過，但是精神力仍然非常強的人駕駛嗎？」

艾斯丁已經飛快理解了他的意圖：「你是想問默氏病治癒後還能不能駕駛機甲吧？」他臉上浮現出饒有興致地笑容。

邵鈞點了點頭，艾斯丁笑道：「普通的機甲的確對身體和神經的負擔很重，但是怎麼減輕神經負擔，這我可不太清楚，畢竟我是學物理的，如果丹尼爾在可能能解決你的問題，他學生物的——啊讓我想想。」

他彷彿忽然想起什麼一般：「丹尼爾曾經研製過生物機甲，簡單的說，用生物神經傳導來代替目前機甲使用的電傳導，就可以大大減輕機甲對人體造成的負擔，加快神經傳送速率。他當時甚至已經做出模擬生物神經並且經過二期臨床試驗了，各大財團瘋狂地砸錢投資他，資助他繼續研究下去，可惜後來專案終止了，他去世後他的學生也始終沒有能夠繼續研發下去。」艾斯丁銀灰色的眸光閃動，看著遠處，彷彿在回想那對正常人來說太過遙遠的過去。

邵鈞問：「為什麼研究中斷？」

艾斯丁看了他一眼：「因為我病重，他就中斷了那個研究專案，改去研究如何將精神力上傳保存了。」

邵鈞沉默了，艾斯丁笑了下道：「他當時瘋了一樣，每天折騰著我試各種儀器，眼看我快要不行了，但他還沒有十足把握，頭髮都白了很多。我後來乾脆簽了協議，把我的遺體全交給他處置，沒想到他還真的弄出天網來了。」

「你不用露出這種表情，這都過去太久了，其實都還好。你如果想找出辦法的話，可以往生物機甲方面找。」艾斯丁笑吟吟又看了他一眼：「沒事了吧？沒事我先走了。」

灰蝶紛飛，艾斯丁消失了。

因為回憶起了過去，他其實剛才心情不好吧。邵鈞站在原地怔了一會兒，才按下了傳送去地下格鬥俱樂部的按鈕。

「生物機甲？」古雷搖頭：「我做不了，現在也沒人做得到，很多研究都是噱頭。當年天網之父羅丹研究過，聽說已經接近成功，結果後來有致命缺陷，羅丹銷毀了所有的試驗資料，這幾年也有人根據他當初發表過的論文思路接著研究過，但是始終解決不了與人類神經接駁的難題。」

「不過我的主要研究方向也不是這個，就算能用生物神經接駁，又能快多少？只是概念上說應該能快，但從來都沒有人證實過。只為了提高那麼一點速度，然後投入那麼巨大的資金，你應該知道，這是跨學科的領域了。真要研究，沒個上百年坐冷板凳細細做實驗，沒有不同學科的頂尖專家耐心溝通研究，是做不來的。科學人員也是要吃飯的——羅丹不同，他當初有艾斯丁全力支持，艾斯丁出身可不是普通人，他當初大把砸錢給羅丹的研究時，人們都懷疑他被羅丹騙了，後來做出成果來，才沒什麼人說話了。也有財團投資但其實都是看在艾斯丁的面子上，總體來說現在基本民間沒人研究這個了，聯盟科學院聽說有科學家還在研究這個方向，但獲得的資助也少。」

古雷絮絮叨叨地說著，顯然頗為羨慕羅丹：「這世上哪有那麼多運氣碰上個肯為自己砸錢的投資者，沒有艾斯丁，就沒有天網之父，艾斯丁當初死的時候，巨額遺產包括遺體，全部給羅丹，支援他的所有研究項目，這才有了後來的天網。」

邵鈞想起艾斯丁，仍然沉默了。古雷又說了一會兒才問：「怎麼忽然想起生物機甲？哦對了，是有傳說羅丹其實當時已經造出來了，但殺傷力太大，悄悄又毀掉了，當然這是謠言，後來許多騙子打著羅丹悄悄藏起來的生物機甲神經元的旗號到處招搖撞騙的，最後抓起來審問，一個都不是。」

邵鈞搖了搖頭有些失望道：「沒什麼，今天主要是想問你，我想幫夏訂製一個機甲，是否可以採用天寶的設計，但是是用錫金能源的？我可以支付設計費。」

古雷一怔，看了眼他：「機甲……很貴的，你不是都窮到要來陪練賺錢了？有錢做機甲？」

邵鈞面無表情：「我沒什麼錢，不過夏有啊。」花間財閥欠他的。

古雷呵呵笑了下：「還說你們不太熟，他什麼時候能回來？天寶的設計如果要換成錫金能源，是可以的，但是一是體積要縮小，減少能源消耗，二是要減少一些能耗過高的功能比如雙人功能，刪除一些武器裝備，三是因為材料的局限，隱身的功能也沒了。如果可以接受的話，我可以修改一下，再把天寶設計圖給你，你自己找材料去做。另外，也可以把天寶這個AI一起送給你們，不用錢。」

邵鈞一怔：「那怎麼可以。」

古雷搖了搖頭：「天寶——做出來這麼久，他很想出去看看，我這輩子也都放在這台機甲上了，雖然只能退而求其次，能讓夏駕駛的話，也不算辱沒了天寶。再說我本來也是欠他的，只是設計而已，沒什麼。機甲材料和能源都很貴的，你不懂，你那點錢，還是花在材料和零件上吧，還有機甲組裝和整備，這也很讓人傷腦筋啊，我幫不了你們這個，我們離聯盟非常遠，這必須需要專業人士來組裝、整備、維護。」

邵鈞道：「我報了一門機甲整備的網路課程。」

古雷眉毛一動：「這真的很難，機甲整備，涉及太多基礎學科。」

邵鈞道：「我試試吧，有什麼不懂的可以和您請教嗎？」

古雷打量了他許久：「我怕你會半途而廢。」

邵鈞有些尷尬道：「是，入門的第一節課，我全都聽不懂，估計要從基礎物理學學起，不過我也不學別的，只專心學這一門。」

古雷嘆氣：「你可真是精神可嘉。」

邵鈞道：「畢竟我見過一個孩子，三個月前公立學校的考試都通不過，三個月後，卻以第一名的成績考進了最好的私立學校，我想，我總不能連孩子都不如吧。」自己畢竟已經在未來社會了，總要有一技之長啊，總不能一直扮演花間風一輩子，難道還真的去拍戲嗎，邵鈞觀念保守，始終還是覺得需要有一門技術在手，才不會餓死，如今不再為能源發愁，不必怕柯夏沒錢治病，趁這個機會，正該學一門技術。

機甲整備師，是他反復考慮過的職業。

為孩子們上了一節格鬥課，又從古雷那邊拿了一堆基礎學科入門的書，叮囑古雷做機甲的事要保密後，他才下了天網。

然後足足啃了一通宵的基礎學科。

第二天拍戲的時候仍然手不釋卷，歐德看他一直拿著書看，表情十分一言難盡，邵鈞卻非常認真地問萬能助理：「歐德，你學什麼專業的？」

歐德有些反應不過來：「我學數學系。」

「數學！」邵鈞頗為意外，上下打量歐德：「你怎麼會學數學？數學不好找工作吧？」

歐德有些不快：「怎麼會，管理學、會計學、審計學、金融學都需要數學基礎，數學系畢業的哪個企業不搶著要。」

邵鈞點頭：「這倒是，那你的物理應該也不錯吧？」

「啊？」歐德不明白他談話的跳躍：「還可以……吧，物理也是基礎學科。」

邵鈞拿了書問他：「那你幫我解釋這道題。」

歐德看了眼題目，無語：「這是中學數學範疇了，令表弟該不會需要你補習吧？他不是第一名考進去的嗎？」

邵鈞道：「不是他，是我想學，講給我聽聽。」

歐德滿臉無奈，真的給他講起來，結果邵鈞卻中途不斷打斷他，問出另外一個問題，一個接著一個的問題總算解答完畢，歐德疲憊道：「你該不會沒有上學過吧？這些都是很基礎的內容。」

邵鈞點頭道：「我有報了基礎網課，但還是很多聽不懂的，網課提問的學生太多了，我問得可能太基礎，老師也沒有回答。」

歐德滿臉愁容道：「你真的要學，我可以請家庭教師幫你授課。」

邵鈞點頭十分心安理得地接受：「那最好不過。」

歐德終於忍不住：「你真的是認真想要學這個？」

邵鈞道：「活到老學到老，我什麼都不會，總要學一門技術，等你家風先生回來，我能掌握點技術，也好找個正經工作。」

歐德道：「風先生如果真的能回來，不會虧待你們的，花間財閥隨便哪裡都能給你們掛一份閒職，他如果回不來了，他留下的錢財也足夠你們衣食無憂。」

邵鈞搖了搖頭：「這世上哪有永遠興旺的公司，永遠熱門的行業，只有踏踏實實手裡有一門無法取代的技術，才能真正衣食無憂，你自己不也學數學的，應該比我更清楚這點才對。」

歐德想了下承認：「倒是我膚淺了。」

邵鈞翻到下一頁：「那就再幫我講解這一題？」

歐德臉色猙獰，哀嘆：「我立刻幫你請家庭教師，好嗎。」

邵鈞的新戲《獵手與玫瑰》拍完的時候，已經是初夏的美好天氣，薔薇開到了最繁盛的時候。

柯夏已經能夠如常人一樣行走，神經痛也已經幾乎沒有再犯，能夠順利登上天網。熊孩子們歡呼雀躍，他的每一節課都爆滿，每個學生都害怕他隨時能離開，於是分外珍惜他的課程，下課後還會有孩子們追著問他問題，他上天網的時間也一再延長，柯夏畢竟已經不是之前那個說不了話動不了只能靠他的病人，而邵鈞因為要拍戲，並不能特別約束他上天網的時間，於是授課的時間也就順理成章的變長了。

邵鈞開始還擔心，但隨著克爾博士的數次複診檢查，柯夏所有的身體機能都恢復正常，包括語言、嗅覺觸覺甚至生殖系統，一切正常，克爾博士非常滿意：「已經算得上是痊癒了，真是奇跡，時間非常短，復健時間最短，接下來再定期檢查，再用一段時間藥鞏固神經發育就好。也可以復課了，只是比較激烈的運動還是要避免。」

送走克爾博士，邵鈞問柯夏：「要和學校通知復課嗎？」

柯夏淡淡道：「不必，繼續網路授課。」

他拉著單杠，做了幾個引體向上後，忽然問邵鈞：「哪裡能租借到機甲練習場地嗎？我是說真的機甲，不是天網裡的虛擬機器甲。」

邵鈞心中一嘆，知道遲早有這麼一天，他這些日子在復健上如此用心，不就為了早日可以嘗試機甲駕駛嗎？

不知道從什麼時候開始，連家庭作業都要機器人代寫的孩子，已經成為了一個意志力和自製力都遠超常人的少年，邵鈞點頭道：「好，我替你聯繫場地。」

現實生活中的機甲俱樂部，自然是要花高價來預訂的，而且私密性很好，這裡的機甲，大部分還都只是軍方淘汰下來的二手機甲，經過精心整備和維修、重新塗裝後給機甲愛好者試用和練習，只是最低端的機甲，但已經讓許多人趨之若鶩了。

邵鈞特意選了一個相對簡易，比較容易啟動的機甲給柯夏嘗試，俱樂部問是否需要教練陪伴，柯夏拒絕了。當柯夏換上機甲駕駛服，爬進駕駛艙的時候，邵鈞覺得自己比他更緊張。

機甲很快啟動，燈亮起來了，邵鈞在下邊眼睜睜地看著那機甲邁步，跌倒，然後艱難起身，邁步，再次跌倒，第三次跌倒的時候，機甲沒有再爬起來。

邵鈞連忙衝上去，打開了應急艙門，看到柯夏縮在裡頭，臉色蒼白，牙關緊咬，渾身顫抖，他連忙替他拆除了連接設備，將他抱了出來，少年整個身體無力地垂在他懷裡，金髮全打濕了，肌肉在震顫跳動著，青筋一根一根都鼓了起來，十分可怖，邵鈞連忙替他按揉放鬆，一邊將他抱上了飛梭，緊急聯絡克爾博士。

久違的神經痛再度襲來，克爾博士來檢查的時候有些不忍道：「負擔還是太大了，還是不要操之過急，緩緩適應吧。」

柯夏蒼白著臉躺在床上，邵鈞看著他，卻知道他應該不會輕易放棄。

果然他恢復沒多久又再次去了俱樂部，這次只多走了三步，然後再次倒下，在更猛烈席捲來的神經痛中暈倒過去，被邵鈞抱回來。

克爾博士只能警告：「一個月只能試一次，否則新生的神經遇到的壓力實在太大，你不想復發吧？」

在克爾博士的威脅下，柯夏暫停了數日，每天仍然游泳、跑步、健身，只是基本不說話，有可能一整天一句話都不會說，也不會笑，更是拒絕和任何人交流，有從前的同學聽說他痊癒了，和他聯絡希望能來探望他，他毫不猶豫地拒絕了。

很快他再次嘗試，再次失敗，這一次他甚至連機甲都沒有啟動起來，神經痛就席捲了他的身軀。

邵鈞看著柯夏躺在床上無聲無息，冰藍色的眼眸裡全是死寂的樣子，沉默了。

新戲《獵手與玫瑰》也在這時候上映了，竟然大賣了。

整個片子裡邵鈞一直穿著嚴嚴實實的長風衣，然而每一個打鬥動作，都毫無影響，流暢、簡潔、俐落。

「雖然他吝於展現他的每一寸肌膚，卻仍然讓觀眾感覺到了屬於男人的性感，吝於展現他的一絲笑容，卻讓人感覺到了久違的男人味。」影評家如是說。

「難得看到一部不以賣肉來吸引觀眾的動作片，歷來動作片都以刺激觀眾感官為己任，鮮血、暴力、欲望、裸體、槍支，每一部動作片都喜歡賣弄這種所謂的暴力美學，然而這一部明明讓人感覺到一種視覺上的盛宴，動作片的巔峰，城市鋼鐵森林裡陰冷的色調裡，一個堅韌沉默的男人，一個嬌俏柔軟的女人，演繹出了一部文藝的動作片。」

「好想扒下他扣得嚴嚴實實的風衣，給他一個熱情的吻！」

「愛死這種禁欲的調調了，狄麗薩那麼性感，反而襯托得他的禁欲。」

「狄麗薩穿著薄紗跳舞那段，我都看硬了，男主居然毫無反應，是不是男人啊。」

「索格達屬於典型的神經病型導演，上限極高下限極低，畫面，布景，剪輯都沒問題，鏡頭語言更是公認的有靈魂，但人物塑造和故事情節節奏把握的能力的確高超。他也就是那種玩弄概念框架的指揮者，血肉脈絡完全消失，每一部片子的每一個畫面，彷彿都急於表達導演的想法，讓人忘了演員的表現，演員彷彿也只是他花俏的技巧裡的一個符號，這也是他的片子雖然經常獲獎，演過他片子的演員卻往往沒什麼成就的原因，這部片難得一次讓人忘記導演，而全心沉浸在片子故事的講述，讓人注意到主角，更難得的是，演員光彩完全沒有被炫技的各種導演技巧所掩蓋。」

索格達的影迷不高興了：「花間風演技不出色，倒怪我們索格達導演技巧太好？這算什麼邏輯？這次能將這麼爛俗的技巧拍得精彩，正說明了我們索導的堅持是有道理的。花間風的演技是眾所周知的爛，這次可全靠我們索導撐起來的。」

花間風的粉絲跳出來了：「全程不用替身，倒是找一個這麼敬業的演員出來啊？演技不出色？風先生什麼表情不做，也屌打所有人好嗎？」

也有陶醉的：「看到風先生穿著風衣走出來的氣場，想跪怎麼辦。」

「風先生總算遇到了個好導演，羅木生真的不行……」

「話也不能這麼說，我覺得他們就是單純不合適，羅木生也是盡力了，但是他是文藝感情細膩那一掛的，索導就不一樣了，架構鏡頭畫面，技巧大膽又有衝擊力，加上我們風先生的動作，才這麼完美。」

粉絲們影迷們議論紛紛，不斷推動這部影片取得了非常不錯的銷售成績。

女主角扮演者狄麗薩接受訪談的時候說道：「和花間風合作的感覺？很愉快。他很專業，也很純粹和專注，希望下次還有機會和他合作，外界對他的誤解實在太多了，希望這部片子以後能有好轉。」

導演索格達一貫也不愛接受採訪，但在影片宣傳中，還是難得地評價了花間風：「演技雖然一般，但格鬥動作非常標準，而且不怕苦不怕累，從來不遲到，動作片沒有用過替身，很有演員的專業素養，期待下一次的合作。」

歐德非常隨意地向邵鈞彙報成績，畢竟這位大爺的心並不在拍攝上，最近更是一心專心在別墅裡伺候他的嬌氣小表弟：「銷售資料非常不錯，預計今年也能拿獎了，畢竟索格達一向都是拿獎大戶。這部電影本來應該是通俗題材，結果他拍得相當不錯，第一期分紅已經到帳，你可以分紅到兩千多萬，近期投資方打算去海貝爾宣傳，希望導演和主角都能過去，我推了……」

邵鈞忽然抬眼：「海貝爾？」

歐德一怔：「是。」

邵鈞道：「我記得那是天網之父羅丹的家鄉吧？他最後隱居的地方。」

歐德遲疑道：「是，他在那邊捐款建了一座博物館，以艾斯丁命名的。」最近這位大哥天天在看羅丹傳記，他想做什麼？他不是學基礎物理嗎？羅丹學的是生物吧？可憐的助理歐德腦子高速運轉，幾乎運轉出軋軋的聲音。

邵鈞一錘定音：「我去參加宣傳。」他要去找找生物機甲的消息，說不定他的學生有人在研究呢，都上百年過去了，興許有頭緒。

歐德無語，但看邵鈞意已決，也知道他不是隨便改變主意的人，只好和劇組聯繫，同意了去海貝爾。

然而沒想到花間雪知道了，也鬧著要去。

歐德十分頭疼道：「風先生是去宣傳，你去做什麼？」

花間雪理直氣壯道：「我去度假啊！他可是我哥啊，就算關係不好，他過年的時候幫了我，我現在願意和他關係緩和不好嗎？再說了，他過去肯定別有目的，你不擔心嗎？多我一個人盯著他不好嗎，你不怕他壞了哥哥的事嘛。」

歐德被說中了心病，口風也軟了：「那還是得他本人同意才行。」花間雪卻也直截了當去找了邵鈞：「帶上我吧，你如果有什麼事，我可以幫忙，比你一個人好多了。」

邵鈞看了她一眼，想起那傳說中花間族人神出鬼沒的刺探、謀殺等等技巧——興許還真能用得上。

於是「花間風」、花間雪兩兄妹，就這麼愉快地決定了旅程。

臨行前一晚，邵鈞去和柯夏道別：「我聽說天網之父羅丹，當初研究生物機甲，有了一定成果，我去海貝爾看一看。」

柯夏正拿著一本書在看，燈下一張臉蒼白如紙，金色的長捲髮黯淡地披在肩上，自從最後一次啟動機甲無果後，他連復健也意興闌珊，整日一句話也不說，聽到邵鈞的說話，也只是淡淡看了他一眼：「別想了，生物機甲只停留在理論階段，根本沒有人能找到合適的動物神經元來進行生物機甲，在帝國，甚至有科學家祕密用了奴隸、複製人的神經元來做實驗，也沒有成功，不必垂死掙扎了。」

邵鈞沉默，柯夏將書翻過一頁：「你不用擔心我，我會去考文職的。」

「打不敗我的，會使我更強大，你說過的。」

邵鈞一怔，他說過嗎？什麼時候說過的？他已經很久沒有灌過雞湯了，因為他發現再多的雞湯，在柯夏所面對的困境，都蒼白無力到顯得虛偽。

柯夏抬眼看了眼機器人，冷漠的藍眸裡忽然帶了點笑意：「去吧，我沒事。」

Chapter79 基金

海貝爾是座海濱大城市，人口眾多，還有個十分巨大的海港，因此頗為繁榮。

花間風在這裡居然也有一棟海邊別墅，前湖後海，通體雪白的牆和屋頂，院子門廊裡種滿鮮花，美不勝收。邵鈞一看到那海天一色廣闊遼遠的海面，心裡便不由有些遺憾沒有帶上柯夏，他心情不好，看到這壯麗景色，應該也能心情輕鬆些。

整理好後，邵鈞就先去參加劇組的宣傳活動了，說是宣傳，其實也就是戲院宣傳訪談、影迷見面會，簽名，然後就各自活動了，劇組成員接到了不少酒會請柬，迪麗莎也十分希望邵鈞作為男伴出席，他還是委婉的拒絕了，只說自己需要陪家人。

邵鈞並沒有瞞著歐德和花間雪，十分坦然道需要找羅丹的後人或者學生傳人之類的，想瞭解生物機甲的事情，畢竟打聽消息，應該沒有比一個間諜家族更擅長的了。

歐德一怔，然後轉念一想已經明白邵鈞為什麼要找生物機甲，但看了眼花間雪沒有說什麼，只是道：「我去查一查。」

花間雪卻笑道：「原來你對機甲感興趣？怪不得老看到你玩那微型機甲，現在不流行手動機甲了，不過生物機甲是挺有意思，我也替你留心一下。」

邵鈞沒說什麼，他已上星網搜索過，羅丹的學生，有名的不少，但大多都是在生物領域以及天網領域中成為專家，基本上沒有人再研究生物機甲這個項目。

而羅丹的後人，在星網卻已經查不出什麼了。

羅丹終生未婚，他的所有遺產，捐出去了不少，剩下的都由伺候他生活的侄兒布拉斯繼承了，但他侄兒才能有限，也沒做出什麼特別有名的事，在天網上幾乎查不到後續的子裔，而也根本沒有繼續在學術研究這條路的子孫。

來海貝爾，只能說是探探運氣了。

歐德第二天果然就去查相關資料了，花間雪卻舉行了盛大的奢華酒會，請了個樂隊現場演奏，名貴酒水擺在花園中央形成噴泉，鋪著雪白蕾絲桌布的長條餐桌上鮮花、水果及各類佳餚擺得滿滿當當，很快別墅裡全是海貝爾的豪門富商的客人及一些花枝招展的小明星，寶馬香車，客似雲來，衣香鬢影，賓客滿堂。

真是熟門熟路的會玩，邵鈞看情形不對也躲出去了，自去找了羅丹生前故居的博物館，進去好好參觀了一回。裡頭果然對羅丹和艾斯丁的友誼大加渲染，博物館裡有不少早年他們兩人的影片、照片留存。

有一張照片正是他們年輕時候的照片，艾斯丁騎在一匹白馬上，相貌果然和他在天網裡看到的一模一樣，銀色長髮斯斯文文紮著，銀灰色眼眸無辜得猶如天使，羅丹則比他高一些，站在馬下一隻手挽著馬轠，抬頭去看艾斯丁，高鼻深目，也是個頗為英俊的青年，神情卻有些陰鬱，看著就不太好接近。

邵鈞看了一會兒，想起天網裡永生的艾斯丁，再看著那些保存的影像，心裡不覺有些傷感，一路慢慢走進去，果然看到了濃墨重彩大幅度渲染的羅丹發明天網的細節資料，當然少不得又著重寫了一筆當初艾斯丁去世時捐出了遺體讓羅丹研究，並且將所有財產及後續智慧財產權全部留給羅丹繼承。

邵鈞著重在羅丹的研究成果展示館裡仔細一項一項地看過去，他的研究成果很多，但竟然完全沒有生物機甲的研製。

這很反常，按艾斯丁的說法，當初他甚至都已經取得了臨床試驗的通過，財團爭著要資助他，怎麼可能在這裡，一點都沒有提到呢？生物機甲，雖然難，但出了研究成果，哪怕不是最終的，哪怕是失敗的，也應該能夠給後來者節約時間，提供思路的。

為什麼完全沒有提？

邵鈞疑竇漸生，但還是在羅丹故居博物館裡慢慢地看了整整一天。

晚上回去的時候，花間雪的酒會也才剛結束，機器人侍從在花園裡來回打掃著環境，收拾殘局。

花間雪醉醺醺在沙發上，一身吊帶雪白大裙擺禮裙，露著玲瓏肩頭，正和歐德不知道在說什麼，看見他回來媚眼如絲：「猜我打聽到什麼了？羅丹的侄子不善理財，後來陸陸續續變賣了許多產業，連那麼多的專利，都被一樣一樣的賣掉了，當然，畢竟艾斯丁和羅丹留下的專利夠多，又有基金，餓還是餓不死的，就是日子過得沒那麼好了，有些落魄。畢竟曾經富過，如今凋零了，心裡很不平衡。我正在打聽他們賣出去的專利，有沒有關於生物機甲類似專案的。」

歐德沉聲道：「羅丹與艾斯丁生前建立了個基金會，一直在資助科學家，這其中也有委託，就是每年會支出一定的資金來進行羅丹、艾斯丁故居的維護，以及羅丹、艾斯丁後人的生活費支出。」

花間雪笑道：「不會吧，那豈不是永遠都不會窮的。」

歐德道：「問題就在這裡了，羅丹的侄子及其後裔，並不在這基金的領取範圍內。」

花間雪坐直了起來，連邵鈞也察覺到了不對，看向歐德，歐德繼續道：「羅丹只有一個侄子，他的大部分財產也的確都由他唯一的侄子繼承了，然而大概幾十年前，似乎是羅丹繼承人的後人，遇到了什麼事，非常急缺資金，於是去基金會中領一筆錢，結果最後基金會堅稱對方不符合條件，沒有批准。據說當時那位繼承人的後代非常生氣，將基金會告上了法庭，最後法庭卻判了基金會勝出，因為羅丹的繼承人，的確拿不出基金會這筆專項資金所需要的憑證——帶有艾斯丁與羅丹兩人生物資訊的一個印鑑。」

歐德道：「當時輿論譁然，結果數百年過去了，並沒有任何人拿著這個印鑑去領取過資金，基金會資金庫裡早已經滾到一個巨大的數目，卻從來沒有人來領取過這筆驚人的財富。」

「羅丹家族的人卻只上訴過一次，就銷聲匿跡，再也沒有告過了，輿論認為他們其實是知道不該他們領取的財富，所以理虧心虛。」

歐德看向邵鈞：「而據可靠消息，這筆留給帶有印鑑人的遺產中，並不僅僅是錢，還有著未公開的珍貴的研究資料以及地段優越的房產。」

「你要找的生物機甲的研究資料，很有可能也在裡頭。」

Chapter 80 後裔

費布斯從學院階梯教室中走出來，沒精打采地往圖書館走去，一頭亞麻色的短髮橫七豎八地翹著，眉眼耷拉，雙腿疲塌。

正走著，忽然從轉角走出來一個女學生，砰地一下就撞上了他，嘩啦啦手裡的書都摔了一地，一瓶咖啡則直接將他的襯衣潑濕了，女學生「啊」的叫了聲，忙不迭地和他道歉：「對不起對不起，都是我的錯。」

費布斯一看那少女穿著白色棉布裙，黑色短髮，一雙漆黑眼眸因為天然清晰的眼線和卷翹的睫毛而顯得格外大，正驚慌失措地看著他，彷彿一隻無措的小鹿，心裡一軟，拍了拍衣服道：「沒事。」

少女拿了手絹替他擦掉濕漉漉的咖啡，看著那淺黃色的咖啡漬歉然道：「請問同學您是哪班的？我買一套衣服還您，好嗎？」

費布斯對少女的誠懇心生好感，搖了搖頭道：「不用了，我住宿，回宿舍換件衣服很快的。」他蹲下身替她撿起來那幾本書，看到封面都是《生物力學》、《生物機甲》、《機甲生物神經概論》，拍了拍灰塵道：「妳對生物機甲有興趣？」

少女接過書：「謝謝。」她臉有些紅，咬著嘴唇道：「不是的，這些書太深奧，我是今天過來找朋友，順便替哥哥借書，哥哥最近在尋找這方面的資料。」

兄妹感情這麼好……費布斯想起自己家裡那只會和自己吵架的妹妹，對眼前這又溫柔又乖巧的女孩更是多了一分好感：「這樣啊，但是這幾本書，其實都已經被證實噱頭大於實際，要是真的沿著這個線路研究下去，是行不通的。」

少女眼睛一亮：「原來你是專家啊！」

費布斯搖了搖頭，有些赧然道：「並沒有，只是因為家傳的原因——略感興趣，家裡有長輩是這方面的專家。」

少女肅然起敬道：「這樣啊，原來是家學淵源，你一定也很厲害，有機會一定要指教一二。我叫花間雪，請教您的姓名？」

真有教養的女孩子！費布斯羞赧道：「我叫費布斯……」

忽然身後有人在叫小雪，少女轉過頭應了聲，轉頭對著費布斯笑道：「我還有些急事，要趕在學校下班前完成，實在不好意思弄髒了你的衣服，我晚點一定會補償你的。」少女說著對他擺了擺手，笑著拿了書轉頭，彷彿一隻活潑又輕捷的小鹿向遠處她的朋友那邊奔去了。

費布斯有些悵然若失，怔怔站在原地看著那群女學生歡笑著走遠了。

下午課結束的時候，他正收拾書時，忽然一位穿著黑色西服器宇軒昂的男子走了進來，在眾目睽睽之下對他鞠了個躬，彬彬有禮：「你好費布斯先生，我們小姐在校門口等您。」

原本喧鬧的課堂安靜了下來，本來想要走的同學們都好奇地打量著他和那個管家一樣的男子，竊竊議論著，費布斯一頭霧水：「你家小姐——是哪位？」

那位管家道：「主人家的名字我不便透漏，還請您移步校門就知道了。」

費布斯滿懷疑慮，收好了書包，便走出來，那管家居然上前自然而然地接過他手裡的手提書包，恭恭敬敬地跟在他後頭，這是經過嚴格訓練高薪聘請的專業管家，小時候家裡還沒有那麼落魄的時候，也用得起這樣的管家，費布斯腦海裡閃念，但還是挺直腰背，努力讓自己顯得更自然地走下樓，往校門走去。

校門口有學生在竊竊私語：「快看那飛梭，好漂亮，很貴吧？」

「很貴，白鳥家今年新春的新品，標價兩千萬，你看那飛梭上的花紋，這是訂製版的，應該更貴。」

「哇，誰這麼厲害，開這麼豪華的飛梭在校門口等誰啊？是來泡女學生的吧？

故意開這麼拉風的飛梭，估計女學生們趨之若鶩。」

「呵呵不要說女學生，來接你的話你上不上去？」

「上，哈哈哈。」

費布斯聽到這些議論，心裡已經有了預感，他走出校門口，果然看到一架通體雪白，充滿了奢侈氣息的訂製輕巧飛梭停在校門口，管家伸出手示意：「費布斯先生請。」

費布斯忽然覺得口有些乾，他舔了舔嘴唇往前走去，只見飛梭門打開了，一位少女從門口輕盈奔下飛梭，踩在那誇張的紅毯上，她身上還是穿著雪白的裙子，但卻是非常誇張的晚禮服樣式，蓬出來的裙擺是那樣的柔軟和華麗，肩膀上的裙子肩帶是金色的細鏈，細到令人懷疑輕輕一扯就能斷。

少女化了妝，卻依然是那副純潔天真的笑容：「你好費布斯，今天我弄髒了你的衣服，晚上我請你參加酒會，作為賠禮道歉。」

黑色的短髮和黑色的眼眸顯得對方的肌膚更為白皙，長而翹的睫毛，大而清亮的眼睛專注而單純，少女一派天真，卻顯然出身不俗，襯托得自己身上那大量製作的襯衫是如此廉價。

費布斯喉嚨發緊，說不出拒絕的話，少女伸出手來拉著他的手，轉過身，費布斯看到那少女的晚禮服居然背後整片挖空，僅僅有幾根和肩帶一樣的細細金鏈交叉連綴，雪白光滑的背部大片坦坦蕩蕩地露在陽光下，肌膚近乎透明，甚至彷彿打著柔光，牽著自己手的手指纖長柔軟，少女身上還帶著雪一樣的清淡香氣飄了過來。

轟的一下他感覺到自己耳朵通紅，所有人都在看著他們，豔羨的目光，吃驚的目光，嫉妒的目光，好奇的目光，年輕、漂亮、多金，還有著更難得的天真單純以及毫不遮掩的歡喜關注，這樣的女孩向自己伸出手提出邀約，這是所有男人夢寐以求的時刻。

自己——已經很久沒有享受過這種人群中的焦點的感覺了。

他身不由己地被那少女牽著手，拉上了飛梭，雪白奢華的飛梭騰空而起，在學生們豔羨的目光中駕走了。

「家道中落，從有車有別墅到父親病故，家產被債主瓜分走，靠母親工作以及一點從前留下來的舊房子度日，為了節約開支寄宿，希望能恢復祖先天網之父羅丹的榮光，因此特別刻苦專心地研讀生物學。」

「相貌平平，性格孤僻，幾十年一個女朋友都沒有交過，學習很刻苦，但是其實天賦差得很遠，拿不出什麼亮眼成績，又不能為指導教授提供什麼資金，教授也只是看在他是天網之父後裔的面子上收下他，其實評價不高，對他順利畢業並不樂觀。」

「他自傲於祖先的成績，卻又自卑敏感，這個時候，有一個崇拜他專業知識，出身高貴，足以襯得上他天網之父後裔身分，富有，天真且毫不在意金錢地為他提供巨額資金的美麗女孩，提出來要支援他的項目研究——就像從前艾斯丁對天網之父羅丹那樣，淪落只需要三天。」

花間雪臉上帶著嘲諷的笑容，整個人彷彿癱倒在沙發上，身上穿著一件背帶短褲套著T恤，一雙修長的雙腿露在外邊，光著腳丫，整個人天真爛漫。涼涼道：「他什麼都說給我聽了，最讓我在意的是一件事，就是當年，羅丹其實有留下了遺囑。」

邵鈞迅速抓住了其中的不對，看向了她，歐德詫異道：「不是說羅丹病得非常突然，並沒有留下遺言，最後由羅丹唯一的血緣親人侄兒繼承了財產嗎？」

花間雪道：「目前繼承到羅丹故居博物館部分收入以及羅丹財產的是費布斯的伯父弗勞爾，算是羅丹侄子的曾孫，費布斯一直對自己家道中落被債主逼著變賣家產，這位伯父卻袖手旁觀很不滿。我故作好奇地打聽當初羅丹的學術成果要給留給持有印鑑的後人的那個新聞的時候，他終於忍不住和我說了這個祕聞。」

歐德聽得不住心癢：「什麼祕聞？」

花間雪道：「羅丹當初留下了一個金鑰，臨終前要他的侄子將金鑰接入天網，當時他說了一句很奇怪的話，死後，要將他曾經從艾斯丁這裡獲得的最寶貴的東西，都還給艾斯丁。」

歐德一怔：「什麼意思？」

花間雪搖了搖頭：「不知道，他的侄子接受了囑咐，第二天上去看他，他已經溘然長逝，然而因為那句話，他的侄子認為那個金鑰設備裡很可能是羅丹的遺囑，接入天網就會在天網裡公開？而遺囑的內容，很可能是將所有的遺產都轉給艾斯丁的後人，艾斯丁的家族你應該也略有聽聞，霍克公國的埃韋財閥，雖然艾斯丁本人因為生病沒有後代，但他的血緣親人還是非常多的，並且不少還頗有成就。」

邵鈞卻已經敏感地想到了一個可能：「所以最後，羅丹的侄子沒有執行羅丹的遺囑？」

花間雪滿眼嘲諷：「不錯，他們既不敢請專家來看那個金鑰設備到底裡頭有什麼，又不敢冒險將金鑰接入天網，畢竟一接入很可能就再也沒辦法挽回，巨額的財產，無數的技術專利收入，統統都要變成別人的，所以他們將那個設備以及羅丹的遺囑藏了起來，從來沒有公開。」

「幾十年前，羅丹的後裔曾經遇到過一次很大的危機，需要大量資金，結果從基金會知道了羅丹曾經的託付內容，他們當時懷疑那個金鑰裡頭就是那個印鑑，雖然悄悄找了專家，卻沒有專家敢保證在完全不破壞內部結構的基礎上解開金鑰，最終偃旗息鼓，雖然沒有繼續起訴基金會，但仍然祕密將那個金鑰妥善地保管了起來，期待著有朝一日能解開那中間藏著的祕密。」

歐德看了眼沉思著的邵鈞，好奇道：「費布斯怎麼會把這麼機密的事情都告訴妳？這可是關乎他們全族所有財產的大祕密。」

「醉了，」花間雪淡淡道：「對我的迷戀，還有對他伯父的怨恨，讓他醉後吐真言。」

她看向邵鈞，邵鈞問：「知道那個金鑰藏在哪兒嗎？」

花間雪搖了搖頭：「怕他懷疑，還沒有細問，晚點我再想些辦法打聽。」

邵鈞卻一口拒絕：「不用了，剩下的我來查，這事妳別插手了。」既然已經將目標縮小到費布斯的伯父弗勞爾，那可以用別的方式來查，而不是……

花間雪奇怪地看了他一眼，彷彿看穿了他的想法一般，笑道：「你不希望我用身體、美色去換取情報？」

邵鈞眼光複雜，欲言又止，花間雪笑道：「我們花間家族，無論男女，從小就訓練各種獲取情報、潛伏、挑撥以及刺殺的辦法，用身體，是最輕便最簡單的一種，況且我也早就不是處女了，妳真的沒必要露出這樣表情。」

邵鈞無奈，輕聲道：「每一具身體，都是上天賜給每個人的禮物，我們有權利珍惜愛護，也對自己的身體有完全的自主權，我還是希望，妳做那些事情的時候，單純是為了快樂或者喜歡，而不是為了交換什麼東西，甚至是為了別人。」

花間雪看著他，沒說話，過了一會兒才笑了下：「你真是——你不知道我們花間家的女人，算了不和你說了。好吧，你放心，這次我並沒有用身體，我砸了不少錢幫他建了個實驗室，他很羞澀靦腆，認為我是他的靈魂知己，不能用世俗和情欲來玷污的精神伴侶那種。」她對著邵鈞俏皮地眨了眨眼睛：「我認為這可是等價交換，嗯哼？我可是完全本色出演哦，說不定我真的和當年的艾斯丁一樣，發掘了一個未來的天才呢。」

歐德噗哧一聲笑了出來，邵鈞卻沒有笑，他對花間雪道：「謝謝妳，這個消息對我很重要，接下來的事交給我就行了，妳安心享受妳的假日。」

花間雪十分不習慣地搖了搖頭，臉上卻浮上了一絲羞赧：「你這就和哥哥太不像了。」她懶洋洋起了身往樓上走去，走了幾步又站住道：「我替你打聽情報，是當你是一個需要幫助的朋友，不是為了別的什麼，也不會隨意做超出底線的事情的，你放心。」

邵鈞回了房間，直接便接入了天網，召喚了艾斯丁。

他很少這麼頻繁召喚艾斯丁，艾斯丁出來的時候頗為意外：「怎麼了？還是為了你那默氏病的朋友？我和你說按現在的技術沒辦法的……」

邵鈞單刀直入：「你知道基金會裡有一筆遺產，是指定交給有你和羅丹生物資訊的印鑑的人來持有的嗎？」

艾斯丁淡淡道：「知道，之前和羅丹商量好的，當時是為了防止我們倆在天網裡，也許有某一天有可能厭倦了，想去現實生活玩玩的。怎麼，你們去了海貝爾？你打聽這麼詳細……是為了生物機甲嗎？」

邵鈞道：「是，但是在打聽羅丹的後人的消息的時候，我知道了一個祕聞——你知道羅丹在臨終之時曾經留下遺囑，要求他的侄子將一個金鑰接上天網嗎？」

艾斯丁眼光閃了閃：「是嗎？」他臉上閃過了一絲惆悵：「所以，是失敗了嗎？」

邵鈞搖了搖頭：「不，他對侄兒的囑咐裡，有一句，大意是死後，要將他所有從你這裡得到的東西都還給你。」

艾斯丁倏然抬起眼，銀灰色的眼睛裡湧上了陰霾：「布拉斯那個蠢貨不會明白的！」

邵鈞道：「是，你也猜到了結果，他的繼承人布拉斯以為羅丹的這個金鑰裡是他的唯一遺囑，而遺囑的內容，是將所有的錢都還給你的家族，一旦接上天網，全世界都會知道遺囑內容。艾塔隱瞞了羅丹的最終遺囑，將那設備藏了起來，作為唯一的親人，在羅丹沒有留下任何遺囑的情形下，繼承了全部羅丹的財產和專利，並且代代相傳。」

艾斯丁整個人都發抖起來，他呼吸急促，瞳孔緊縮，語無倫次：「原來如此……所以錯過了這些年。」他甚至沒有懷疑過這個消息是否確切，一把抓住了邵鈞，雙眸冷厲：「那個金鑰！幫我找出來！那一定是羅丹的精神力接收器！」

邵鈞心裡嘆了一口氣，艾斯丁握緊了他的手臂：「去幫我帶那個金鑰回來，只要你帶回來，我給你報酬，羅丹當年已經做出了一套生物神經元套裝，可以直接接入機甲，我用那個跟你換！有了那個，你那個默氏患者就可以繼續駕駛機甲了！」

這是太過驚人的消息，邵鈞來不及細想，只是沉聲道：「不為了報酬，我也會替你盡力去找回那個設備的。」

艾斯丁緊盯著他：「一定要找回來，他的靈魂就在裡頭！」

邵鈞有些不快，淡淡道：「這個我也沒有辦法保證一定能拿回來，畢竟他們藏得很深。」

艾斯丁看著他，終於收住了那有些失態的情緒，鬆開了他的手臂，忽然自嘲地笑了下：「是我心亂了，對不住，你不要以為我之前私藏那套神經元套裝，現在才拿出來利誘你為了丹尼爾。當初那套套裝做出來，的確效果非凡，但是丹尼爾卻發現，一旦將這個製作原理和研究方法公諸於世，很可能就打開了地獄之門，人們有可能會用人的神經來製作神經元套裝，你明白嗎？」

邵鈞心頭微震，想起了啟程前柯夏曾經說過，帝國有人用奴隸及複製人的神經元做實驗。

艾斯丁直視著他：「丹尼爾是用動物的神經元來研製的，但是卻不敢保證其他科學家不會跨過界限，用人的神經元，哪怕可能只是複製人，那也是打破了倫理界限，那是地獄之門。所以丹尼爾將所有的研究資料全部銷毀了，其實——丹尼爾看來嚴肅……」

他忽然自嘲地笑了下：「世人都以為丹尼爾陰沉、性格孤僻古怪、不好相處，其實他才是最善良和執著的那個人。明明他經過多少次失敗，投入了多少資金，才研製出來的東西。只要公布出去，整個世界都會震驚，獲得巨大的名聲和財富的回報功成名就，我當時也覺得只要嚴控保密好技術就行了。他卻還是選擇了毫不猶豫的銷毀了所有的研究資料。只是做好的那一套神經元機甲套裝，他捨不得銷毀，就留給我了，那是世界上唯一的一套了，之前——之前我也不知道你們是什麼樣的人，這是太大的誘惑了，所以我才沒有說。」

邵鈞道：「我知道你的意思，你不必解釋，我明白。」

艾斯丁一雙銀灰色的眼眸帶上了點濕潤，懇切地看著他，猶如銀灰色的鴿子一般無辜純潔，邵鈞嘆了口氣：「請你別擔心，無論你給不給我那套機甲套裝，我都會盡力替你將他帶回來，不是為了報酬，而是，我希望能幫到你，我覺得，我應該勉強能算是你的朋友吧？」

艾斯丁笑了下，雖然還帶著哀愁：「我們當然是朋友。」

邵鈞看著眼前哀愁無限猶如天使一般的少年，想起在博物館裡看到的他們年輕時候的影像，想到他們因為所托非人而錯過了這麼多年，他不由輕輕提醒艾斯丁：「我不懂技術，只是，事情已經隔了那麼多年了，你確定那個金鑰裡的精神力，還能存在嗎？」

艾斯丁抬眼看他，輕聲道：「至少我知道他努力過……」

邵鈞心裡一沉，知道希望不大，也對，這麼多年，也就艾斯丁一個人以及自己這個不知來處的靈魂脫離了身體，他寬慰艾斯丁：「現在我需要確認那個金鑰的所在地，你有什麼辦法嗎？」

艾斯丁沉沉道：「想辦法讓知情人連上天網，剩下的我來。」

邵鈞看著眼睛裡已經遮不住戾氣的艾斯丁，默默為羅丹的後裔哀悼了一番，點了點頭，下了天網。

他找來花間雪：「你想辦法請費布斯來，讓他連上天網，最好是連他的伯父也能一起請來，只要連上天網就行，其他什麼都不用做。」

花間雪好奇地看了他一眼，道：「費布斯可以，他伯父有點難，畢竟不是人人的精神力都能夠連上天網的，據我觀察，他們似乎整個家族所有的靈氣都被天網之父透支了，其他人都有些愚鈍呀。」

邵鈞點了點頭：「拜託了。」

Chapter 83 演習

雪白明亮的實驗室內，黑髮少女今天穿的是極為寬鬆的白襯衣和短褲，看著就像偷偷穿大人衣服的小孩，她笑得眉眼彎彎：「又在研究？太無聊了，今天和我上天網去逛逛吧？上面有小歌后夜鶯的演唱會，非常盛大，我買了兩張天網演唱會的票，陪我嘛？」

費布斯並不關心娛樂圈，也不知道小歌后是誰，但他看到少女燦爛天真的小臉，心裡就已繳械。

這些日子，這少女為自己投資建實驗室，資助自己在研究的專案，連教授都對自己和顏悅色起來，甚至還找自己去談話，鼓勵他，指點他研究上的問題，還準備推薦他發表論文，同學們更不用說了，這些日子接到的邀約都多了許多，甚至還有一些女孩子來約自己。

可是哪一個，比得上眼前這花間財閥的大小姐？

她的眼裡全無世俗算計，只是天真爛漫。

費布斯將實驗項目收拾了下，微微有些遲疑道：「我精神力不太好，可能在天網裡待不了多久。」

花間雪體貼道：「你平時不太上天網，一定會不太習慣，正因為這樣，才要多連上天網，特別是聽聽天網裡的音樂。已經有研究證明，在天網裡聽音樂會增強精神力，對創造力有極大激發，你應該要多上天網才是，我送你一個虛擬艙？」

費布斯心裡彷彿被一個小熨斗熨平了所有憂愁，喜悅緩緩升起，渾身無一處不舒暢，他笑道：「先去看演唱會吧。」果然起身和花間雪一同起身去了花間雪的海邊別墅裡，連上了天網。

而另一邊，邵鈞也已經迅速連上了天網，他們三台虛擬艙都在同一個接入點，艾斯丁迅速鎖定了人。

演唱會大廳內，小歌后夜鶯正在臺上高歌，費布斯和花間雪坐在包廂內，聽了一會兒，果然有精神飄飄然之感，他心裡吃驚，果然天網能夠提高集中精神力是真的，他全神貫注地專心聽起歌來。

他們沒有發現，在他們上空，艾斯丁與邵鈞正懸空站在虛空中，俯瞰著他們：「那女孩的精神力不錯，那男的就真是太差了，大概再一會兒他就撐不住了，果然不愧是丹尼爾那廢柴侄子的後代。」

邵鈞好奇道：「你打算怎麼做？」

艾斯丁笑了下：「在天網裡，我就是神。」他閉上眼睛，伸出手在虛空中向費布斯虛虛一點，只見整個空間彷彿停滯了一般，下頭夜鶯站在臺上靜止著，場上的歡呼聲已經寂靜。

費布斯和花間雪在下方也呆滯著，艾斯丁手掌倏然一收，邵鈞看到費布斯額頭心忽然飛起了一朵幽藍色的光點，一路飛了上來，在艾斯丁手掌中虛空浮著，明明滅滅。

艾斯丁輕輕道：「只要我把這朵精神力之火熄滅，他在現實世界就只剩下一具空的軀殼，變成傻子。」

邵鈞抬起頭，眼裡全是震驚，艾斯丁一笑：「放心，神視凡人如螻蟻，卻並不會和螻蟻過不去，你的精神力很強，也不必擔心。」

更沒安全感了好嗎？邵鈞的眼神讓艾斯丁忍不住又笑了起來，他手指輕輕一動，那朵精神之火忽然爆發出亮光，艾斯丁專注凝視著那旋轉著的亮光，忽然手指又一點：「找到了，在海貝爾海邊的別墅裡，丹尼爾的故居被拿去做博物館了，每年躺著分錢，然後他們就去了海邊別墅那邊作為老宅——那裡我記得，我和羅丹在那裡度假過。」他冷笑起來：「保全還是我安排的。」

他手掌再次打開，那朵幽藍的光飛回了費布斯的額頭，凝滯的時間彷彿重新流動起來，流水一樣的歌聲重新響起，現場的歡呼聲一浪接著一浪的響起，花間雪往後倒去，自在悠閒，費布斯也仍然專注地聽著演唱會。

一切都自然得彷彿什麼都沒有發生過。

艾斯丁卻帶著邵鈞消失了。

邵鈞被艾斯丁帶著到了一間別墅前，艾斯丁淡淡道：「這是那棟別墅在天網的投射，我剛才又檢查了下，保全系統改變得不多，我帶你走走熟悉一下，有不瞭解的就問。」

還可以這樣作弊……無語的邵鈞被艾斯丁帶著從大門一路走進去，將別墅裡的院落、實驗室、結構、密室、暗道等等全都走了一遍。

「東西應該是放在書房裡的密室，那邊是最高級別的保全。保全的雛形是那時候我和丹尼爾一起討論的，目前主體也大致沒變，只是進行了更新升級，有幾關都是需要生物資訊識別進入的，之前我還有設計需要精神力識別的，但是他們取消了這一關，顯然是精神力太弱的緣故，這就更方便我們走後門了。」艾斯丁帶著他一路走進了書房裡，按了下識別器，門上的識別器讀取了他的瞳孔，掌紋，打開了書架後的隱形門。

邵鈞茫然道：「這些生物資訊難道能偽造？」

艾斯丁道：「不能偽造，只是一個小小的外掛，讓你騙過程式，饒過生物資訊識別。」

邵鈞吃驚：「怎麼做到的？」

艾斯丁道：「太複雜了，和一個初級物理基礎網課都畢業不了的你解釋不來。」

「……」邵鈞無語：「那這個外掛，你怎麼給我？總不可能刻在精神力裡吧？這樣我可要懷疑這是玄學了。」

「玄學是什麼？」艾斯丁隨口問：「等你回去，明天就有人快遞送上門給你，是一個小小的晶片，你把它插入你機器身體的隨便一個對外介面裡，就能改變你機器身體的瞳孔和掌紋資訊。」他忽然逼近邵鈞，邪惡笑道：「你可知道，以後你那具機器身體，就能通過所有類似保全級別的關口哦。」

邵鈞將信將疑：「你不會騙我吧。」

艾斯丁冷漠道：「不，看在丹尼爾份上，這個便宜只好給你占了。」

「我怎麼覺得你和以前不太一樣了。」邵鈞疑道，之前那個溫和而樂於助人的天使去哪裡了？

「你應該覺得榮幸，你和丹尼爾一樣見到了我的真面目。」艾斯丁按了下密室一旁的按鈕，燈關上了，一段走道裡密密麻麻出現了交叉著的紅外線光：「這是紅外線識別探測器，你到這裡的時候，將你的機器人身體體溫降到和環境溫度一樣，這個你能做到吧？然後直接穿過去就好。」

他帶著邵鈞往前走去，最後一間密室到了，牆上仍然是生物識別按鈕，按開以後牆上出現了一個憩室，裡頭裝有一個幽藍色圓球形的裝置。

「這就是那個金鑰，理論上應該是這個樣子的，你拿了他以後原路出去即可。」

「當然，從大門進入容易撞見人，建議你從泳池進入，泳池連著海，從海邊可以潛入至泳池裡，通道有過濾作用，從那個通道進入泳池，上岸即可。你是機器人的話，應該有上岸自動烘乾身體的功能，不怕一路滴水。這個院子裡有狗，但你不是人，只要全程不要發出聲音，應該沒問題，實在不行就把狗殺了。然後直接從泳池側門進入別墅內，剩下的路你應該熟悉了，按我設計的路線，你基本上可以全程不驚動保全系統拿走東西，之後立刻將設備接入天網，隨便一個天網虛擬艙都可以。」

艾斯丁事無巨細，將各種可能發生的情形都細細替他分析過，才放他下了天網。

邵鈞下了天網，一出門就看到了花間雪，她追問邵鈞：「怎麼樣了？他精神力太低，一場音樂會都沒有聽完就下線了，你是不是還沒有來得及做什麼？我要再約他嗎？」

邵鈞搖頭：「不用，妳做得很好，謝謝了，這事到此為止了，妳不用管了。那個男孩子，妳不喜歡的話也不用勉強接近他，給他一些適當的資助就好。」

花間雪目光閃動：「真的不用我幫忙了？」全程什麼異樣都沒有，她進入包廂之前一直在看哪個人像他，卻根本沒有找到，究竟他為什麼要費布斯上天網？

邵鈞只是點了點頭，便出門去了，他晚上還有一個宴會要參加，然後很快宣傳行程就要全結束了，他必須儘快將那東西拿到手。

第二天果然有人送來了一個信封，打開裡頭正是一個小小的晶片，邵鈞將它插入了自己胸中的介面處，然後到了車庫裡，將花間風放在車庫裡的幾台飛梭門上的生物識別開關都試了下，果然都能打開。

真是為非作歹的利器，不知道有沒有時限或者使用次數的限制，艾斯丁把這個都給了自己，不僅是是為了羅丹，也是被逼急了啊。

他也沒時間想太多，只是藉口邀請劇組聚會，在別墅裡舉辦了小型的酒會，然後在劇組人員都喝得微醺的時候，藉口自己喝多了，也回了房間裡，假裝休息。

然後一個人趁著夜色，潛入了海水中，一直遊到了那棟目標別墅附近的海水裡，默默地等淩晨，等所有人都睡著的時候再上岸。

深夜的時候，如天氣預報一般，下起了滂沱大雨——大雨將會抹去所有痕跡，再好不過的天氣。

Chapter 84 魂歸

大雨滂沱，打在海面上，掀起了嘩嘩的聲音。

但沉在海底的邵鈞卻感覺到十分寧靜，他按艾斯丁指示的路徑，一路遊到了那棟別墅的泳池內，沉靜地等了一會兒，確定沒有人後，鑽出了水面，小心翼翼地進入了別墅內。

一路悄然進入了書房內，果然順利打開了生物識別密室，穿過了紅外線探測通道，進入最深處，打開牆上憩室，果然裡頭有一個幽藍色的設備，裡頭的光已經非常黯淡。

他拿起來看了下，將金鑰藏入了自己胸口內，然後才走出了通道，回到書房。

看來一切都能順利，邵鈞安心地走出書房，沒想到手才剛要碰到門，忽然整個別墅警鈴大作！

被發現了？

邵鈞立刻躲在了書房後，然後聽到了有保鏢護衛匆匆奔過的聲音：「在花園裡！發現兩人入侵！」

屋裡危險，不便久留，再遲些就要被甕中捉鱉，邵鈞聽著腳步聲遠去後，立刻閃出了書房，迅速翻下樓梯，推門繼續回到了有泳池所在的花園裡，閃身躲入一旁的垃圾桶後，只看到花園裡已經亮如白晝，一個纖細身影正與幾個保鏢肉身搏鬥，其餘保鏢們不敢開槍，只能大聲呼喝警告。

花間雪！

偽裝攔不住邵鈞機器人的視覺，他一眼看出來了場中的人是誰，花間家族的水準就是這樣嗎？邵鈞心裡吐槽，但他沒有時間想太多，他必須要在保鏢們反應過來之前救下花間雪。

果然一聲巨響，庭院上空已經發射出了一張巨網，從天而降落下來，眼看就要將入侵的人罩住。

邵鈞腳跟用力，飛快地射了出去，將花間雪抱住，連著那股衝力直接衝進了泳池裡。

巨網落了下來，邵鈞已經飛快地帶著花間雪以人類難以企及的速度穿進了泳池排水道，開啟水中潛遊模式，一路沿著排水道沖入了大海內，然後急劇上浮，花間雪是人類，不能閉氣太久。

他們浮上了海面，大雨還在滂沱下著，他將花間雪托上了海面，將她下巴往上抬，正要看她是否昏迷過去了，卻看到花間雪伸手抹了下濕漉漉的臉，在雨中睜開了眼睛。

邵鈞有些無語，果然是一流的間諜世家，這閉氣的功夫還真是非同凡響。

花間雪卻已說話：「是你吧？」

邵鈞不說話，單臂環繞，帶著她往岸上遊，這裡還沒有安全，保鏢們很快就能發現他們消失在泳池是因為潛進了換水筏門後的管道內。

自從他扮演了花間風，不缺錢以後，他就換回了原配的金錫能源，為了今晚的事，他還特意換了全新的能源，果然現在在水裡帶著一個人游泳，速度依舊一點都沒有減慢。

花間雪也安靜了下來，一直配合著他划水，但體力顯然是她的弱項，沒多久就只是浮著讓邵鈞帶著了。

他們遊了半個多小時才上了岸，邵鈞背起她來又繼續在雨中狂奔許久，又換了一個方向，重新入水，向花間風的別墅游去。

這一次就太久了，大概游了一個多小時，邵鈞途中甚至有些擔心花間雪會因為失溫撐不住，但手上探測器傳來花間雪的體溫和心跳不算非常危險。

終於游回了別墅，他背著花間雪一路悄無聲息回到了客廳內，將花間雪放到了沙發上，打開了燈。

花間雪雖然面容蒼白慘澹，精神萎靡，手足卻還能動，看來沒有受到什麼實質性傷害，花間雪抬頭和他對視：「果然是你。」

歐德已經被驚醒，從房間裡走了出來，在二樓往下看他們。

邵鈞道：「先去房間裡洗擦乾淨，再出來說話吧。」

花間雪有些羞愧，起身果然進去不多時，洗乾淨全身烘乾後換了乾淨浴袍走了出來，邵鈞也已經收拾乾淨，坐在大廳內，歐德按邵鈞的指示煮了點熱牛奶和一些蛋糕拿了過來遞給她：「喝點東西，恢復下精神。」

花間雪接過牛奶，喝了幾口，握著熱牛奶杯，終於感覺回過神來，抬起頭來看了看他，道：「我今晚是去偵查的，但是應該是被青龍那系的人跟蹤了，故意擾亂了我的行動。」

邵鈞問：「青龍？是妳的族人嗎？」

花間雪眼裡帶了冰霜：「是，青龍的花間雨，是這一屆族長挑戰的有力對手，他同時也在接受另外一樁族長挑戰任務，也就是說如果哥哥回不來，而他完成了族長挑戰任務，那就是他繼任族長了。」

邵鈞道：「他為什麼要破壞妳的行動？你們族內這樣破壞干擾自家人行動，不違規嗎？」

歐德道：「只有族長競選人之間的干擾才算違規，前提也是要有足夠的證據，他們應該是已經監視了我們很久了，雪小姐，妳不該輕舉妄動的，本來風先生從來不參加宣傳接受訪談的，這次卻一反常態來海貝爾，就已經足以引起他們注意了，你還和他一起過來，目標太醒目了，他們沒有行動才奇怪了。」

花間雪微微有些沮喪，歐德又看了眼邵鈞：「風先生還去參觀什麼羅丹的故居博物館，這就更一反常態了好嗎？他們肯定要擔心你有什麼行動，所以能破壞就一定要破壞的。今晚你們怎麼碰到一起去了？」

花間雪道：「我也就是把費布斯的伯父家裡的房產都勘查一下罷了，結果被青龍他們插了一腳，打草驚蛇了。」她看了眼邵鈞：「杜因先生過去，應該也是為了勘查吧？不知道有收穫嗎？」

邵鈞道：「我才進去妳就觸動警鈴，我就出來了。我和妳說過，之後的事我自己處理，不需要妳涉險了。」

花間雪沒說話，邵鈞轉頭再次嚴肅和她說話：「第一，這是我的私事，和風先生的事無關，我很感激妳之前的情報，但後面的事不需要妳參與了；第二，我比妳強，所以真的不需要妳了，明白了嗎？」

那句「我比妳強」實在太有衝擊力了，花間雪和歐德臉上的神情都有些一言難盡，邵鈞轉頭道：「我先回房休息了，明天可以安排回洛倫了。」他走了兩步忽然又交代歐德：「再拿一台天網虛擬艙到我房間裡。」

歐德不明所以，卻一句沒有追問，立刻起身安排，最近他已經不知不覺被邵鈞身上那種強大的說一不二的氣勢給懾服，極少質疑他。

邵鈞回到了房間，打開了天網虛擬艙，先將胸口的金鑰拿了出來，仔細看了一會兒，才輕輕將那金鑰插入了天網虛擬艙內，又觀察了一會兒，看那金鑰只是閃了閃，然後那點幽光就徹底滅了，心裡也不太踏實，隨後自己也躺入了另外一個虛擬艙內，連入了天網。

主腦內依然是來來往往川流不絕的人，但人們都發現了天網世界今天的不對。

一向碧藍色的天空忽然變成了非常柔美的珊瑚粉色，映得每一處雪白的房子都猶如處於柔光中一般，溫暖而又甜美，有風吹過來，風裡帶著甜蜜的花香，不知道哪裡飛來了一群一群的白鴿，擺動著翅膀飛翔著，落在房頂上，四處飄滿了無數透明的泡泡，折射著七彩的光。

而一處一處的花都開了，街道上的樹全都開滿了花，沉甸甸的花枝垂下來。房屋頂上布滿了茸茸草花，如煙似霧，木製雕花欄杆上無中生有纏滿了星星點點的花藤，原本光禿禿的柱子上也探出了花枝，密密麻麻綴滿了花苞。連路面的磚縫中都長出了細草來，爭先恐後開了小小的穗花。

又一陣暖風吹了過來，這次風裡帶上了紛紛揚揚細細碎碎的粉白色花瓣，而遠處的緋色天空，竟然出現了一道美麗的彩虹。

遠方有童聲在齊聲詠唱，聽不清楚歌詞，只覺得稚嫩歌聲聖潔而喜悅，令人心裡充滿了歡欣。

天網中的人都駐足驚嘆著：「今天是怎麼了？是有精神力高的人在炫耀嗎？」

「不可能，哪有人精神力能高到這樣程度，今天是什麼紀念日嗎？我記得好像天網之父羅丹的生日也會有花雨和虹霓。」

「可是今天不是啊。」

人們紛紛猜測著，邵鈞卻知道，天網之父，應該回到了他為友人創造的天網世界中，和他錯過數百年的友人在一起了。

一隻白鴿撲撲飛到了他的肩頭，親昵地用尖喙擦了擦他的臉，一個布囊落在了他伸出的掌心中。

邵鈞打開，看到裡頭的紙條裡言簡意賅，一是明天會讓人送印鑑給他，他憑印鑑可以在羅丹基金會裡拿到他們之前寄存的物品，編號〇〇三六；二是丹尼爾的精神力太過弱小，他需要儘快替他強化，因此近期可能召喚不到他，有事仍然可以留言。

真是一刻都不肯耽誤啊，邵鈞摸了摸那個小小的布囊，布囊瞬間又化成了一群蝴蝶，翩翩飛走，邵鈞抬頭看了眼那依然緋紅色的天空，心裡也洋溢了喜悅：

這座虛擬世界的創世神靈，歸位了。

在回去的飛梭上，歐德接了個通訊，神情奇怪，掛了通訊後他和邵鈞說話：「雪小姐來電，說費布斯伯父報警了，說是家裡失竊了非常重要的東西，傳說是天網之父羅丹留下來的十分重要的金鑰，現在正在全城查著，幸好我們有私人飛梭，否則大概都出不了城了。雪小姐因為和費布斯這段時間的關係也被懷疑了，別墅裡也被警方搜查了一輪，據說拿的是最高級別的搜查令，驚動了整個海貝爾。但我們聘請的律師也已經為雪小姐代理，提出了抗議，員警這邊沒有任何證據，應該也沒辦法再找你麻煩。」

邵鈞仍然在噠噠噠地按著手上的遙控器，讓微型機甲舞出了一個漂亮的飛天造型，歐德無語：「你那天晚上，真的沒拿他們的東西？」

邵鈞道：「你猜？」他嘴角彎起，雙眸卻仍然帶著一貫的漠然，雙手仍然快速遙控著遙控器，如果留心的話可以發現他的手速一直從頭到尾的穩定快捷，每一次按鍵也精準無誤，完全沒有疲憊和遲疑。

歐德深呼吸了一口氣：「我們要做好應對，本族那邊可能會問，就算你死不承認，花間家族可能也會認為你已經拿到了那個重要的東西。」他一定是拿到了！否則他好好的怎麼會出現在那裡還救了花間雪？為什麼不再留戀直接回首都？為什麼直接要求花間雪他們不要參與後續事宜了？絕對是因為他有十足把握拿到東西。

這是多麼恐怖的實力，天網羅丹的後裔，使用了最高級別的保全系統，雖然花間雪是因為青龍那邊的人破壞，但她也經過族裡多年嚴格訓練，花間一族的人都擁有著常人想不到如鬼魅一樣的身手，哪怕只是個孩子。花間雪回來也和他說了，那房子裡全是最高級別的生物識別保全，還到處布滿了紅外線警報器，杜因到底是怎麼得手的？

他和他那個怪物表弟，到底是什麼人？歐德只覺得一股涼氣緩緩從脊背後升起，風先生，是不是已經驚醒了一隻蟄伏的獅子？

邵鈞滿不在乎道：「花間家族應該也沒少做這種事吧？這不是很好嗎？所有的注意力都到我這裡來了，你的風先生多安全。」

歐德啞然，不得不承認，這位沉默寡言的助理替身，明明每次都夾帶私心在做自己的事，但是偏偏每一次都能巧妙地也達到了吸引族中宿敵們眼光的目標。這一次是他們兩兄妹大鬧海貝爾。

回到洛倫，邵鈞回松間別墅的時候，正是黃昏，屋子裡一片靜謐，薔薇花香在傍晚的風中送入。柯夏正在瀏覽星網，看到機器人回來只是冷淡地點了點頭。

邵鈞上前，看到他正在瀏覽雪鷹軍校的院校介紹及相關科目要求，頁面正停留在指揮系上。

他上前問道：「您休學一年，其實是可以不必這麼勉強今年就報考的。」

柯夏淡淡道：「軍校裡頭的同期生，最後在軍中往往互相支持，成為彼此有力的聯盟。許多有實力的人都搶著在這一期考入軍校，力圖要與元帥的女兒成為同期生。指揮系其實對於沒有背景的人來說，不是個好選擇，從低級軍官熬起，如果再沒有相應的人脈的話，隨便什麼人都能搶走你的功勞，會更難。」

邵鈞沉默了下，問道：「機甲系是不是最好選擇？」

柯夏道：「當然，實力雖然歷來是軍中晉升的優先考慮條件，但戰績戰功，歷來也是很容易被分走的，沒有人脈又低級軍官，必須要經歷過漫長的熬資歷。只有機甲戰士，實打實的戰功會如同夜空中的閃耀的明星，不容易被埋沒和遮掩。」

邵鈞上前看著柯夏道：「也不是沒有機會的，我這次去海貝爾，拿到了一副機甲專用生物神經元套裝。」

柯夏懶洋洋道：「被騙了吧，機器人真是好騙，被騙了多少錢？你賺錢也不容易，先和我請示請示也好啊，你是已經習慣沒有主人了嗎？真是慣壞你了。」

邵鈞道：「我已經訂了場地，您去試試？」

柯夏可無可不無：「隨便吧。」

熟悉的場地，柯夏看了眼外邊的機甲，臉色不禁煞白，似乎身上的神經又已開始痛了。但他忠心耿耿的機器人已經打開了一個箱子，將裡頭的一件純黑色緊身套裝拿了出來，然後替他脫衣服。那套裝看著和一般的機甲駕駛服類似，駕駛機甲會對身體造成極大負擔，機甲駕駛服的作用主要是支撐脊椎髖骨及關節，協助肌肉發力，減輕身體負擔。看來造假的人還是花了點心思的。

機器人將他的衣服脫光後，卻又拿了一張熱毛巾替他擦拭身體：「說明書上說了，這樣可以讓生物神經元與身體神經更好對接。」

柯夏開始懷疑自己病久了智商下降，居然同意了讓機器人嘗試，難道是病中依賴機器人習慣了？他看著機器人拿起那件衣服，往他身上套。仍然彷彿從前對待病中那柔弱無能的身體一樣，細緻輕柔地扶著他的手臂，他心裡一邊唾棄著自己智商斷線，一邊十分勉強地張開手臂，讓機器人將那十分貼身的所謂生物神經元套裝替他一寸一寸地套上了赤裸的身體。

衣服全部穿上了，非常貼身，這套衣服的確是與機甲駕駛服一樣的功能，才穿上去就感覺到了對骨頭與肌肉的支撐感，但神經元？好吧，至少能當作機甲駕駛服用，柯夏沒說什麼，沉默地進入了駕駛艙，想到那即將到來的神經痛，他微微有些膽怯退縮。那不是一般的疼，如果說病中他一次一次的堅持，是為了復健以後還能駕駛機甲，那時候還有希望，所以一次一次忍了下來，然而最近這幾次，卻帶來的是一次一次的絕望，而疼痛變得難以忍受，整個人都嬌氣了起來。

但是他透過頭盔看到機甲下機器人抬頭凝視著他的眼睛，心中嘖了下，算了，這傻乎乎的機器人還特地跑去海貝爾幫他弄來這套駕駛服，也不知道花了多少精力和金錢，罷了，再忍一次吧。他咬了咬牙，按下了啟動鍵，凝神啟動了精神力。

機甲啟動了，邵鈞在下頭看著那機甲邁出了一步、兩步，忽然蹲下身子，嗖地一下躍出，然後在空中做了個十分漂亮的戰術動作。

成功了！

邵鈞這一刻能感覺到那種來自於靈魂的雀躍和驕傲，這孩子從此又能駕駛機甲了吧？

他看著那具機甲又做了一些標準的戰術動作，大概約半個小時後，柯夏終於停了下來，翻下了駕駛艙，摘下了頭盔，目光複雜地看向邵鈞，忽然伸出手上前擁抱住了邵鈞。

邵鈞低頭，雙臂安慰地回抱，靜靜地等他消化這個喜悅的事。

過了一會兒柯夏才鬆開了，邵鈞才問：「會有不適嗎？神經方面能適應嗎？會不會時間不能太長？」

柯夏道：「還好，只有一點痠疼和刺癢麻的感覺，感覺經過訓練應該能克服，比之前疼痛到完全無法控制的情況好多了，我這陣子多試幾次，看看具體情況。」

邵鈞點頭，兩人回更衣室將那套神經元駕駛服脫了下來，邵鈞道：「只有這一套了，您要小心使用，也不要讓他人知道這衣服的存在，以免被外人覬覦。」

柯夏問：「既然你能買到，怎麼會只有一套？」

邵鈞道：「是當年天網之父羅丹留下來的遺物，他當時研發出來後，發現根據他的研發思路，今後會出現沒有下限的研究者使用人的神經元來製作，於是他銷毀了所有的研究資料，只留下了這套成品。這是因為幫了一個朋友的一點小忙，他將這套神經元套裝送我的。」

柯夏沉默了一會兒道：「好的，我會謹慎保管的。」

他沒有問是什麼地位的朋友，機器人又究竟是做了什麼事情才得到了這麼珍貴的饋贈。這一年來機器人對他無微不至的照顧，讓他不知不覺習慣了被動接受照顧和給予，智慧型機器人真的能做這麼多事嗎？他經常忽略了腦海裡的疑問，似乎他潛意識裡隱隱就已經知道，如果揭穿了背後的事實，可能就不能安然接受現在這種全靠機器人供養和扶持的現狀。

這幾年命運加諸在這孩子身上的挫折和病痛，遠遠超過了他這個歲數的人應該能夠承受的。他在最無憂無慮的年紀，失去了父母和身分，失去了棲身之地；在最意氣風發的年紀，患上了重病，將他驕傲的脊樑踩入污泥。他一次次跌入絕望的深淵，無數次覺得生命毫無意義，然而命運在惡劣玩弄他於股掌的同時，卻又給他留下了一線希望，一個強大的機器人管家。

如果將這一切歸結為是去世的父母親給自己留下的最好的機器人管家，機器人執行的是亡父亡母的命令，代父母親照顧自己，自己接受的是父母親的饋贈，孩子得到父母親無微不至的照顧，那是天經地義的——為了回報父母的恩情，自己也一定會為父母親復仇，唯當如此和自己說以後，似乎才能心安理得地不再追根究柢。

很快柯夏進入了瘋狂的複習備考期，期間還在進行高強度的身體鍛鍊、機甲練習以及與邵鈞開展格鬥。他的復健和身體訓練計畫，是克爾博士精心制定的，主要側重在肢體協調性上，但柯夏卻在原定的計畫上每個訓練專案分別加了三組力量訓練，克爾博士知道後又仔細看了看他的身體狀況，有些無奈道：「既然是要考軍校，加大力量的訓練量也正常，但是畢竟你的身體才痊癒，還是適可而止，一旦出現身體不適的情形，就要立即停止，我還是推薦游泳方式來健身和復健。」

柯夏也只是敷衍地應了，仍然全力以赴地訓練，他自從拿到了那套神經元套裝後，精神狀態就有了極大改善，在訓練上也格外積極。每天嚴格按照時間表，清晨起來晨泳，之後早餐，連上學校網路課程開始上課，完成作業，午餐後瀏覽星網後小小休息一會兒，便要開始訓練及機甲訓練。

他時間不多，但超強的自制力和高度的專注力讓他效率出奇的高，讓他在文化課、身體復健、訓練以及機甲聯繫、格鬥訓練中遊刃有餘地取得平衡。當然，雖然如此匆忙，他卻一次都沒有漏過在天網的教學，更讓孩子們感到緊張的是，柯夏毫不猶豫地將這種瘋狂備考的壓力原原本本傳達給了他們，每節課都有小測試和抽檢，機甲部位認識比賽，機甲標準動作考核，頻繁的測試和抽考讓所有孩子們都如臨大敵，不少還來和邵鈞套關係：「鈞老師，聽說你和夏老師是朋友，能不能讓夏老師高抬貴手啊。」

「鈞老師，夏老師是不是失戀了……」

「鈞老師，夏老師現實生活中長得是不是也這麼好看。」

邵鈞哭笑不得，只能一再申明自己和夏老師也只在天網裡認識。

柯夏在天網中也偶爾還會與他格鬥，但他上天網很克制，大部分時間還是在現實生活裡積極鍛鍊自己剛剛恢復的身體。

邵鈞又以花間風的名義接了個新戲，偶爾拍戲閒暇時間會上天網，有時候會遇見土豪，聊天中知道他也是要參加這一屆的雪鷹入學考試，心裡暗想這大概就是柯夏未來的同學了。土豪還是對他十分熱情，每次都纏著他練，邵鈞有時候被他纏得沒辦法問他：「這裡是聯盟，應該有更多更正規更好的格鬥俱樂部吧？應該有比我更好的格鬥師可以陪練。」

土豪搖頭：「差遠了，每次和你戰鬥後，我都有新的提高和領悟。你是不是沒見過普通人的精神力，那是渙散而難以集中的。你戰鬥的時候精神力的使用和其他人不一樣，更細微更熟練更準確。簡單地說，模仿你的方式格鬥，同樣的精神力能夠施展出更多的動作，造成更大的殺傷力。我的專職教練他們研究過我們對戰的影片，說你現實生活中肯定時常進行非常專業以及獨特的精神力訓練，才能夠用得如此準確，在精神力研究方面，有一種說法就是有一類人的精神力比一般人更凝實，他們叫這種叫魂力，和肉身的力量相對應，人的靈魂施展起來宛如天賦，得心應手，神到力到，超級強大。我一個教練說，只有那種日以繼夜都在鍛鍊精神力，又能夠很細微地控制不超過身體負擔的人，才能夠達到你這樣運用得渾然天成的領域。機甲駕駛者的精神力鍛鍊，其實也是往這個方向鍛鍊的，天網被稱為最強鍛鍊精神力的方式，也是因為如此。但是這肯定是不傳之祕，所以我也不好意思問你，只能多和你對戰，好多學一些。」

土豪看著邵鈞的臉，十分遺憾道：「你如果能來做我的專職教練就好了，我願意高薪聘請你。」他也知道邵鈞一直躲躲藏藏，肯定不會現於人前，並沒有繼續說什麼。

邵鈞想起艾斯丁也說過他的精神力很強，難道是因為脫離了肉身的靈魂獨立存在，平日裡又在機器人身軀，這也讓他在無形中時時刻刻都在鍛鍊精神力，以至於那所謂的魂力更凝實了？

可惜艾斯丁不在，他這些日子上天網都會到主腦下晃晃，但是始終沒有得到回應，想想羅丹的精神力經過幾百年的存放，想必微弱得近乎消亡，艾斯丁大概需要更多的時間來解決這個問題，增強他的精神力，邵鈞忽然腦海裡閃過了艾斯丁說過的「神交」兩個字，不由也覺得一囧。

有訊號響起，顯示有人在現實世界聯繫他，且是非常重要的人，他便斷開了天網回到了現實世界。

來電的是山南中學的愛琳女士：「杜因先生，您知道夏柯同學報考了這一期的聯盟統考，三個志願全選了聯盟雪鷹軍校，並且三個專業志願全部選了機甲系嗎？」

邵鈞道：「是，雪鷹軍校一直是他的夢想。」

愛琳女士嘆了一口氣：「我理解夏柯同學的夢想和執著，但是這一屆因為元帥女兒的關係，競爭實在太激烈了，我不反對夏柯同學繼續報雪鷹軍校，但是建議同時報其他學校以及其他專業，以便有更多的選擇。畢竟他才剛剛康復，機甲系會單獨加試精神力測試、機甲實技、格鬥術三門考試，如果失敗，會對夏柯同學的心理可能會造成比較大的挫折，而且……」

愛琳女士委婉道：「雪鷹軍校本來錄取率就很低，夏柯同學……他沒有身分，卻快要成年了，從長遠來看，希望家長還是多多考慮，畢竟只要考上任意一所大學，就能取得合法居留身分，就目前夏柯同學每一門功課都十分優秀的情況來看，我還是十分建議他在第三志願增加音樂類或者藝術類院校，他很有天賦，在古典弦樂上的造詣很深，這很難得，藝術院校會祭出豐厚的獎學金來歡迎他的。」

古典弦樂？邵鈞想起當初披著金色水波紋長髮，不食人間煙火的王妃在兩個孩子前緩緩撥動豎琴的樣子，心裡微微一動，寬慰這位好心的女士道：「好的，我會和他說說的，多謝您的提醒，另外我們的身分問題已經不用擔心了，已經找到合法的管道居留，也請您不必太過焦心。」

愛琳女士鬆了一口氣：「這樣最好，合法居留沒有問題的話，那可以讓他試一試，不行明年再考就好了，另外——夏柯同學自從痊癒後，還沒有回學校過，老師和同學們都挺想念他的，也希望他抽空回來看一看大家。」

邵鈞誠懇地感謝了這位古道熱腸的校長，掛了電話後，看了看行程安排，然後取消了個行程，又讓萬能的助理歐德去買了把豎琴，然後回到了松間別墅。

柯夏正在寬敞的健身房內光著上身在做仰臥起坐，額頭身上都掛滿了汗珠，看身後墊子濕漉漉的，就知道他已做了不小的數量，而經過這些日子的復健和鍛鍊，他肩膀已經有了些厚度，不復之前的瘦弱單薄，身上的肌肉輪廓開始清晰起來，隨著他倒下起身，腹部的肌肉一張一弛，也顯示出了漂亮的塊狀線條。

他看到邵鈞回來，問道：「今天怎麼回來這麼早。」

邵鈞道：「愛琳女士打了通電話給我。」

柯夏停止了仰臥起坐，站了起來，身姿挺拔，平展的肩和精瘦的腰形成了個很漂亮的三角形，他拿了毛巾擦了擦汗道：「為了志願的事吧，我有把握考得上，你就和愛琳女士說謝謝她的關心就好了。」

他一邊說一邊又躺倒在臥推機器下，開始做平板臥推，白皙修長的手臂上肌肉一條一條清晰凸顯起來，他還的重量對他來說顯然頗為吃力，脖子上的青筋都一根一根地綻起來，汗珠密密麻麻滲出毛孔，可他還是咬著牙地按訓練計畫做了下來。

邵鈞站在一旁看著他練，不時替他擦乾淌下來的汗滴：「愛琳女士說老師和同學們都很想你，希望你有空可以回去看看。」

柯夏不屑一顧嘲道：「回去做什麼？展示自己的弱小？讓那些高高在上的人們展示同學愛提供優越感嗎？無能的人才尋求群體認同，強者只做帶領者。」

柯夏做完三組，起身直接去沖洗過之後出來趴在床上，讓邵鈞替他從頭到腳按摩放鬆肌肉，邵鈞邊按邊說：「愛琳女士還建議你試試音樂院校，說你古典弦樂的天賦很不錯。」

柯夏道：「是聯盟這邊在藝術天賦上實在太廢物，我就隨便彈一彈。」柯夏同學說話既刻薄又狂妄，依稀又恢復了生病之前那一副懟天懟不可一世的輕狂意氣，邵鈞卻沒有和從前一樣覺得他太狂，反而寬容而欣慰地覺得自家孩子終於恢復了。

絲毫沒發現自己已經往無限縱容熊孩子的熊家長路上奔去的邵鈞替柯夏穿好衣服，替他吹了吹捲曲的金髮，他的金髮病後沒怎麼修剪過，已經長至肩膀，原本因為生病變成淺金色，如今隨著身體的恢復，漸漸也開始恢復了昔日光澤。邵鈞將他頭髮吹到半乾，任其披散著，理了理，看他起身走出了健身房步入花園，應該是又要開始晚上的苦讀，便趁機拿了豎琴給他：「要彈彈看嗎？我聽說音樂確實對提高精神力有幫助。」

柯夏的臉抽搐了下，他忙得很！他對彈琴沒什麼興趣！當年王妃讓機器人按時督促童年的他練琴的心理陰影彷彿又席捲而來，但是他抬頭看到機器人凝視著他的雙眼，竟然彷彿真的很期待，他到嘴邊的拒絕居然又吞了回去，鬼迷心竅地接了那豎琴過來。

機器人殷勤地將花園裡的長椅拍乾淨請他坐下，顯然是來真的。

柯夏抽了抽嘴角，一邊唾棄著自己智商是不是真的下降了，機器人怎麼會有什麼期盼？即便如此，他還是坐了下去，拿了豎琴起來輕輕撥動。

曾經被母親親自督促苦練過的手指仍然有著肌肉記憶，一搭上琴弦就嫻熟地動了起來，雪白的薔薇花瓣片片舒展，風中花香如故，只是故人長絕，那些曾經還不知道意思，就已經被母親教熟的歌詞自然而然地跟著旋律也出現在了自己腦海裡：

「聲音不能把付給他翅翼的舌頭和嘴唇帶走，

他自己必須尋求青天。

鷹鳥也必須撇下窩巢，

獨自飛過太陽。」

……

「我已準備好要去了，

我的熱望和帆蓬一同扯滿，等著風來。」

……

「還有你，這無邊的大海，無眠的慈母，

只有你是江河和溪水的寧靜與自由。

這溪流還有一次轉折，

一次林中的潺湲，
然後我要到你這裡來
無量的涓滴
歸向這無量的海洋。」[2]

並沒有自己想像中的那麼麻煩，柯夏輕輕哼唱著記憶中的曲調，在花香和豎琴聲中漸漸心情變得輕鬆，機器人站在一側，漆黑的眼睛一直專注地凝視著自己，童年時他也曾督促自己練琴，時隔多年，發生了這麼多事情以後，所有人都離開了他，只有機器人沒有變，依然還站在自己身邊。

2 出自：紀伯倫（Kahlil Gibran）《先知》〈船的到來〉。

Chapter 87 鬣狗

整個漫長的夏天就在緊張地備考中度過，期間花間家族有讓「花間風」、花間雪兩兄妹回去過一次，青長老旁敲側擊問起海貝爾的事。

邵鈞輕描淡寫道：「就是小雪度假的時候聽說了傳聞，好奇去看了看，什麼都沒看到就被人揭破了。警方大肆搜捕？她什麼都沒拿到，我看是那家人想借此機會查他們想要的東西吧？也是笑話，全世界都知道他們拿不出繼承的印鑑，現在硬要說是被人拿了，還想栽到我們花間家來，誰知道是不是想要借此機會騙過基金會，好把羅丹和艾斯丁的遺產騙下來？」

總之他面無表情，任何人都無法從他紋絲不動的肌肉上看出他的內心所想，而按族規來說，他還在執行族長挑戰任務，雖然全族都知道他根本沒有要做的樣子。即使這樣，不管族老們怎麼懷疑他已經拿到了傳說中羅丹和艾斯丁的遺產，他不承認，還是拿他沒有辦法。

青長老無可奈何，邵鈞也不著急，比不動如山，誰能比得過機器人？僵持了一會兒後青長老只好道：「如果是你為了給你和小雪找後路的話，只要你拿出金鑰，我可以替你和族長求情，大家拿著金鑰研究後，評估貢獻，如果是為族裡做出很大的貢獻，就算沒有完成族長挑戰任務，我們也可以召開長老會，保留你和小雪的族籍，給你榮譽長老的職務。」

邵鈞淡淡道：「多謝青長老費心，但是小雪真的只是好奇去看看，那個什麼金鑰，真不在我們手裡。對了，小雪說那天看到同樣潛伏進了大宅的人有些像我們族裡的人，不如你再調查調查，是不是我們族裡哪一系也在找那東西？」

他話音剛落，簾子再次揭開，一個年輕人怒火沖天衝進來道：「他們就是故意的！他從來不接受採訪和宣傳，憑什麼早不去晚不去偏偏哥哥執行任務的時候才專門去海貝爾！明明就是自己完成不了族長挑戰任務，存心也不讓哥哥完成！」

這段話內含的資訊真是太多了，邵鈞不動聲色看著那年輕人以及年輕人身後走出來按住他肩膀的青年男子，長髮垂順披下，一身黑色絲袍上繡著一條青色的龍，鳳眼薄唇，皮膚白皙，相貌十分出色，他的目光與邵鈞目光輕輕一觸便冷淡地移開，只是按著那年輕人道：「小雷稍安勿躁，族裡一定會給我們做主的。」

青長老滿臉尷尬，忽然門口又走了幾個人進來，當頭的正是現任族長花間藍，眾人全都站起身來微微鞠躬迎接他，花間藍坐穩後沉聲道：「花間風，花間雨控告你故意干擾他做族長挑戰任務，可有此事？」

邵鈞道：「挑戰任務不是絕密的嗎？」竟然有如此一舉兩得的意外之喜？

眾人啞然，族長任務是在四位長老及族長同時用生物資訊才能打開的祕銀箱內，放入事先擬好的十個任務，族長順位繼承者及族長競選者從中抽取任務後只有自己知道任務是什麼，祕銀箱會在眾人見證下鎖回祕櫃中，待到交任務的時限才會打開箱子，由參與挑戰任務的人上交任務完成情況報告，族長主持召開評估會，確定任務完成情況及下一任族長繼承人人選。

也就是說究竟抽到什麼任務，只有抽到任務的人才知道，當然抽到任務的人可以組織安排人手做任務，但為了防止被對方破壞，任務內容一般都會嚴格保密，只會讓非常信任的人知道。當然，歷年來族長競選任務在對方人陣營中互相安插人，收買人的事都曾出現過，大多也會在最後階段能影影綽綽知道對方的任務內容。

花間雷怒火道：「誰知道是不是有人向你透漏的任務內容！」

邵鈞看都沒看他一眼，嘴角只是微微一彎：「族裡對沒有證據的誹謗誣陷，是怎麼處理的？」

花間雷幾乎跳起來，花間雨卻眼疾手快地按住了他。

花間雪已經放聲大笑道：「原來那天雨哥哥是在做任務啊，真是失敬失敬，我還以為您是故意來壞我事的呢！真是笑死我了，我是認識了他的侄兒，聽說了他們家的傳說，真好奇才去看了看，但是你的什麼族長挑戰任務，我可是一點都不知道的喔，真是巧呢。話說回來，該不會是雨哥哥你完不成任務，就賴到我身上吧？金鑰我是沒拿到，也就是說那個任務依舊還在，你們該不會是完不成任務以後乾脆就要栽贓陷害了吧？」

花間雪一席話說完，花間雨沉聲道：「我們在弗勞爾身邊有臥底，可靠消息那天晚上那房子裡有第三人，將小雪救走了，影片裡看著身型就是風兄弟。另外當晚風兄弟開了酒會，卻很早就喝醉回房休息了。且弗勞爾密室裡的確失竊，有人侵入了嚴密防範的密室，將東西拿走，監控攝影機竟然全部毀壞，生物識別鎖及紅外線探測完全沒有攔住此人。而同時我也在基金會裡安排了臥底，他也同時表示，第二天就有人拿著印鑑取走了羅丹和艾斯丁遺產裡的一樣東西，即使是基金會的人也不瞭解究竟是什麼東西，因為他們鑑別了印鑑為真後，就提供了聯盟銀行的存放密碼，只知道那樣東西保密級別和存放的安全級別都相當高。」

邵鈞面無表情：「證據。」

在場的人全都沉默了，族長面沉似水：「花間風，假如你拿到金鑰，拿出來，這次任務就算花間雨失敗了，他失去族長競選資格，只要你完成族長挑戰任務，你就是下一任族長。但是你若拿不出金鑰，那花間雨還算有機會，你如果完不成族長挑戰任務，花間雨也完不成，那麼兩人都只能再與第三名競選者再次競選了。」

花間雷道：「這正是他拖延時間的目的！他自己完不成任務，乾脆就破壞雨哥的任務！」

花間雪冷笑了聲，邵鈞聳了聳肩膀：「我真不知道花間雨的任務是什麼，也沒有拿到金鑰。」

眾人又沉默了許久，族長終於再次一字一字充滿威懾力地道：「你確定你沒有拿到金鑰？你要想清楚，如果等一年後你的任務失敗了，到時候你再拿出金鑰來，族裡也不會承認了，因為你欺騙在先。」

邵鈞毫不猶豫道：「我沒有拿到金鑰，也不知道那是什麼東西。」

族長與他對視良久，銳利的目光如刀一般刮在邵鈞臉上，邵鈞目光毫不迴避，族長終於緩緩道：「好，你記住你說的話，那麼任務繼續有效，任務時限到時，花間雨如果還能拿到那個金鑰，證明是真的，仍然算完成任務；同樣，花間風如果完不成族長挑戰任務，就算失敗，失去繼承資格。」

他的語氣裡濃濃的都是威脅。

邵鈞卻不為所動。

最後族長終於起身，走了，青長老在原地唉聲嘆氣了兩聲，又追著族長走出去了，花間雷狠狠瞪著邵鈞，花間雨卻忽然笑了下，對邵鈞道：「這麼些年，是我看走眼了風先生，現在我才發現，風先生還真是個有點意思的對手。」

邵鈞仍然面無表情，花間雨又和他對視了一會兒，才又徐徐道：「勝敗還未可知，雖然我不知道你為什麼得手了卻不拿出來——想來那個金鑰背後的財富，實在是太過誘人，只是接下來你執行任務的時候，可要小心了，可不要敗了喔。」

他的聲音猶如小提琴一樣動人，但語意裡帶著的威脅，卻露骨而明白，一旁的花間雪眉毛都立了起來，邵鈞卻只是淡淡道：「放馬過來便是。」

花間雨短促一笑，慢條斯理地理了理袍袖，帶著花間雷走了門去。

才登上回城的飛梭，花間雪就拉住了邵鈞，急促道：「為什麼不拿出那金鑰，讓花間雨徹底失敗？」

邵鈞道：「擊敗花間雨是妳哥哥的任務，我的任務只是扮演花間風。」他拂下花間雪的手，漠然往艙房走去。

花間雪氣笑了：「那個金鑰裡有巨大的財富，是嗎？」

邵鈞漠然道：「無論有什麼也不屬於妳。那天晚上是我救了妳，妳有什麼資格質問我？教妳一件事，就是永遠不要貪圖不屬於妳的東西。」

花間雪語塞，邵鈞看了她一眼，想起她還是幫了自己很大的忙，聲音溫和了些：「無意中破壞了花間雨的任務，這是意外之喜，但不該奢求更多，但繼承族長之關鍵還是妳哥哥需要完成族長挑戰任務，他籌備了這麼久，任務應該沒有問題。我們接下來要注意的是防止來自青龍那邊的瘋狂反撲，因此接下來哪怕什麼都不做，就已經將他們所有的目光都吸引在了我們身上，這就已經是幫了妳哥哥的大忙了。」

花間雪終於轉移了注意力，冷笑：「怎麼能什麼都不做呢？當然是要讓他們精疲力盡，也要追逐我們手裡的一點腐肉了。」

不提花間雪與歐德如何滿肚子壞水地去整治戲耍花間雨，邵鈞只耐心地龜縮在松間別墅內，陪柯夏全力備考。

雖然邵鈞面對瘋狗挑釁十分不屑硬嗆回去，但他還是非常擔心柯夏受影響，因此他十分謹慎，好在新戲也不長，之前也拍了大部分，他又根據導演的要求補了一些鏡頭後，便離柯夏寸步不離。

根據歐德所說，松間別墅是花間風花了極大力氣做出來的居處，安全性非常強，由於其中只使用機器人，出行全程飛梭，因此私密性也很強。柯夏在松間別墅是足夠安全和保密。

柯夏病中已許久沒有得到這待遇，倒也頗為高興，天天變著法子折騰他的機器人管家，不是要機器人陪著他游泳，就是要機器人陪著他寫題庫，當然機器人則熱衷於傍晚拿了豎琴給小主人，督促小主人勤練琴。

日子過得飛快，轉眼便到了聯盟大考筆試的日子。柯夏回山南中學考試那天邵鈞親自送他過去，考完回來後柯夏仍然平靜無波，但柯夏的通訊器卻顯示了許多未接來電，傳來的訊息不斷閃動著，柯夏仍然沒有放開通訊許可權，倒是饒有興致地一條條地聽完所有訊息。

「夏學長您病痊癒了？今天看到您來考試氣色不錯，祝您身體健康，考試順利！」

「夏學弟，姊姊今天看到你了，還是那麼英俊，等考完了我們喝一杯吧？等你喔！」

大部分都是祝賀他身體痊癒，預祝他大考順利的訊息。

令人吃驚的是，從前機甲社的同學，包括元帥的女兒露絲，沒有隻字片語。柯夏嘴角噙著一絲嘲諷的笑，一句一句全部聽完了，然後若無其事的關了通訊，又去訓練去了。

隨後聯盟大考筆試成績揭曉，柯夏毫無疑問每一門都取得了頗為亮眼的成績。愛琳女士打電話來，給了他一顆定心丸，他的所有科目成績在山南中學這次同樣參加聯考的學生中排名第一，根據內部消息，報考雪鷹軍校的所有考生中，聯考成績排名第一，入圍雪鷹軍校面試肯定沒有問題，如果他接受調劑的話，也能找到不錯的院校就讀。

柯夏看到這成績神情也沒什麼波動，只淡淡道：「退步了。」然後又去進行日復一日枯燥無比的訓練。

這些天仍然掙扎在網課測試及格線邊緣的學渣邵鈞同學深深對學霸的狂妄感覺到了不適，他非常納悶地想，不是說精神力高在某一方面的天賦會特別高，學習能力特別強嗎？所以說自己的精神力高難道只是一種錯覺？還是說自己的天賦全點在格鬥上了，在這個時代智商實在不行？

轉眼便到了面試的時間，雪鷹軍校面試主要包含體檢、體能測試、精神力測試，然後機甲系額外增加格鬥測試、機甲實技兩門測試，每個環節中間間隔一天讓考生恢復到最好的狀態。

體檢、體能測試與格鬥測試柯夏都很順利的通過了，最後一天的機甲實技測試，卻是公開的，所有參加實技測試的家長以及考生，都可以同時觀看，這一招既是宣傳，也是一種公開，防止招生作弊。

考試是一個非常大的場館，場地一側停駐著幾台高大漆黑的軍方制式機甲，從考生進入的通道一側玻璃牆，可以清晰地看到那些機甲。

邵鈞仔細打量著那些機甲，這可和民間見到的淘汰過的機甲不一樣，是屬於軍方正式使用的機甲，真正的殺人武器。

考試的時候，會有三個考生同時進入考場，做幾個規定的簡單的動作即算通過。畢竟大部分考生在現實生活中很難接觸到真正的機甲，因此軍校的入學考，其實只是測試是否具有操控機甲的能力，有些人體能、精神力雖然不錯，但真正操作機甲時，卻無法頂住駕馭機甲高速運行所帶來的極大壓力，軍校的入學考只是簡單將這一部分不適合駕駛機甲的人篩選出去而已。對於權貴人家能夠時常去俱樂部學習，請到專業私人教練的學生來說，這一門考試基本是送分的。

他們一路走入了考生候考室，所有的人都轉頭過來看他們。

當然是看柯夏，柯夏一頭金色長捲髮紮著，身上簡單穿著白色麻質襯衣，下擺束進黑色長褲裡，腰身筆挺，一雙藍色眼睛猶如晶瑩寶石一般，在人群中是那樣的出類拔萃。

候考室最好的幾排座椅上一個綠眼睛少女站起來了，目光複雜：「夏。」正是元帥的女兒露絲，今天的考試對於這些早就進行過機甲訓練的人都不過是走個形式，因此大部分人都是自行前來，露絲之前正是被機甲社的學生們眾星捧月的簇擁著坐在候考室裡閒聊。

自從柯夏病了以後，她已經重新擔任了機甲社社長，早已習慣了在無數人仰慕、愛慕、嫉妒的目光中從容自在地做自己的事，她將在父親為她鋪好的路攀上權力頂峰。

然而當那個彷彿畫中走出來的金髮藍眸少年再次出現在她跟前的時候，她的心弦還是再次撥動了。

本以為這少年患了絕症，只能切掉四肢接取義肢，從此和她再無交會，前陣子隱隱約約聽說他痊癒了，居然沒有截肢，但眾所周知默氏病痊癒後，基本上不可能再駕駛機甲。而隔了一年多，她已經沒了當初那種彷彿發了熱病一樣的迷戀，畢竟只是一個貧民窟裡殺出來的黑戶，本來就不是一個階層的人，順其自然斷了是最合適不過的事。

但理智彷彿在情感面前永遠都只能被擊潰，露絲看著柯夏只是冷淡地點了點頭回應，湛藍色的雙眸對她毫無波動，心裡忽然有什麼被繃斷了一般，她控制著自己的聲音儘量平靜道：「你的身體怎麼樣？」

柯夏道：「痊癒了，多謝關心。」他並沒有進一步交談的欲望，而是轉頭接過邵鈞手裡的箱子，往裡頭的更衣室走去，他抽到的號碼就在前三，需要儘快準備換上機甲駕駛服。

露絲急忙道：「夏，能聽我說幾句話嗎？」

柯夏站定了轉過頭來，金色捲髮猶如純金一般，他只是淡淡道：「露絲同學有事？」

露絲看了看人群，咬了咬紅潤的薄唇，輕聲道：「你的筆試成績、體能、精神力測試和格鬥測試都是第一，軍方對你非常關注，但經過諮詢多個專家，都很肯定地說默氏病患者即便治好，他的神經也不可能承受高強度的機甲操作，所以軍校這邊已經專門為你開了個會，同意你調去指揮系了，你其實今天不必勉強自己非要參加機甲操作，和負責考試的老師說一聲身體不適就行了。」

柯夏嘴唇微微一彎，居然露出了個嘲諷的笑：「我的志願是不服從轉調，學校也要尊重我本人的意願吧？」

露絲欲言又止，旁邊卻有個年輕褐髮男子輕聲笑了下：「雖然不知道情況，但是恕我直言，放棄考試資格就等於放棄入學資格。放棄考試與考試出來不及格，那還是不一樣的，前者直接放棄入學資格，後者卻還可以因為個人素質的原因進行合理調整，這位同學，還是勸你三思，不要輕信他人，畢竟我聽說洛倫人，為了剷除競爭對手，什麼都能做出來呢。」

露絲臉色一白，她身後的威特站出來怒道：「露絲是好心提醒，不錯，軍校入門的機甲測試是簡單，你憑著從前在機甲社的積累，或許還能勉強能完成戰術動作，那又怎麼樣？以後真的開始高強度訓練，難道會有人顧慮你生過病嗎？既然治好病了，選個對身體沒這麼大負擔的專業比如音樂系什麼的不是挺好嗎？非要考軍校，就算看上了免費福利，也得看看自己身體行不行啊，何必浪費納稅人的錢嗎？你治好病還有露絲的一份捐助在，怎麼這麼不知感恩？」

露絲聽到威特這麼說連忙否認道：「威特學長，請不要這麼說，當初夏同學並沒有收下父親轉過去治病的資助……」

威特語塞，強詞奪理道：「那也是一片好心！他這麼狂，逞強給誰看呢。」

柯夏淡淡看了他一眼，忽然嘴角又挑起了一個嘲諷的笑容：「可不好再叫學長了呢，畢竟你特地遲了一年報考——可要好好考呀，不然萬一出了什麼問題，又要再遲一年可怎麼好，到時候只能叫威特學弟了。」

威特大怒，露絲連忙攔住了他，柯夏卻已正眼都不看他們，自顧自提著箱子進更衣室去了，不一會便換了一身漆黑暗金交錯的機甲駕駛服走出來，襯托得身體格外修長挺拔，他將衣箱順手遞給了邵鈞，坐了下來，接過邵鈞遞給他的水杯，喝了幾口水，整個人鎮定自若，既矜貴又優雅，完全看不出一絲一毫大病初癒，病弱不勝的樣子。

眾人靜了靜，又竊竊私語起來，露絲原本還想和柯夏說話，但顧忌著人多，也沒有再繼續說下去，畢竟現在是考試，擾亂考場秩序會失去考試資格，她是元帥之女，更要注意自己在公眾場合的一言一行。

雖然這一刻她的心已亂了。

系統開始播報考號，第一輪三人，正好就是柯夏、露絲、威特，想來露絲是元帥女兒，威特父親是軍中高官，是有特權的，而柯夏排在最前面，想來是他筆試成績第一的緣故。

邵鈞和柯夏不知道的是，柯夏筆試第一只是原因之一，更多的原因還是因為他太過優秀的筆試、精神力測試以及格鬥成績，讓他早早就已進入了雪鷹軍校高層的視野中。

而他默氏病患者的身分更讓軍校高層們扼腕惜才不已，就如露絲所說的一樣，雪鷹高層專門為他開了個會，無論他的機甲實際操作如何，都將會錄取他，將他調到指揮系，也為此，他們將柯夏排在機甲實技的第一位，那個時候體力最好，造成的傷害也不會太大。

所有默氏病相關研究的專家包括這位夏柯的主治醫生克爾博士都認為，默氏病患者不可能再駕駛機甲，精神力聯結會為默氏病大病初癒的纖弱神經帶來太過沉重的負擔。他們不知道柯夏為什麼仍然要堅持報名機甲系，但他們不希望這個天才因為無法進入機甲系而推遲到下一年，這其中太多變數了，一不小心就有可能被其他院校截走這個高精神力的人才，即使不能駕駛機甲，這樣的人才也應該要留在軍校，留在軍中，聯盟與帝國的摩擦正在不斷升級，聯盟高層已經開始授意所有軍校，加大軍事人才儲備，真的打起仗來可說是一將難求，更何況是這樣一個毫無根基的精神力天才。

早就已經換好機甲駕駛服的三人，聽到報號便穿過通道，核驗身分後進入了考場，按考號進入了自己的機甲內。

邵鈞緊緊盯著那三台機甲，機身上顯示著極為醒目的考試編號，邵鈞很簡單就認出了柯夏駕駛的機甲，三台機甲裡都是對機甲操作十分熟悉的人，他們步入了場地上的待考區，在那裡一個一個地等著接受指令。

柯夏是第一個，候考室裡所有考生和陪考的家長都靜了下來，看著考試區。

空中有廣播在放指令：「編號八八九六〇〇一考生，請操作機甲，直線行走到場地目標一號處。」

龐大的機甲邁出了腿，非常輕鬆地向前邁步直線行走到目標地。

「編號八八九六〇〇一考生，請操作機甲，做一套索羅氏機甲基礎標準動作。」

機甲在一號目的地原地做了一套動作，展臂曲臂，單膝跪下，俯臥，起身，弓步攻擊，每一步都極為標準和準確，絲毫沒有變形。這一套是機甲基礎動作，在人體做來輕而易舉，但操縱機甲做來，卻極為容易失去平衡，因此這一套機甲基礎動作，也有著細緻而明確的評分標準，作為入門考試是極為合適的。

候考室裡已經竊竊私語：「做得好標準，看起來是能操作機甲的嘛，露絲她們何必危言聳聽，我還以為真的很嚴重呢。」

「不好說，簡單動作可以，就怕長時間頂不住呢。」

「但是人家考試能過啊，看這標準動作，能得滿分吧？就算最後摔一跤，我覺得也能及格了。」

萬人矚目下的機甲做完了一整套動作，根據指令，開始繞場地快速奔跑，速度不能低於規定速度，這一步是最難的，大部分沒有操作過機甲的，在這一環節往往也多少會扣上幾分，畢竟保持機甲快速奔跑，非常考驗精神力及體力。

然而柯夏仍然是圓滿地完成了。

在雪鷹軍校高層會議室裡，同樣也有人在關心這一場入門測試。「怎麼辦，看來他能通過入門測試。不是說神經很脆弱，駕駛機甲會疼痛萬分，根本不可能還駕駛機甲嗎？他如果通過了測試，就不好再調系了吧？」一個深褐色頭髮男子穿著軍裝的教官問道。

另外一個教官道：「說不定私下服用了止痛藥鎮靜劑一類的東西，怕是長久不了。」

「沒人這麼傻吧？機甲系到時候用機甲就和吃飯喝水一樣，他難道還能永遠用藥？那會影響精神力的，再說了他的心率、呼吸等等都很正常，機甲駕駛艙自帶的身體監測系統傳來的資料一切正常，精神力操控也很完美，完全符合機甲操作要求。」一個女教官反駁道，她看到螢幕上的金髮少年，想到他剛剛從那可怕的默氏病恢復過來，之前成績又如此亮眼，忍不住要替他說話。

站在一側一個灰色頭髮的中年男教官面容冷峻，一言不發，他是會議室內軍銜最高的一位，但也只是注視著螢幕蹙著眉沒有說話，那具機甲已經完成了最後一項測試，每一個步驟和動作都標準得無可挑剔，毫無疑問能打到近乎滿分，再加上之前他那高得嚇人的精神力測試值以及亮眼的格鬥技巧，機甲系沒有理由不收他。

正在機甲歸位之時，在他一側的一具機甲忽然伸出了腿去絆對方，柯夏駕駛的機甲正在高速奔行回到原位，如果不注意，被絆倒了，那可是要丟個大醜的。

在會議室裡的諸位教官全都吃驚地發出了聲音。之間柯夏卻輕而易舉地躍起來，跨過了那具機甲的腿，挑了過去，化險為夷。

女教官這才鬆了口氣，怒道：「這是哪個考生！道德敗壞！理應取締考試資格！」

一個聲音弱弱道：「是威特，勞倫斯上尉的小兒子，精神力和機甲操作也很優秀，考生考試的時候太過緊張，不小心操作失誤也是有的……不見得就是故意。」

女教官眼睛怒氣更甚，但卻還是忍下了，知道那是軍方高層，元帥的親信，他們說是聯盟軍校獨立授課，其實這些軍方大佬的面子，還是不能不賣的。

然而場上的柯夏操縱的機甲躍過去後，卻十分輕靈地做了個抬腿後踢的動作，刷地一下狠狠擊中了威特那具機甲，那一擊近距離且速度極快，威特顯然完全沒有反應，被一下子摺倒到了地面上，沉重的機甲倒了下來，四腳朝天。

咦！幾位教官都料不到這金髮少年居然會反擊，全都驚訝地站了起來，只見地上的威特已經飛快地又爬了起來，一記直拳，衝向了柯夏。

考試用的機甲已經將所有熱兵器都拆除，既是因為考試只是看基礎操作，不需要這些功能，也是因為拆除了載入的重兵器，機甲會輕便許多，也方便作為初學者的考生們學習。

也為著這樣，兩具機甲都沒有加裝兵器，於是你一拳我一腳的，舊怨新仇都湧了上來，兩具機甲完全無視考場廣播裡的呵斥喝止，毫無顧忌打成一團。

有教官道：「趕緊叫那邊的考官立刻出動機甲維持考場秩序，不然要鬧笑話了。」

這時那灰色頭髮的中年教官忽然開口：「不，讓他們打，叫考官們讓他們打下去。」

一個教官已經反應過來：「校長您是想看看那個夏柯能不能長久操作機甲？」

校長點了點頭，女教官卻道：「萬一受傷怎麼辦？裡頭還有元帥的女兒呢，還有勞倫斯上尉到時候會不會興師問罪。」

校長淡淡道：「我會怕他們嗎？」

眾人皆沉默了，果然有傳令官打了電話去考場，傳達了校長的指令。只看見場上兩台機甲打成一團，另外一台機甲露絲在一旁手足無措，機甲對戰，沒有強大的實力是不可能阻止的，她只能站在一旁茫然地想，事情是怎麼到這一步的？

候考室的考生們也是大開眼界，議論紛紛：「太誇張了吧，擾亂考場秩序會被取消考試資格的啊。」

「還要你擔心？一個是軍方大佬，一個成績第一，跟我們不是一樣的等級。」

「嘖嘖，這也太囂張了，不過是那台機甲先挑釁的吧？有點過分啊。」

「呵呵真是大快人心，其實我早看不慣他們了，那個威特，凡他看不上的，都不準靠近露絲小姐，簡直是惡狗一樣，這機甲社社長原來是夏柯的，他算什麼東西。」

「所以夏柯的病是真的治好了啊。」

「奇怪都打了這麼久，怎麼沒有考官來阻止？光廣播有什麼用？受傷了怎麼辦？」

「放心，機甲上都沒武器，怕什麼，治療艙掃掃就好了。」

邵鈞一旁看著他們打，他倒不擔心柯夏打不過，他也在沉思著，怎麼沒有考官來阻止？答案只有一個，就是考官也想看看，看誰？顯然是想看柯夏的機甲操作能力。柯夏不是那種一味狂傲的人，想來也是看出這一點了，再說對方挑釁在先，的確也沒什麼好怕的，軍方強者為上，應該只會是小懲大誡，不會真取消考試資格。

機甲對戰終於在眾目睽睽之下出了結果，其實最後基本也就是柯夏壓著威特單方面毆打。

沒多久果然有考官駕駛著機甲過來舉槍乾脆俐落喝止了這場鬧劇，然後帶了人下去。又過了兩個星時，柯夏才被放了回來，邵鈞接了他回去，飛梭上一邊替他檢查身體看有沒有受傷一邊問結果如何。

柯夏淡淡道：「還沒進學校，先被記了個過，我可以進機甲系，但如果一旦身體出現問題，就要轉系。」他靠回椅子上，忽然呵呵一笑：「威特同學蓄意挑釁在先，有機甲駕駛操作記錄及監控在，取消了考試資格，勞倫斯上尉親自來求情，也沒辦法挽回，畢竟事情發生在眾目睽睽之下。他只能下一屆再考了，啊哈哈哈哈威特學長真的變成了威特學弟！」

他笑得前仰後合，得意得不行，彷彿威特被壓了一級是件比他考入機甲系還要可樂的事，那個恣意妄為任性的少年模樣影影綽綽又出現了，邵鈞也被他那小得意也感染了，莞爾一笑。

孩子考上了心儀的大學，作為家長自然是要犒賞下孩子的。邵鈞就是目前這個滿心得意驕傲的家長，離入學報到之前還有短暫的一個小小假期，邵鈞便問柯夏要不要安排旅遊。

「旅遊？」

柯夏從健身器材上下來，擦了擦汗搖頭道：「不了，我需要加緊訓練了，真進了軍校，我還差得遠呢。學生裡，我不過是仗著精神力高，才能勉強稱個第一，真到了大學，再到軍中，我還差得遠呢，又是這大病一場，我體力始終還是弱項，我浪費的時間已經太多了，沒有時間了。」

論一個熊孩子是如何變成自制力這麼強的優等生，邵鈞自慚形穢，加上對旅行途中的安全也有顧慮，便也就放下了旅遊計畫，看著他家小郡王繼續每一天苦行僧一樣的訓練自己，提前學習大學課程。

被正能量激勵的邵鈞於是也開始面對自己的基礎物理網課，同時還開始試著學習組裝最簡單的機甲，古雷脾氣暴躁，教了一會兒就怒了：「這個上次不是和你說過了嗎？怎麼還是不懂？你還要補課！你自己找個基礎課再自己補一下吧！」說完甩手走了。

送走了盛怒的古雷，邵鈞有些無奈地將手裡的零件放下，轉頭卻看到柯夏靠在門口，有些意外：「下課了？怎麼過來了？」

柯夏道：「好些天沒和你動動手了，還想著找你打幾場，愛莎說你在這裡和古雷學機甲整備，就過來看看，怎麼想到要學這個？」

「聽說好找工作，」在真正的學霸跟前，邵鈞有些不好意思：「看來可能我智商不太夠，理解不了。」

柯夏卻若有所思道：「不會，你精神力很高，智商理論上不會非常差。我剛才聽了下古雷和你的交流，我覺得，你可能是已經接受了一套完整成熟的理論，腦子裡已經有了一個固有的理論體系和常識，所以你潛意識裡無法接受新知識。」

邵鈞一怔，可不是嗎？他接受過十幾年的教育，所有的物理學，力學，數學許多原理，都和這個世界知識體系完全不一樣，他腦海裡的知識無法解釋巨大的機甲如何被人的精神力駕馭，而古雷他們也無法理解為什麼上過學的小學生都能理解的原理他卻不瞭解。

柯夏靠近他，微微一笑道：「你要想法子把你原來學過的東西都忘掉，明白嗎？」

邵鈞有些頭疼：「忘不掉，怎麼辦。」

他現在以靈魂依附機器人存在就無法用科學解釋，可是他還是根深蒂固地保留著從前的記憶。

柯夏道：「那就先拋棄原理，從實際操作開始吧！你不需要知道為什麼要這麼裝，你只需要記住它要這麼裝，把他們變成直覺，你理解我的意思嗎？比如我們格鬥，你只要知道怎麼打就行了，不需要非要知道為什麼要這麼打，贏就行了。」

邵鈞彷彿醍醐灌頂：「我試試。」

柯夏嘴角又浮現了一點笑容：「那我們去打兩局？」

邵鈞點了點頭，兩人到了俱樂部裡，打了幾場酣暢淋漓的比賽，打完以後柯夏癱在休息室裡，嘆息：「這才叫格鬥嘛，和其他人打沒意思。」

邵鈞笑道：「這就是你拒絕那些漂亮女孩邀戰的原因？」

柯夏嘲道：「她們那樣哪像是來格鬥的，進去就嘰哩呱啦問個沒完，還沒辦法退出戰鬥，真是煩死。」

邵鈞道：「你真是太不解風情了，都說精神力越高，天網裡塑造的形象就越好看，她們在現實生活中一定也不差。」

柯夏冷笑了聲：「算了吧，和她們結婚？還不如和機器人結婚呢，至少機器人完全會照自己心意來。」

邵鈞哭笑不得，這孩子還沒有長大呢：「機器人只會聽主人指令，當然合心意，但是那就是個工具，生活過日子，那總是要互相交流的。」

柯夏搖頭：「你懂什麼，也難怪你不懂，聯盟沒有人型機器人，你沒感覺吧。你不知道，現在的機器人，可以做得非常像人，而且還可以根據你的喜好，完全按照你的心意不斷自我學習成長，無一處不合你心意，完美極了。」

邵鈞：「……」

柯夏還在繼續描述：「反正既不會鬧脾氣，也不會和你要這要那，性格超好，話少不呱噪，又安靜又溫和，永遠忠誠於你，願意為你做所有事情，還會賺錢給你花。哪天看厭了長相還可以幫他換個外貌，可男可女，想要什麼性別都行，想要什麼相貌都行，永遠年輕不會老，永遠都會留在你身邊，除了不會生育，生育也很簡單啊，人工培育就行。你說，是不是最完美的伴侶？」

可男可女最完美伴侶的邵鈞：「……」忽然還想再來兩場，把這熊孩子揍一頓。

邵鈞艱難反駁：「靈魂伴侶你見過嗎？最合適的伴侶，互相扶助，會為了他心甘情願做許多事情，彼此相愛的感覺，會讓人吵架也甘之若飴。」

柯夏懶洋洋反問：「這樣的靈魂伴侶，萬中無一，你有嗎？」

邵鈞語塞，柯夏又笑了起來，金色的捲髮隨著他的笑微微顫著，邵鈞想起艾斯丁和羅丹，有些不確定道：「我見過類似的友誼，相知相惜，互相扶助，生死相許。」

柯夏冷笑了下：「你也說是友誼了，伴侶不一樣的，那是要身體也要合拍的，既要精神契合，也要身體合一，哪有那麼容易遇上，那還不如機器人。專業訂製夜侶機器人你沒見過吧？帝國有，聽說比大部分真人體驗好喔。」柯夏忽然靠近邵鈞，神祕兮兮：「看你這表情，你是不是還是處男。」

邵鈞又氣又笑，這熊孩子才發育了多久，就在他跟前耍威風呢：「難道你不是？」

柯夏又嘲諷地笑了下：「我才不會沉溺屈服於那種低級骯髒、原始而失去理智的欲望。」

邵鈞道：「我聽說精神也可以……」

柯夏轉頭好奇：「可以什麼？」

意識到自己被柯夏拉到相同思考層面的邵鈞強行改變話題：「你好像心情很不錯？」

柯夏狐疑地打量了他兩眼，隨口道：「還好，考進了不錯的學校。」

邵鈞對他祝賀：「一定是很好的學校，恭喜你了。」

柯夏嘴角藏不住地翹起來：「是呀，很難考的學校，我考了第一。」原來還是很得意的啊，只是在現實中沒人聽他的好消息了，所以只能對網上的陌生人炫耀了嗎？別的考生考入好學校，自然是全家親屬奔相走告，闔家慶祝，他卻孑然一身，無人同賀。

邵鈞幾分鐘前還想揍這孩子一頓，現在卻又有些心酸：「很難考啊？那是需要加試非常難的題目吧？」

柯夏道：「有精神力測試、格鬥，有機甲操作，我考得很不錯。」今天和鈞聊的話題深入了許多，他如今也只有這麼一個熟悉一點的人，又是個陌生人，反而能夠無所顧忌地說說話。

邵鈞裝作恍然的樣子，繼續陪聊：「機甲操作，看來你是考軍校吧？」

柯夏道：「是。」

邵鈞卻忽然想到土豪，心中一動，笑道：「我陪練的時候認識一個顧客，也是今年來雪鷹軍校就讀，不過他可能不需要考，聽他說是來自金鳶帝國的交換生。」

柯夏微微抬起頭，臉上表情並沒有太大變化，但邵鈞卻知道他在關注：「是嗎？我還不認識帝國的人呢，有機會介紹我認識一下，我來和他打個幾場。」

邵鈞看了下好友列表：「他還真的在，我和他邀戰看看。」他發了個訊息給他：「我認識一個客戶也很強，你要和他對戰試試看嗎？」

土豪飛快地應：「我馬上來！」

土豪很快閃了過來，氣喘吁吁又笑道：「上來看到你線上，本來就想過來和你來兩局，但是正好碰上同學，跟我說了個小道消息，就忙著聊天去了。你知道嗎？雪鷹軍校今年入學考試上出了個笑話，聯盟威特上尉的兒子，考試被一個黑戶給打了！哈哈哈哈哈，這個笑話傳回我們帝國去，就夠他們笑話一年了。」他忙不迭地傳達著剛剛聽到的八卦，一邊又和柯夏握手：「我叫豪，你好，鈞說你很強，有機會和你對戰嗎？」他彬彬有禮，但不改多話作風：「看起來你還很年輕啊，哈哈。」

柯夏目光閃動，嘴角揚起了禮儀假笑：「你好，叫我夏就好，相逢也是有緣，來兩局。」

然後土豪同學就被未來的新同學狠狠虐了兩局，又高興又激動地互加了好友，土豪同學是個非常自來熟的人，甚至還傳了邀請給他們兩人：「一週後，我辦的生日舞會，地址就在洛倫，有我們這次帝國來的交換生，也有一些聯盟這邊的朋友，都是學生，不必擔心有什麼問題，啊對了，元帥的女兒也接受了邀請呢，如果你們過來方便，請一定賞臉，歡迎自帶女伴。」

柯夏看了下邀請函的地址，嘴角意味深長地勾了起來：「正好我也在洛倫，一定參加。」

「真的？那太好不過了！上頭有我的聯繫電話，請一定要聯繫我，我來接你，為你介紹我的朋友們。」粗線條的土豪非常熱情，對陌生人簡直毫不設防，又問邵鈞：「鈞呢？」

邵鈞微笑：「我住在很偏遠的地方，就不去了，謝謝邀請。」

土豪有些遺憾：「好吧，以後有機會再請你喝一杯。」他知道邵鈞應該還是見不得光的身分，也就不再糾結，興致勃勃又和他們聊起格鬥技巧來，坦率到甚至有些魯莽的地步。

他現實生活中究竟是帝國的什麼貴族的子弟呢？這樣全沒心眼的送到聯盟來，用錢散漫，廣交朋友，一個生日酒會就能邀請到元帥的女兒毫不避諱的參加，邵鈞看著柯夏與他相談甚歡，心裡默默思索，他倒不怕土豪說漏嘴說出他以前也是帝國人的身分，畢竟在聯盟的帝國逃亡黑戶實在太多了。但看得出土豪雖然看著粗線條，卻粗中有細，聊天之時隻字不提從前在帝國見過邵鈞的往事。

並不是個簡單的人啊，邵鈞心裡想著。

Chapter 91 舞伴

退出天網後，邵鈞晚上看到柯夏在與莉莉絲聯絡。

過了一年，金髮的莉莉絲長高了些，臉蛋也拉長了些，正是一個婷婷嫋嫋的美麗少女，她滿眼欣喜：「夏學長！您病好了？聽說您痊癒了，還考上了雪鷹軍校，真是太替您高興了！」邵鈞看著少女單純慶幸的笑容，全無陰影，彷彿完全不知道眼前夏學長長達一年在病魔中的掙扎，是她親手送出的香水所催化的。

柯夏道：「嗯，已經都恢復了。找妳是因為週末我有個舞會，沒有女伴，看妳是否有空做我女伴？」說完他點了點，將舞會具體細節傳給了莉莉絲。

莉莉絲臉上彷彿亮起了陽光一般：「週末是嗎？我一定會去的！」

柯夏微微一笑，又與莉莉絲約了時間後，掛斷了通訊。

邵鈞沒說什麼，只是避開他，與歐德通電話：「當年那個催化基因病的香水——莉莉絲知道裡面有催化的藥嗎？」

歐德一窒：「她不知道，我們只是找人調換了香水而已。」

邵鈞過了一會兒才道：「那女學生，很像他去世的妹妹。」

歐德沉默了一會兒道：「不會這麼做了，對不起。」

然而到了前一夜，莉莉絲卻打了電話來，吞吞吐吐，眼淚幾乎要流出來：「夏學長，我臨時有事，不能和您參加舞會了，對不起，實在對不起！」她匆匆忙忙鞠了個躬，看都不敢再看柯夏一眼，掛斷了。

柯夏高高揚起了眉，邵鈞有些擔憂：「她沒遇到麻煩吧？」

柯夏搖了搖頭：「沒事，不和我去舞會就不會有事。」

邵鈞彷彿明白了什麼：「有人威脅她？」

柯夏輕笑了聲，微微帶了些不屑：「沒什麼，我早猜到了，我故意的。原本選的舞伴，就不是她，那邊太複雜了，不適合小孩子去。」

邵鈞一怔，柯夏卻撥通了鈴蘭的電話，乾脆俐落地約了美麗的小歌后作為自己的舞伴，鈴蘭又驚又喜，看著他和邵鈞問：「你們如今好多了吧？舞會嗎？明天？可以的，沒問題的。杜因大哥去嗎？」

柯夏臉上還是那副似笑非笑的表情：「他不去，有工作要忙。下次有機會再借他給妳，先幫我這個忙，好好打扮，我需要一個最美麗的舞伴，傾倒全場那種，不能有第二個女人比妳更漂亮。」

鈴蘭本來聽到邵鈞不去微微有些失望，聽到柯夏的聲音還是笑出聲來，寵溺地一口答應：「好的，沒問題，一定會是最美麗的那一個。」

掛了電話後，柯夏心情不錯地去游泳。

邵鈞卻陷入了沉思。

第二天柯夏果然開著飛梭去接了鈴蘭參加舞會了。

邵鈞卻上了天網，找了之前克爾博士推薦過的天網的心理醫生，小心翼翼地諮詢：「我有一個朋友，他從小家境優渥，但是因為一些原因，忽然家庭破裂，失去了父母，只能和機器人保母生活在一起，如今也快二十歲了，但是因為精神力比較高，所以身體發育大概只在十五六歲的樣子，他現在似乎對感情的理解有了些偏差，可能是因為長期和機器人在一起生活，不和外人接觸的原因，他認為機器人才是最佳的生活伴侶……」

邵鈞壓下了那些回憶起來的羞窘感，將之前柯夏說的話原原本本地和心理醫生說了，又補充道：「最近我發現他在和女孩子相處過程中，也不太對勁，彷彿……」他仔細斟酌了一會兒，很慎重地用了一個詞：「彷彿並不投入，而是一個冷漠的旁觀者，對女孩子的傾慕戀慕非常漠然，但表面卻仍然彬彬有禮，彷彿十分溫柔和尊重女孩子，我覺得……」

他想起露絲，還是有些不願意將柯夏冠上不好的詞語，謹慎道：「我覺得他似乎只是為了一些目的，和女孩子接觸，我希望他能有一些朋友，無論男女，至少不是機器人，能夠有正常的社交活動或者友誼，能夠包容對方的缺點，能夠區分機器人和真正人類的不同，機器人可以無條件服從他，但是人類不一樣，性格不一，生活習慣不一樣，他應該能夠儘早融入社會，他成績很好，精神力高，天賦驚人，也考上了很不錯的大學……不該這樣……」

心理醫生耐心聽他說了許久後，過了一會兒才道：「如你所說，你這位朋友的確在長期缺失親人的情況下，過於依賴機器人，並且在和正常人交往過程，會缺乏一些共情和坦誠，深入交流……」

他大概分析了一會兒，卻來了個轉折：「但是，在聽你訴說過程中，我個人倒覺得，你的問題也不小。」

邵鈞一怔：「我的問題？」

醫生微微點了點頭：「如你說的，你這位朋友精神力很高，學習成績好，天賦強，也取得了許多人想不到的成就，因此得到了很多女性的喜愛，是吧？」

邵鈞道：「是的。」

醫生笑了下：「精神力高的人，也就是凡人眼裡的天才，有時候就是和普通人無法共情的，過高的精神力讓他們更敏感，這是他們潛意識在保護自己，他們和一般人說話，往往會覺得無法交流，智商不在一個水準，因此只能居高臨下的忍耐，也就往往會有大部分人感覺到的抽離感，在常人眼裡他們孤僻難以交流，其實只是因為智商層次的不同導致了溝通不暢。」

邵鈞呆道：「所以他和普通人說話，其實都在忍耐嗎？」自己這個學渣是不是也算普通人……

醫生又笑了下：「還有，喜歡和機器人相伴也好，喜歡什麼性別也好，甚至就喜歡孤身一人都好，其實只要開心，沒有傷害到其他人，都是可以的。並不是什麼不好的事，不是說一定非要和常人一樣結婚生子，就一定是對的。尤其是精神力高在某些領域遠超於人的天才，他們往往是找不到和自己契合的另外一半，但是他們一般也能夠在別的地方找到人生樂趣，或者事業，或者是不斷的追尋某些真理，或者是別的什麼，這個你最好也應該要慢慢轉變觀念。」

「你的思維其實很像是一個長期關心孩子的家長心態，希望孩子能夠選擇自己覺得好又比較輕鬆的那條路。但是如你所說，這個孩子他非常優秀，他會自己去尋求讓自己快樂的事，不一定會是家長覺得輕鬆自在的那條路，比如和正常人社交，和漂亮的女孩子結婚，生下孩子，撫養孩子，這些不一定是他想要的東西，你這麼關心他，應該找到他真正想要的東西，支持他比較好。」

「他已經習慣了機器人的陪伴，也不需要太過勉強，當然，他現在年齡還小，可以試著讓他多接觸些人群，生活中增加一些別的機器人，讓他漸漸習慣不只是對某一個機器人的心理依賴，然後慢慢增加和人的接觸，嘗試交友，但這些前提都是他願意，不要盲目隨意戒斷，不要打斷他在心理上的同一感，他對自我有明確的認識，你可以引導他逐步認知。」

「而你作為一個關心他的人，也要克服自己這種依賴他的心理、控制他的傾向，要把握好界線。孩子考上大學了，長大成熟了，他會有自己的愛好、自己的理想和自己對配偶、對未來的打算，不一定符合你的想像，你需要放手，支援他，但不要控制他。」

邵鈞下了天網，一個人沉思了許久。

柯夏哪怕願意和機器人一輩子，也不一定是錯的。

但是自己不是機器人，自己是個人，長久的照顧讓自己也不知不覺開始有了作為家長的控制欲，希望能夠操控孩子按自己的想法長大、生活。因為在這一年多漫長的無微不至的照顧中，對方吃喝拉撒，每一步都在自己控制下，也因此他不知不覺產生了錯覺，也忘記了自我，不知何時將自己變成了柯夏生命中的附屬，將柯夏的未來當成了自己的未來，將柯夏的生活，也當成了自己的生活。

邵鈞長長吁了一口氣，想起了自己最初的打算，等柯夏考上軍校，自己就該慢慢淡出，去過自己的日子。

本來就不是長久的啊，就算柯夏想和機器人過一輩子，自己可不是機器人，自己根本做不到完美服從他，按他的想法來。

邵鈞在黑暗中沉思了不知多久，聽到蓮花在溫柔地提醒：「您好杜因先生，夏先生的飛梭已經停駛在了庭院裡，舞會結束了，您需要出去迎接嗎？」

邵鈞站起來道：「好的，謝謝你蓮花。」

蓮花輕輕道：「不客氣。」

邵鈞邊往外走邊想著現狀，還好軍校是寄宿，這樣就能夠自然的分離，顯然柯夏也適應良好，接下來就等花間風回來，就算回不來，三年時間一到，柯夏也快要畢業了。

畢業——總不好再帶著自己去軍中，到時候，也該是分別的時候了。

他停下腳步，看著柯夏走下了飛梭，他穿著華麗的晚禮服，領口翻出雪白繁複的蕾絲襯衣領，緊身褲子和長靴包裹著他分外修長的雙腿，金色的頭髮熠熠生輝，藍眸神采飛揚，顯然今晚過得相當滿意，小歌后夜鶯是他今晚的女伴，他們毫無疑問一定是舞池裡最閃亮璀璨的明星。

他會過得不錯的，即使沒有自己。

只是分別前，應該贈他一件禮物。

邵鈞微微笑著迎了上去，心裡默默下了決定。

Chapter 92 銀色森林

短暫的假期很快結束了，軍校免學費，還有豐厚的津貼，從外到內從上到下衣服鞋襪內衣吃的用的全都包了，邵鈞還是像個操心的家長，轉了不少生活費給柯夏，又去宿舍考察了一輪，將缺的生活用品都買齊了，才將他妥妥帖帖送去了軍校。

然後空巢老人邵鈞就開始寂寞了。

好在歐德總不會讓他閒著，又拍了一部賣座動作片的他很快再次紅了起來，這次他拍的卻是一個冷兵器時代非常有個人特色的殺手，只喜歡在雪夜殺人，穿著極為穠豔的長袍，臉上帶著花紋。

雪夜裡殺手緩緩走過冰封的湖面，手裡雪亮細長晶亮的劍上一滴一滴的血往下落，冰面上迷漫著寒霧，他彷彿鬼魅一般穿過。

然後花間風的粉絲就都瘋了。

「我的天，沒想到花間風原來這麼適合拍遠古戲，這冷兵器時代，他的打戲真是淋漓盡致。」

「雖然還是面無表情，但是我還是感覺到了他殺人的時候那種炙熱至死的眼神，明明冷極，背景素到極點，黑髮黑眼，偏偏那面紋紅得叫人心驚，我都忍不住心跳了一下。」

「只有我喜歡他死的場景嗎？一個人慢慢從冰湖裡沉下去，長髮在水裡飄著，漠然的眼睛連眨都不眨一下，從頭到尾，殺人也沒有動容過，死亡彷彿只是他的歸宿。」

拍完以後邵鈞的小金庫又豐厚了許多，於是讓古雷賺了一筆錢，想要訂一批零件。

古雷以奇異的目光上下打量了他許久：「你是認真的要做機甲？」

邵鈞點了點頭：「慢慢做吧，先從四肢開始，一點一點組裝，有多少錢就做多少，慢慢來，我覺得等我整個都組裝起來以後，應該就學會了。」

古雷沉默許久，居然真的收下了他的錢，過了不多時，邵鈞收到了整整一飛梭的機甲零件。

而那只是一隻手臂而已，幸好邵鈞已有心理準備，要求歐德在松間別墅後山開闢了一座足夠寬敞平坦的工作間，有著廣袤的穹頂和足夠明亮的光線，來讓他組裝機甲。

雖然歐德非常的無語：「這原來是風先生練車的地方，也幸好夠大，隨你折騰吧。」

邵鈞拍完戲後，就在那裡整夜整夜的和不同的零件消磨，一個人用最笨的辦法反復嘗試，彷彿從前拼樂高玩具那樣，一樣樣的試錯。有實在不明白的，就上天網去問古雷，古雷一開始還不耐煩，但慢慢的後來卻教得越來越仔細。

第一個手臂邵鈞用了四個月才組裝完畢，古雷嘲笑：「最差的機甲學徒都比你強。」

邵鈞笑了下，不以為意，卻拿出了第二筆款，訂製第二支手臂。

在第二支手臂開始組裝的時候，柯夏放假了，但傳來訊息說要去參加軍事演習，沒有回來。

原來分離並不是那麼難，他們兩人對新生活都適應良好，實在是他過慮了，邵鈞不免自嘲。

第二支手臂組裝到一半的時候，新戲又來了。這一次卻是個奇幻劇，「花間風」要扮演的是一個生長在銀色光之森林裡的精靈，因為是光之精靈與暗之精靈的混血兒，因此有著與眾不同的黑色髮色和瞳色，從小父母雙亡，被光之精靈長老收養，卻因為混血，從小受到欺淩。他聽說有一種神祕的光之寶珠，服下後就能將身體內的暗之光，變回光之精靈，於是他踏上了追求光之寶珠的旅途，遇上了形形色色的旅人、朋友。

「工作室一致認為你適合這種扮相華麗，性情冷清不需要什麼表情的角色，這個劇本很不錯，只是需要拍外景，需要去白銀星，白銀星離我們不算遠，那邊整個星球都是銀色發光的植被，是非常有名的旅遊勝地。」歐德道。

邵鈞可無可不無：「你定吧。」

歐德看了他一眼，難得地解釋了下：「你之前照顧你表弟，也辛苦了，我想著趁這個機會你也放鬆放鬆——那裡是真的很美，而且這部戲資金充足時間充足，可以慢慢拍，你就當度假吧。」

邵鈞卻似笑非笑：「難道不是你想把花間雨他們的注意力，吸引得更遠嗎？」

歐德微微有些尷尬：「順便。」

邵鈞伸手拍了拍兢兢業業的萬能助理歐德的肩膀，什麼都沒說，進去了。

過了幾日果然接到了進組通知，邵鈞帶著歐德，搭上了私人飛船——不錯，這天殺的財閥，花間風居然有私人飛船！進入到堪稱奢華的飛船內部時，邵鈞想起黑戶生活在貧民窟的時代，簡直都忍不住要仇富了。

歐德道：「朱雀這一系只剩下風先生和雪小姐，但是之前代代囤積下來的財產可不少，如果風先生被剝奪繼承權，就改由庶系來繼承。這麼巨大的財富，你可以想像到他們從小到大遇上了多少惡意。」

確實很難，還是這樣一個奇葩的像養蠱一樣的間諜家族，怕是什麼手段都使過了，這倆孩子能長到成年，還真是幸運。

飛船飛到白銀星上空的浮空城的時候，真．井底之蛙邵鈞再次被眼前的景色震撼了。

整個白銀星是一個散發著銀色光輝的星球，星球上密布著銀色透明的森林、灌木、草叢以及銀色的花朵。處處有著美麗的銀鏡一般的湖泊，湖泊籠罩著銀色的光霧，有銀白色、晶瑩剔透發著柔光的昆蟲在其中飛舞，更有銀白色的小動物在林間奔走，休憩。

邵鈞透過飛船巨大的玻璃牆，被這一幕震驚了，而星球上空則憑空浮著一座巨大的空中島嶼，整座島嶼也是銀白色的，島嶼上的建築通體銀白，彷彿和下方的白銀星互相呼應。

飛船緩緩駛入浮空島上的空港，可以看到島上人流如織。歐德介紹著：「白銀星沒有文明生物，但風景十分獨特，是很不錯的觀光旅遊點。為了保護這座星球的原生態，聯盟不允許在白銀星建造任何建築，只是修建了一座巨大的浮空島作為空港，到白銀星觀光的人們只能在浮空城居住，然後租有嚴格限制排量的小飛梭到星球上觀光旅遊。到這座星球觀光也有非常嚴格的限制，不能傷害和捕捉生物，不能進行破壞性採摘砍伐植物，不能亂扔垃圾等等，到時候劇組也會強調。這次拍攝許可也很不容易拿到，尤其是浮空島上的酒店吃住行都很貴，所以這次拍攝如無意外，至少能回本。畢竟一般老百姓是捨不得花這麼多錢來這裡旅遊觀光的。」

邵鈞心裡算了下在這裡拍戲一個月的成本，又想了想之前大峽谷的舊事，還是真情實感地對歐德道：「如果虧了，可千萬別算我頭上。」

歐德忍不住也笑了：「虧的算風先生的，賺的都算你的。」

邵鈞毫不猶豫道：「就該這樣。」

歐德簡直被他逗得不行：「我說，你好歹現在也算是個有點紅的明星了，對自己有點信心行不行？不會虧的，我們有專業的團隊。」

邵鈞涼涼道：「看來風先生之前賠的，也是你們專業團隊精心打造的了。」

歐德臉一僵，輕咳著轉移話題：「到了，劇組統一住在白銀之冠酒店，但是我們的飛船也停駐在空港裡，反正每天也要交不少錢，又考慮到安全和私密性，建議你直接住在飛船裡就行了，一切都很齊全的。」

邵鈞沒說什麼，還是一副隨便安排的樣子：「你做主吧。」

第二天清晨，邵鈞乘坐了飛梭落到了白銀星的白銀森林裡。

當踏上這片神奇的土地，邵鈞發自內心地感覺到了震撼，地面上的茸茸細草，也都猶如柔軟的銀絲，細細放著柔光，而樹枝、灌木、花叢都是銀白透明的，當觸碰它們時，還會散發出點點螢光，緩緩隨風飄散。

邵鈞在飛梭上換上了戲服，一套純白色寬大繡著銀紋而層層疊疊的輕薄長袍，嚴嚴實實套住了邵鈞的身體，但一雙腳卻光著，頭髮是垂順的黑髮，幾乎長到腳跟，耳朵卻經過特效化妝，是尖而長的精靈耳朵，臉上的面紋也重新進行過描繪，紅色的面紋被重新用特殊顏料繪製過，動的時候會有幽光緩緩閃動，越發魅惑人心。

道具組牽了一頭獨角獸過來，銀白色發著光。

邵鈞再次震驚了，看著那和他幾乎一樣高的獨角獸目瞪口呆，獨角獸垂下頭來蹭了蹭他的肩膀，銀色的大眼睛清純無辜，銀色鬃毛柔軟披下來，拂在他的臉上，他一動不敢動，手足無措道：「這……這個不是保護動物嗎？」

劇組人員看著他的表情全笑了：「假的！訂製的機器獨角獸！放心，不會把你摔下來的！」

鄉巴佬邵鈞再次無語，翻身騎上了獨角獸，工作人員紛紛上前替他整理衣服，然後一切準備好了，懸浮攝影機啟動，邵鈞驅動著獨角獸，緩緩向森林深處走去，然後會在銀鏡湖邊下來，讓獨角獸飲水，這會是個一鏡到底的鏡頭。

空氣中銀光點點，森林中銀色的葉子層層疊疊，在風中緩緩搖動，邵鈞騎在獨角獸上，漸漸沉浸在這從未見過的美景中，幾乎真覺得自己是一個獨行在夢幻森林中的精靈一般。

獨角獸載著他穿過了林間，很快就到了銀鏡也似的湖水邊草地上，邵鈞翻身下來，低頭看獨角獸飲水，一隻手緩緩替獨角獸梳理鬃毛，正低頭間，忽然聽到有腳步聲，又有人在大喊：「快來，這裡有水！」

邵鈞抬頭，看到從銀色密林中有七八個高大的青年男女忽然走了出來，他們忽然看到邵鈞，全都忽然停下了腳步，呆住了。

那一群青年男女中間為首的男子，金髮碧眼，英俊得過分，卻正是許久不見的柯夏。

Chapter 93 精靈

一個精靈，靠著銀白色的獨角獸，站在銀白色鏡面一樣的湖泊邊，雙足什麼都沒穿，踏在發光的草叢上，足背被光透過，幾乎透明，漆黑垂順的長髮一直垂到腳底，瑩白的臉上鮮紅的花紋穠麗清晰。

水裡完完整整地倒映出精靈和獨角獸的背影——背景是如夢似幻的白銀森林，他們彷彿闖入了一個童話世界。

所有人臉上都寫滿了震驚，有人喃喃道：「我的天啊，我們見到精靈了嗎。」他的聲音極低，彷彿怕驚走了這林中的精靈。

只有柯夏，在第一眼的震驚後，銳利雙眸卻緊緊盯著邵鈞。

被主人發現在拍戲的機器人應該怎麼辦？邵鈞僵著一張臉和柯夏對視，他一時不知該做何表情，但這在眾人眼裡看來，卻更像是個受到驚嚇的精靈，全都大氣不敢出，怕把他驚走。

人群中一個少女忽然脫口而出：「是花間風！是風先生對吧？請問您在拍戲嗎？」

劇組的工作人員在懸浮氣泡攝影機裡看到了一切，已從密林裡趕了過來，拍攝助理迎上來笑道：「對不起，你們是遊客嗎？我們在拍攝，特地選了旅遊淡季，而且這個時間旅遊的飛梭都已經回空港了，沒想到還有人，真不好意思。」

青年們也都鬆了一口氣，七嘴八舌道：「原來是拍戲啊！我們還以為真的遇到精靈了呢！」

「我們是雪鷹軍校的學生，錯過了旅遊的飛梭，正四處找水源要喝水。原本還想說沒辦法就只好等到明天早晨，還好遇到你們了，能借用你們的飛梭一起回空港嗎？」

「軍校的學生啊！難怪個個都一表人才！沒問題的，只是可能還要再等一會兒才到飛梭來接的時間，白銀星上不許停駐飛梭，可是我們還有些拍攝工作還沒有完成。」

「那沒問題，反正已經遲了，再多等一會，看看你們拍戲也滿好玩的，你們應該不介意我們旁觀吧？」

「你們再等一會兒，我們拍完這場戲，風先生今天的戲份就拍完了，正好可以跟著風先生的飛梭一起回去，對吧？風先生？」

邵鈞抬起頭，假裝沒有注意到柯夏那銳利審視的目光，溫和笑道：「沒問題的，能和雪鷹軍校的同學們一起，是我的榮幸。」

學生們全都激動了：「風先生真是一點大明星的架子都沒有！」女學生臉紅了：「風先生，我也算是你的粉絲，能幫我個簽名嗎？」

邵鈞微笑著替她簽了名，完全複製的「花間風」精心設計過的簽名。

歐德不知何時已悄悄找了導演說了幾句話，過了一會兒導演過來道：「今天也是第一天，主要是為了適應，既然也正好有軍校的小客人們要順路一起走，我就先叫助理通知飛梭來接我們了，先收工回去吧。」

劇組們歡呼雀躍：「太好了！回去了！今天風先生請客吧？我聽說白銀星的水晶菇超級好吃……」

「不不，我喜歡吃冰鎮鹽漬水晶蝦。」

「最難得還是銀魚白湯，實在新鮮，價格也貴得很，限量供應，有錢也不一定吃得到。」

「呵呵那是你還不夠有錢，跟著風先生有肉吃，最貴還是水晶鹿脯。」

「我聽說這邊的輝光果釀的果酒也很棒啊。」

「果汁也是一流！」

雪鷹軍校的學生們瞠目結舌看著劇組成員們興高采烈地一邊收拾著東西，一邊熟練探討著吃喝，這麼散漫真的好嗎？白銀星可是多停留一日，就要付出巨額的拍攝成本的啊，誰都知道這邊拍攝許可不好拿，他們這次的拍攝計畫都沒拍完，怎麼就只惦記著吃的去了？

然而劇組們就這麼快活地等到了飛梭來，歐德同時還邀請他們：「晚上一起吃飯吧，我們包了整個大廳，位子足夠的。」然後劇組們也紛紛表示：「對啊對啊，這邊的美食真的很難得，請一定要留下來，順便說說軍校的趣事給我們聽。」

「花間風」則一直友善而溫和地笑著，真是一個友善又財大氣粗的金主啊！

柯夏忽然微笑著直視邵鈞：「好的，那我們今晚就麻煩花間先生了。」他顯然是這群青年學生的領袖，他一開口，其他人都停下來等他說話，目光也自然而然地追隨，外貌更是出類拔萃的人群焦點。

邵鈞道：「歡迎之至。」卻好不容易才控制住自己不去避開那對藍色的眼睛，他被柯夏緊緊盯著，居然感覺到了壓迫感，大半年沒看到，柯夏又長高了，肩膀寬了些，軍綠色常服襯衣包裹著充滿力量感的臂膀和挺直的腰背，真的長大了。

在這尷尬的時刻，幸好飛梭到了，他們一行登上飛梭，在飛梭寬敞的中廳內坐著閒聊，機器人送上了各式各樣的風味飲料，邵鈞笑著又招呼了他們一輪，便以卸妝為名到了後艙進了自己的房間內，歐德低聲道：「怎麼會這麼巧碰到你表弟？他認出你了嗎？」

邵鈞道：「你說呢？」

歐德臉皮抽了抽，上來替他除掉了加裝的精靈耳朵並為他卸妝。這次長期拍外景，邵鈞臉上的花紋已經弄成了一般水洗不容易洗掉的面紋，邵鈞換下了戲服，也沒再穿花間風那標誌性的花袍，而是換了套普通的休閒服，然後浮空白銀之城也就到了。

他們在酒店裡包了個小廳來請劇組吃飯，花間風歷來有個習慣就是劇組開機第一天必定會請吃飯，且點的美食都十分別具一格，不是輕易吃得到。劇組工作人員本來就大部分都是花間工作室的工作人員，個個嘴都養刁了，果然一上菜就人人都彷彿美食家一般各種品評。雪鷹軍校的學生們雖然正遇上一樁大麻煩，還是被他們感染似的也多吃了些那白銀星上稀罕的菜肴。

柯夏手裡握著一杯果汁，若有所思著，他病雖然痊癒了，但醫生仍然要求他不要飲酒以及咖啡等有刺激性的飲品，更不要碰軟性飲料。但是今晚這種情況，他們這一桌居然只上了白銀星特有的輝光果汁和鮮奶，軍人執行任務不飲酒，但他們現在是休假的軍校學生。今天場面豪奢如此，不至於吝嗇這點酒。

他盯著那面上紋著穠麗花紋的黑髮黑眼明星，緩緩轉動著手裡的酒杯，神情一直有些沉肅。他的同學們本就不安，看他神情如此，想到剛剛打聽到的消息，也憤憤不平起來低聲抱怨起來：「高靈他們太過分了！把我們拋在白銀星上先把飛梭開走也就算了，竟然連飛船都回航了！把我們這麼多人丟在這裡，回去的船票那麼昂貴，再加上還要在這裡住上一夜，我們去哪裡籌那麼多錢！」

一個女學生弱弱道：「現在知道貴了，中午你怎麼就那麼受不得刺激要和他們吵架？他們個個家世雄厚，怎麼可能會受你這樣的氣？本來就是軍事演習完了順路搭乘他們的飛船來這兒旅遊，你也不忍一忍。」

之前那男子怒道：「換成妳又能忍？」

有個紅髮男子笑了下：「要我說，現在就很清楚了，我們就是中圈套了。雪麗妳也別怪波特了。那群顯貴派的，本來就看不起我們平民派，怎麼好端端會忽然想到邀請我們順路一起來白銀星旅遊？還有陸教官一起來，說是整個班團隊行動，又有私人飛船，不用大家一分錢。騙我們到了這裡，故意激怒最容易生氣的波特，然後假裝生氣鬧僵離開，他們又熟悉路，把我們撇下直接把飛梭搭走，然後飛船回航，這時間點正正卡在遊客免費飛梭最後一班的情況，顯然是早有預謀。他們知道白銀之城，住宿貴，飛船票貴，想回到洛倫就得花上巨額數字，才專門設下這個圈套來，這是算定了我們只能吞下這個啞巴虧。」

紅髮男子說完，幾個學生都沉默了，一個女學生低聲道：「那怎麼辦？現在我們去哪裡籌錢來買船票？我——我家裡有病人，每個月我的津貼都寄給家裡了，就算借錢買了，我也還不起。」

有的低聲道：「不如夏柯打個電話給露絲，要他們轉回來接我們？畢竟露絲小姐對夏柯還是很友善的。」

之前那紅髮男子道：「那豈不是正中他們下懷？他們鬥了這麼久，不就是等著看夏柯對他們服軟嗎？」

有個男生道：「現在最重要的是如果耽誤了回學校的時間，我們全都會被認定違反紀律，到時候老師會聽我們的理由嗎？我們會被記過的，說不得還會耽誤學分和畢業。」

柯夏藍色眼眸終於轉了過來看他們著急的臉，安撫地笑了笑：「別著急，花間先生過來了。」

邵鈞果然端著酒杯過來，微笑著道：「你們都還是學生，又是軍校的，就沒讓他們安排上酒，不介意吧？」

柯夏端起果汁杯來，似笑非笑：「我大病初癒，醫生不讓我喝酒，不過為了感謝花間先生施以援手，我敬您一杯酒。」說完就示意旁邊的酒店大堂侍者倒酒，邵鈞連忙道：「不必，不過是順路捎一程。」他示意侍者離開，仍是將那果汁杯拿起端給柯夏，並且向桌上的軍校學生都舉杯祝酒致意。

學生們紛紛也都舉杯回禮，柯夏卻嘴角噙著笑，什麼都沒說，邵鈞卻問：「你們今晚住在哪裡，我請飛梭送你們。」

柯夏道：「我們還沒有安排住處，原本是順路借著同學的飛船過來觀光的，結果他們先走了，還把我們遺漏在白銀星上。」

他聲音閒淡，彷彿全不在意，邵鈞卻明瞭柯夏這是被欺負了，心裡一陣惱怒，只是克制著臉上表情：「那正好，我的飛船明日正有事要回洛倫去，不如今晚你們就住我的飛船上，明天跟著飛船一起回洛倫便好。」

學生們紛紛精神一振，沒想到困擾他們的大難題就這麼輕而易舉被化解了，雖然心中不免對這貧富懸殊又酸溜溜了一下，但卻也知道這飛船來回一次所耗能源不菲，更何況還是私人飛船，肯送他們回去，已是莫大恩惠，連忙感謝不迭。

邵鈞道：「真就是順路，不必太客氣，停駐在空港內也要交非常昂貴的停駐費，所以本來就要回去洛倫一次的。」

柯夏卻伸出手來握住邵鈞的手，臉上仍然笑意盈盈：「謝是一定要謝的。」他拉著邵鈞到了一旁，彷彿要和他私下致謝，其實卻只是閒話：「我今天來得匆忙，沒怎麼仔細在白銀星上好好看風景。想麻煩風先生，晚上再帶我遊覽一番？」

邵鈞轉頭，看柯夏盯著自己，嘴角是笑著，一雙眼眸裡卻並無笑意，一隻手握著自己的手腕，感應器告訴自己，握力很大。

邵鈞和他對視了一會兒，才輕聲道：「好的。」

晚餐後劇組人員都回了房間，只有邵鈞帶著一群青年軍校生回了停駐在空港內的私人飛船內。

豪闊的飛船內什麼都有，健身室、放映室、棋牌室、閱覽室、遊戲室、搏擊格鬥艙、天網虛擬艙，還有游泳池、球場等等，軍校生們之前雖然也順路搭過同班同學高靈的飛船來白銀星，但現在才發現什麼叫真正的豪奢。

之前高靈因為是跟長輩借用飛船，所以這也不能去，那也不能去，只開放了一些娛樂區域給他們，還各種節能狀態，他們就像搭了個普通飛船罷了。哪裡像風先生這台私人飛船，功能齊全，豪奢氣派！能源彷彿不要錢一樣放開了用，四處亮晶晶舒適宜人。安排給他們的客房堪比星級酒店，機器人侍者殷勤周到又不會讓客人覺得不自在，各種飲品水果更是隨意取用，寬大的觀景艙讓人隨時感覺到置身於星空之中。

這才是真正的星際旅行啊！軍校生們在好客又慷慨的主人招待下，紛紛各自找到了自己最喜歡的娛樂方式，甚至開始有些期待回洛倫的路途時間能再長一些。

邵鈞卻與柯夏乘坐著一架小巧飛梭，輕巧地落到了白銀星的地面上，夜晚的白銀星更是美得驚人，整個星球表面彷彿覆蓋著白霜，晶瑩而冷清。

他們降落在的地方是一處極為有名的觀景區，一個安靜而美麗的湖泊，旁邊全是有著銀色穗狀花蕾的樹，樹上的花累累垂下，散發著清香。有一點一點的螢光四散著，是這座星球上有名的銀光螢。

柯夏與邵鈞在湖邊花樹下，兩人默默走了一會兒，柯夏忽然站住了，轉頭凝視了邵鈞一會兒，伸出手去觸碰邵鈞的臉。

邵鈞眼睛微微睜大，過了一會兒才反應過來柯夏是在摸那面紋。

柯夏手指在機器人臉上面紋處微微用力摩挲，過了一會兒才開口：「所以，不是為花間風做演戲的替身，而是你根本就是在扮演花間風？所以才有那麼慷慨的別墅，昂貴的治療條件以及那麼豐厚的報酬？」

邵鈞沉默了一會兒道：「是。」但是治療，是他們欠你的。邵鈞沒有說這個，他要讓花間風親自賠罪。

「有危險嗎？有期限嗎？你付出了什麼？」

邵鈞遲疑了一會兒，柯夏心頭已經焦躁到了極點，催促道：「說！」自作主張的機器人，膽大妄為的機器人，那件讓自己重新駕馭機甲的生物神經元駕駛服，這麼珍貴到可怕的饋贈，機器人究竟交換出去了什麼？

他知道機器人拿到那麼多錢為他治病不太對，但在他猶如一團腐肉無能為力躺在床上的時候，機器人為他撐起了一片天，可他的想像力從來沒想過他的機器人居然能在沒有主人的命令下像一個人一樣去拍戲，模仿另外一個人，可是事實擺在眼前，當他看到那個獨角獸旁邊的精靈時，他當時竟然有了果然如此，因為他的機器人是精靈，所以才能無所不能這麼不可思議的錯覺。

直到劇組人員打破了他的幻想，沒人知道短短的那一瞬間，多少不可思議的想法在他的大腦中瘋狂爆發，而最直覺和瘋狂的想法是他當時想上去把屬於他的精靈藏起來，不讓任何人看到！

邵鈞道：「沒危險，是他要去做一件很重要的事，需要有人在聯盟扮演他，吸引對手的注意力，沒有生命危險，只要花間風還活躍在公眾跟前，對方就會放心，不會製造麻煩，期限只有三年。」

柯夏疑竇重重：「那件生物神經元駕駛服，也是花間風提供的？」

邵鈞否認：「不是，那是另外一個任務的意外收穫，一個得到了幫助的人的饋贈，他不希望世人知道他的存在，所以我不能和您透漏他的身分，即便您是我的主人。」

柯夏沒好氣道：「沒逼你非要說是誰。」心卻微微放下了些，才道：「我以為你把自己賣了？」

邵鈞道：「不會的。」

柯夏淡淡道：「你這膽大包天的機器人，有什麼你不敢做的，今後再做這麼重要的決定，必須經過我同意。」

邵鈞只好道：「好的。」

柯夏卻狐疑道：「我怎麼覺得你在敷衍我。」

邵鈞無語。

柯夏敏銳地掃視著邵鈞，卻無法從機器人面容上看出他的想法，帝國的機器人，真的功能強大到這樣程度了嗎？柯夏對自己剛才那一剎那覺得機器人在撒謊的直覺感到了困惑。

作為一個精神力強大的人，直覺往往也是超乎常人的敏銳，可是機器人不該會撒謊。

他忍不住上前，將他的扣子一顆顆解開，將手探入機器人胸前衣襟內，模仿人類卻永遠恆溫的肌膚，和人類一樣卻永遠恆定的心跳，往下是腹部，仍然是有著和人類一模一樣的腹肌。

他撫摸了一會兒，在側腰找到了藏在仿生肌膚下微微凸起的開關，按了下，腹部的置物格打開了，露出了裡頭金屬的內格，柯夏從裡頭拿出了一個小小金色的水晶球，那是柯琳的，大概是某一天他和柯琳在庭院玩，他順手藏進機器人置物格裡的，這麼些年，仍然完好藏在裡頭，顯示著眼前這個膽大妄為的機器人，仍然是那一個從小陪伴他的機器人管家。

他將小球放了回去，將腹部恢復原樣，又將扣子一顆顆扣上，替機器人整理好了衣服。抬頭看了邵鈞一會兒，對自己剛才心頭湧上的失望感覺到了一絲焦惱，自己居然真的希望機器人是被人換過的人。

邵鈞一直一動不動任由柯夏施為，心裡卻知道，自己如果繼續在柯夏身邊，真的太難隱藏他是一個有獨立意志的靈魂，這孩子已經長大了，不好糊弄了。

這時柯夏手腕上的軍校統一配備的手環亮起來了，顯示有人要與他通訊。

柯夏看了眼，沒有理會，那手環卻一直不屈不撓響個不寧。

柯夏微微轉了個方向，確保邵鈞沒在畫面內，卻不知為何要像和人一樣對機器人解釋了句：「是露絲，元帥的女兒。」

他接通了通話。

露絲的影像彈了出來：「夏！你現在在哪裡？他們真的把你們遺漏在白銀星！」

美麗的年輕女子穿著柔軟華麗的蕾絲睡袍，一眼已經看到柯夏身後那確鑿屬於白銀星的美麗風景，她彷彿害怕柯夏隨時掛斷一樣的快速地解釋：「我真的不知道高靈會做這樣的惡作劇，當時他們只說就是簡單賭氣，先讓飛梭回來後就會再派飛梭去接你們，我回來覺得有些累就回艙房睡去了，結果醒了起來發現飛船居然已經起航，我以為高靈已經把你們接回來了，沒想到剛才才發現，你們都沒上船，我現在就和高靈說，讓飛船立刻回航。」

柯夏輕輕笑了下：「飛船返航需要很多能源，高靈做不了主的，不必興師動眾返航了。我們已經另外找到辦法回去了，多謝露絲小姐的關心，我們明天就回去，今晚我還要趁這麼美的月色，好好遊覽一下白銀星，沒什麼事我先掛了，有人在等我。」

露絲急著道：「等等！」雪白的胸脯上下起伏，深呼吸了一會兒道：「夏，我知道你對我有成見，但是這一次他們的惡作劇，我是真的不知道！」她眼眶已經紅了，緊緊抿著嘴唇。

柯夏頓了頓，嘴角又雲淡風輕地彎了彎：「我知道的。」

露絲紅著眼眶還想說什麼，卻始終張不開口，她怕她一張口，就會哭出來。對面那少年已經痊癒長成青年，仍然是金色捲髮藍色眼眸，白銀星特有的星輝花枝條軟垂在他身後，所有描繪美男子的詩都寫不出他美的萬分之一，美得凜然而冰冷，如神祇一般不可接近。

少女時代的魔障再次捲土重來，將她的理智吞沒，她每一天都被他的一個皺眉，一個微笑所牽動，日日夜夜都被相思折磨，無時無刻不想和他在一起，追隨他的腳步。她明明出身高門，卻寧願匍匐在眼前這個青年男子跟前，親吻他的腳面，只要能讓他接受她。

可是他卻一直冰冷客氣，自考入雪鷹軍校後，他基本和她再沒有交流，她煞費苦心逼著他的舞伴自動退出，想著他應該就會邀請她去舞會，但他卻輕而易舉帶了個當紅的歌星去了舞會，機甲社曾經有過的親密交流和相互作戰的情分早已消散乾淨，她再也找不到機會和他接近，他只是永遠客氣疏遠，就已經將她圈禁在求而不得的牢房中。

她愛他，想要被他擁有，愛讓她卑弱，也將自己的弱點授人以柄。

但柯夏已經掛斷了通訊，他轉過頭看仍然靜靜站著的機器人，滿臉被打擾的不耐煩，通話前那些情緒也被打斷，他一時也想不出應該拿對面這個機器人怎麼辦才好，除了保持原狀，他似乎仍然什麼都不能做。

如果不是因為機器人的忽然出現，他甚至能被一個低劣的甲蟲輕而易舉地玩弄戲耍，故意將他們遺棄在白銀星。

他還太弱小，弱小得只能依賴機器人的庇佑，即使考上了軍校，他還是太弱，權力和財富都能夠輕而易舉戲耍他。元帥的女兒似乎對他痴迷不休，他卻冷靜地知道一旦自己失去了美貌和健康，那點荷爾蒙帶來的痴迷就會被理智替代，唯有他的機器人永遠忠誠，但權力仍然能將他從自己身邊帶走。

想要變強大的願望猶如熊熊烈火，在胸中灼燒，讓他時時刻刻焦灼。

他深吸了一口氣，上前拉起機器人的手：「我們回去吧。」

「飛船上我們無法靠近，花間風每天除了拍戲就是回飛船，深居簡出，工作室也都是他的人，我們也沒辦法混進去，只能假裝遊客遠遠跟著。」

「那天不知怎的就帶了一群軍校生回白銀浮空城，然後請他們吃了一頓飯後就帶回飛船了，我們的人後來打聽，原來是那群軍校生假期軍事演習後順路去白銀星遊玩，因為和同學口角，被同學拋在白銀星，結果求助劇組，花間風就好心用飛船送了他們回去。」

「但是其中有一點很值得注意，就是當天晚上，說是花間風與他們軍校生中的一個學生，兩人私下去了白銀星遊覽，搭乘飛梭，沒有帶任何人，包括歐德。」

大螢幕上顯示出了柯夏穿著軍校制服的照片，彷彿陽光聚集處的金髮和湖水一般藍的眼眸瞬間吸引了所有人的目光，原本只是在大螢幕前漫不經心聽彙報的花間雨忽然坐直了起來，問道：「這個學生，查過沒？」

下屬畢恭畢敬回答：「查過了，雪鷹軍校一年級生，叫夏柯，成績非常優異，學校裡幾乎人人都知道他。以筆試第一、面試第一、精神力第一的成績考進軍校，卻是黑戶出身，考入軍校後才拿到了聯盟的戶籍。」

花間雨皺著眉頭問：「他們晚上去白銀星做了什麼？」

「我們的人只能遠遠跟著，花間風的精神力本來就不弱，那名軍校生也很強，用了高倍望遠鏡，也只能大概錄到一些片段。只看到他們散步，然後——那男學生摸了花間風的臉，還解開了花間風的衣服，似乎摸了一下，又幫他扣好了衣服。後來那男學生好像還接了個通訊，只是軍校通訊機是防窺螢幕，距離又太遠，所以也不知道說了什麼，總之時間滿短的，最後兩人便乘坐飛梭回去了。第二天飛船就送走了那群軍校生，花間風住了幾天酒店直到飛船回來，又回了飛船去住。」

花間雨看著螢幕上偷錄下來的影片，確實非常模糊，只是隱隱約約看到他們的行動：「花間風會對男人有興趣？看他們的互動，也不太像是偷情……但是這樣的美男子，應該會有很多人覬覦他的美貌吧。」

「元帥的女兒喜歡他，凡想要追求他或者對他有意思的，或多或少都被為難，時間長了也沒人敢追求他了，但他卻沒有和元帥的女兒成為情侶。」

他皺著眉頭，一隻手輕輕撫摸著自己下巴，沉思了許久：「元帥的女兒嗎？這軍校學生，沒有別的資料了嗎？」

一個下屬道：「這個學生參加過一次舞會，當時的舞伴是著名的小歌后夜鶯，因為長得太漂亮了，引起了轟動，這都是他的同學們津津樂道的情報。」

「夜鶯？是花間風大力捧的那個曾經站街過的流鶯嗎？」花間雨陷入了沉思：「這有點意思，去查，還有什麼有價值的情報？」

又有個下屬想起了什麼一樣道：「這個男學生曾經得過默氏病，才剛治癒。這種病在發病後，大多數人都只能截肢換成義肢，因為徹底治療的基因藥非常昂貴，但這位學生還是治癒了，並且一反常態，在治癒後依然能操縱機甲，考入了雪鷹軍校的機甲系。這一點許多專家都感到不可思議，只能說是這個學生可能恢復得非常好。」

花間雨腦裡的弦忽然繃緊了：「得了默氏病後依然能夠駕馭機甲？」他沉聲道：「那個失竊的羅丹金鑰！」

他一個心腹上前道：「雨少爺是懷疑花間風為了那個男學生偷羅丹的金鑰？」

花間雨站了起來，來回走了幾步：「你要知道，族長挑戰任務，必然是經過長老會評估，有一定難度，對族裡會有巨大貢獻度的任務。羅丹金鑰的挑戰任務，已經存在了許多代，只是沒有人抽到，我還是第一次抽到的挑戰者。羅丹是什麼人，天網之父！著名生物學專家！他的遺產裡很有可能有什麼東西，能夠破除障礙，讓默氏病患者也能夠駕馭機甲！」

他深呼吸了一下，知道自己錯過了多麼珍貴的東西，能讓默氏病患者都能夠駕馭機甲的技術，如果能讓正常人使用，成果會不會更厲害？無論是帝國還是聯盟，都會為這個技術瘋狂的！

但是卻被花間風中途搶走了！

雖然他也沒有把握能夠順利偷到，但是連花間風那個廢物都能做到，他一定也能做得到，他缺的只是時間而已。

他兩眼噴火，又來回走了幾步，咬著牙心裡默默分析，不，自己還有機會，如果能從這個男學生下手，找到羅丹的金鑰，自己也能算是完成了族長挑戰任務——而花間風，雖然不知道他的任務是什麼，但看他天天這麼演戲，不像是在做任務的樣子。

花間雨終於冷靜了下來，瞇著眼看了眼螢幕上那金髮男孩子：「去查這個夏柯，我要知道他的所有。」

柯夏並不知道自己已經被毒蛇給盯上，他回到了學校，正好趕在了最終報到截止日期，然後軍校開學了。新生又再次湧入了學校。

柯夏卻找了所有花間風拍過的片子來，一部一部全看過，他可以非常清晰地區分出花間風和自己機器人的區別。

一開始的確是替身，只有一些動作鏡頭由機器人完成，而從《小美人魚》開始，忽然就全由機器人全部拍攝了，這一部片子的時間點，正好是自己病了一段時間，後來忽然搬入別墅的時間點。陷入醜聞的鈴蘭，也因為這部電影大紅，一切都對自己和對鈴蘭有利，因此機器人做了交易。

但是這一切都沒有得到自己的授意，雖然自己當時也完全不能對機器人下指令和表達什麼了。這也就是說，那個時候機器人是完全失去主人控制的，可是他卻能夠與花間風做了這個交易，並且對自己隻字未吐。

他的機器人，還是他的嗎？還是早就已經換了主人，服從著其他主人的命令？

猜疑如同陰暗裡生長的毒藤，一點一點纏繞著他的心。

心情不好的柯夏上天網去上課的時候，自然好好操練了一番熊孩子們，把熊孩子們搞得哭天喊地，接著又像是忽然想起什麼，又晃悠去了古雷的機甲裝備間。

果然還沒進門就聽到古雷高漲的聲音：「你這裝這是什麼鬼！你學過中學物理嗎！只要學過中學物理的都不會裝錯正負極！就你這樣的水準怎麼好意思說想要當機甲整備師？」

柯夏忍不住笑了，推門進去果然看到鈞正蹲在那兒拆解一隻微型機甲手臂，古雷還在罵個不停，卻還是親自上去裝了一遍給鈞看。裝完以後丟出來道：「記住了嗎？你再裝一次。」

只見鈞認認真真開始組裝，但古雷還是有些不耐煩，抬頭看到柯夏，便問：「怎麼有空來？」

柯夏道：「沒什麼，就是想起你是機甲專家，那應該對人工智慧和機器人也很精通才對吧？」

正在專心組裝機甲零件的邵鈞手停了停，聽到古雷傲然回答：「那當然，機甲設計師，是最高級的機器人製造師。」

柯夏問：「我有個疑問，要如何知道一個智慧型機器人所服從的主人是誰，應該如何確認？」

邵鈞感覺如果自己現在是在現實生活中，背上一定會被汗打濕——他從來沒有想到，柯夏會懷疑他背後有別的主人指使，不錯，自己的所做所為並沒有得到過柯夏的指令，他會懷疑自己是不是背後有其他主人，再正常不過了。

古雷道：「這個很簡單，所有的機器人內核設置都有，你直接問他你的主人是誰就行，機器人會準確回答內核設置裡自己的主人。」

柯夏道：「那假如被篡改了，他如果被事先設定了程式回答假的主人呢？」

古雷翻了個白眼：「你以為設計者都是傻子嗎？回答真正的主人，是所有機器人設計的鐵律，不容許篡改，一旦修改會自動格式化，否則誰還敢買機器人？當然還有個方法可以確認，你打開機器人頭部後腦的中樞識別器，讀取裡頭的主人設置，會有主人的瞳孔、指紋、聲音識別資訊，這些如果篡改了，在中樞識別器必定有真正主人的資訊，否則無法操控機器人。」

柯夏道：「哦。」

古雷道：「機甲也有這種設定，不過還會增加精神力檢測資訊，這個比較高級，如果你夠有錢，也可以在你的機器人身上加裝精神力檢測裝置。但就是價格很貴，沒什麼必要，要是機器人被換了主人，只要格式化後重新設置主人就行了。」

柯夏淡淡道：「再說吧，我還有一個問題，就是智慧型機器人，會不會越來越像真正的人？」

古雷道：「機器人就是機器人，和有創造力的人是兩回事。當然，如果做成人的外貌，加上會不斷學習的人工智慧，的確會無限趨於人類，但他仍然不能和人一樣會創造，只要細心觀察，總能發現出屬於機器人的機械特性。」

他看了眼柯夏，補充道：「你會覺得機器人像人，是因為那個機器人是仿人的外表吧？是不是帝國那種高度模擬真人的那種？」

柯夏沒點頭也沒搖頭，古雷繼續道：「如果是仿人的五官和外表，人的感情會投射在對方身上，加上主人的想像力彌補，往往會覺得對方越來越像人。其實這是你個人的想像力的補充。你說了一句刻薄的話，機器人根據程式做出了對應的表情如悲傷的表情，你就會真的覺得對方像人一樣被你傷害了。所以聯盟禁止做仿人機器人，就是為了防止機器人和人的界限模糊。情感原本是人類特有的，但人類卻能在程式中賦予機器人類似人類情感的反應和神情，這就會讓人類產生錯覺，但對方只要不是人類外表，使用者往往就能輕易區分開來機器人和人類的差別。」

柯夏問：「機器人會不會有可能產生類似人一樣的自我意識？在長期的自我學習之下。」

古雷搖頭：「不可能，大部分都是主人的錯覺和情感投射，哪怕普通的寵物或者沒有感情的物品，時間長了都會有感情，更何況是仿人的會交流的高級人工智慧機器人。你如果不信的話，你可以把那個機器人交給我，我替你看看，如果真的有獨立意識，那可是大發現，所有的科學家都會把他拆成碎片研究的。」

邵鈞將手裡的零件放下，整個人都要自閉了。

柯夏搖了搖頭：「我沒有要拆掉他的想法。」

古雷建議道：「其實你想要證明那個是機器人很簡單，你只要命令他創造一樣東西，比如繪畫，比如寫小說，比如雕塑之類，他不可能憑空造出東西來的，當然現在的機器人很聰明，他會從不同的地方擇取類似的東西來拼取，但是一定能找到原型。」

柯夏興致不高：「好吧，也許你說得對。」

古雷卻忽然想起了什麼：「對了，從前天網之父羅丹研究過一個課題，就是將高精神力的人的精神力想辦法保存下來，類似靈魂一樣，然後投射到仿生機器人身上，如果是那樣，可能也會像人吧，哈哈哈。」他隨意說著，一旁的邵鈞的心卻再次提了起來。

柯夏道：「那這個課題研究得怎麼樣了？」

古雷聳肩：「怎麼可能進行下去，理論上就不可能，再說這個涉及人體實驗，志願者本就很難找，還一不小心就會觸及法律，高精神力的人類哪個不是佼佼者，怎麼可能會答應讓他做人體實驗？後來就沒下文了，不過大部分人都認為這個課題的研究過程應該對他後來創造精神力構成的天網還是有幫助的。」

古雷閒聊了一會兒轉頭去看邵鈞裝的進度，怒火又冒了起來：「你怎麼又裝錯了！你那腦袋是木頭做的嗎！」

邵鈞將零件丟了下來：「算了，今天不想裝。」他看向柯夏：「去對戰兩局？」他現在只想揍人。

柯夏可無可不無的回道：「好啊。」

然後今天的柯夏被打得特別慘，對方一點都沒留情，下線的時候柯夏感覺到整個人的精神力都彷彿被抽乾了一樣，連身體都還殘留著那種被恐怖的威壓壓制得神經顫抖的感覺。

他爬出了天網虛擬艙，癱倒在軍校宿舍的小床上，想了想，播了一通電話給他的機器人。

邵鈞出現在螢幕那頭，尖尖的耳朵，繡著銀色暗紋的華麗精靈長袍，漆黑長髮有些淩亂的披散在床邊，看起來是趁著拍戲的空檔回應的：「主人？」

他已經很久沒有叫自己主人了，因為自己曾經讓他稱呼自己夏。柯夏凝視了機器人一會兒，將那句要問的話吞了回去，問他：「你這戲還要多久能拍完？」

邵鈞道：「還要半個月吧，拍攝進度還算順利。」

柯夏皺了皺眉頭，強烈的不安感和占有欲讓他想時時刻刻見到機器人，這是他的機器人，誰都不能奪走他。三年——還剩下一年，還有一年這麼長，這一年放他在外頭，隨時可能被人發現他機器人的身體。

他壓下了心裡的占有欲，吩咐道：「拍完回來第一時間和我報告。」

邵鈞道：「好的。」

柯夏總覺得對方的神情彷彿是一種無奈和包容，他想起了古雷的主人情感投射說，心裡一陣不爽：「我不是孩子了，不要用對孩子的態度對我。」說完又自己嘲自己，不是孩子，意味著像成人一樣承擔責任，自己能承擔什麼了？自己不還靠著機器人庇護嗎？

這麼想起來就更索然無味了，雖然對面的機器人仍然說是，但那漆黑的眼睛裡彷彿帶了笑意，這又是自己情感的投射嗎？

他乾脆俐落地掛掉了電話，有些懊惱去問古雷這件事。稀裡糊塗的過日子，也沒什麼不好。人的痛苦源自於無能和清醒。

他將一切拋下，接收了這學期的新課表後，就離開宿舍去學校餐廳了，餐廳裡很多人聚集，都在抬頭看餐廳裡的大螢幕，上頭播著聯盟新聞。他問一個熟悉的同學：「怎麼了？」

那同學道：「大新聞啊，剛剛才播完！你可以去星網上看，帝國那邊派出了談判團要和聯盟談判，聽說要締結和平共處公約了！大方向是和平共處，但實際條件要看聯盟和帝國各自在能源、科技、人才交流、關稅等等各方面的具體條件！」

和平共處嗎？柯冀不是一直是個鷹派的瘋子嗎？這幾年聯盟和帝國邊疆的武裝摩擦不斷，貿易爭端更是數不勝數，今天你制裁我明天我反制裁你，帝國那邊的能源出口聯盟，價格更是抬高到了一個難以讓人忍受的程度——人們普遍認為帝國和聯盟遲早有一戰，這並不是好事情，畢竟沒有人想戰爭。如今帝國忽然願意談判，締結和平合約，那的確是給民間一個歡欣鼓舞的好消息。

但這對柯夏卻不是什麼好消息，和平年代，軍人無用，他去哪裡建軍功，又怎麼能夠晉升，將確確實實的權力握在手裡？精神力第一，成績第一，又怎麼樣？在權貴眼中，都不過是棋子。亂世對他來說，才能有機會。

柯夏的心更為焦躁了，草草用過餐，去了圖書館，他一直保持著高度自律，所有的零碎時間都在學習。軍校裡的圖書館有許多的軍事資料，這些在星網和一般圖書館都是查不到的。他十分珍惜機會，然而今天他沒什麼心情，拿著之前已經看過一半的《聯盟失敗戰役剖析》，卻無論如何都看不進去，只是拿著發呆。

身邊卻坐下了一個人，柯夏轉頭看到是露絲，冷淡客氣地點了點頭，將書闔起來，眼看就要離開，露絲卻伸手按著他的手臂淒然道：「請你不要再這樣懲罰我好嗎？」

柯夏垂下了睫毛，卻沒有走，露絲哀婉道：「我知道，你生病的時候，我一次都沒有去看過你。剛知道你生病的時候，我在家裡鬧著哭著，要求父親救你，但父親只轉了一筆錢，然後計算治癒你需要多少錢給我看，也告訴我家裡沒有這個能力。我病了一場，父親怕我做傻事，命令警衛看著我不讓我去看你，後來聽說你也誰都不見，我想著你這麼好強，肯定不想任何人看到你病弱的樣子，如果是我——

我也不會再見任何人。我想著我去看你，對你才是最殘酷的，應該是讓你重新開始，斬斷所有的過去，對你才是最好的。」

柯夏一動不動，臉上神情卻彷彿微微有所觸動，露絲輕聲道：「看到你還能駕駛機甲，我比誰都高興，雪鷹軍校的顯貴派和平民派一貫對立，你被他們利用來針對我很正常，可是我心裡知道，你那樣高傲的人，是不屑於和人勾心鬥角的。」她聲音微微顫抖，顯然極為動情：「我對你沒有敵意，也沒有惡意，我只希望你能和從前一樣，和我探討機甲駕駛，研究戰術，能夠接受我的生日會邀請，能夠與我組隊合作；而不是現在這樣，對我客氣冷淡，這對我，是懲罰。」

柯夏眼神緩緩抬起，落在露絲嬌美的臉上，眼眸裡的堅冰似有融化，他沉默了許久，沉默的時間幾乎讓露絲感到心跳停止，然後他終於道：「可以。」

露絲欣喜若狂，柯夏卻已站起來，拿起書離開了。

之後半個月，果然露絲邀請了幾次柯夏，甚至在露絲的推動下，顯貴派與平民派的關係有所緩和。

很快邵鈞拍完那精靈的戲份回來，因為軍校紀律嚴明，就在軍校附近以吃飯的機會在花間風的產業裡見了一面，包廂嚴密，保鏢都在外頭守著，桌上點的仍然都是柯夏最愛吃的菜。

柯夏看著邵鈞，竟然一時不知道問什麼好，病中的日子，機器人一直默默陪著他照顧他，他卻從來沒有問過機器人在外頭做什麼，而當他這個主人忽然發現機器人自己在外頭做了不少事，這就令人驚駭了。

他默默吃了一陣子飯，邵鈞陪著他，頗為難熬，原本準備了一肚子的辯解，但柯夏居然一句都沒問。只看著柯夏吃完了飯，又凝視了他一會兒，甚至伸手理了理他的長髮，邵鈞幾乎以為他要打開他的機械頭蓋骨查看中樞識別器了，結果他只是順了下他的頭髮，便收了手道：「下午還有活動，先回去了，你注意安全，有事要報告。」

然後果然真的乾脆俐落地走了，只留下邵鈞一個人風中淩亂，柯夏這到底是叫他來做什麼？

柯夏也不知道。

他回到校園中，滿腹心事地走著，他不知道以後要如何和他的機器人相處，但是他卻知道他怕問機器人誰是他的主人的時候，得出的結論不是他，更怕打開頭顱查看中樞識別器得出的真相不是他想要的。有一點他很在意，機器人的外形是人設計出來的，那麼遠在帝國的他的機器人，怎麼會和聯盟的花間風相貌一樣？

如果機器人的主人是花間風，他早就失去他的機器人了。

如果機器人的主人仍然是他，假如真的是那千萬分之一的可能，他誕生了自我意識和自我學習，被發現以後，他會不會離開自己？

無論哪一個可能，結果都是他的機器人不屬於他，他承受不了這個結果。

真是一個徹徹底底的敗家之犬啊，一個不敢面對真相的弱者，最後竟然是不知道比較幸福。

他穿過落葉紛紛的林蔭大道，聽到有人叫他，他沒有心情理會，自顧自走過去，但那個聲音微微提高了些：「夏柯同學，我有一些花間風的事想和您交流。」

他站住了，轉過頭，看到一個頗為英俊的男子站在一側，向他露出微笑，漆黑的長直發和黑色的眼睛給他平添了一絲溫文爾雅的氣質，非常富有親和力。

花間雨也在打量這位雪鷹軍校的驕子，心中不由讚嘆，今天是休假日，這年輕的男子只穿著亞麻白襯衣便裝，一頭金髮彷彿金色的瀑布披散在肩上，又像是吸收了所有秋日的陽光，美得無與倫比。藍色的冰眸掃視人的時候如霜似電，教人心中忍不住為之震懾，難怪花間風花這麼多的功夫，付出那麼多代價。

柯夏冷冰冰地發問：「你是誰？」

花間雨上前伸出手：「花間雨。」

柯夏沒有伸出手和對方握手，只是冷漠地看著他，花間雨含笑：「不必當我是假想敵，我只是想來告訴你一些真相。」

柯夏淡淡道：「不必了，我不想聽。」他轉過身就走。

「你可知道，大概在一年前，花間風曾經指使手下的人，將市面上一種非常罕見的基因藥的價格抬高？」花間雨聲音裡帶著笑意，藥價抬高後，顯然這學生再也無力承擔藥價，最後只能搬入了花間風的別墅中。

他篤定地看著對方果然停住了離開的腳步，轉頭過來。金黃色的秋葉紛飛，身姿挺拔的美男子站在那兒真如一幅畫一般。

花間雨笑吟吟地又補上了一刀：「還有一件事，花間風曾經指使人，換了一瓶機甲駕駛室裡用的香水，薔薇味的，在裡頭摻入了催化基因病的藥水。」

「那種藥水，在一次次吸入後，會催動人身體內原本潛伏著的基因病。」

花間雨滿意地看著對面那美男子臉色變得蒼白，冰藍的的眼眸卻燃燒起了怒火，他閒閒道：「就不知道，花間風知不知道你潛伏的是默氏病？這種病不好治。但當你失去健康，失去語言能力，失去行動能力，失去了一切，所有人都拋棄了你，只能仰仗於他一個人照顧，朝夕相處，是不是對他感恩戴德，願意為他付出一切？」

「真不愧是我們花間族的人，我本來很好奇，但是今天見到你，我又覺得為了你這麼大動干戈，甚至為了你去偷竊羅丹遺產的金鑰，太值得了。」

「你真的很可愛，我甚至有些嫉妒他了。」

「你現在是不是很憤怒？但是你卻拿他沒有辦法——我有辦法可以幫你，你想清楚了，可以聯繫我。」

秋葉在風中打著旋，一片一片地落下來，富於詩意。

柯夏緊緊盯著花間雨，一字一句道：「你現在就可以說交換條件——我要花間風付出他該付出的代價。」那一場讓他痛不欲生的基因病，竟然不是命運，而是被人設計陷害？頓時，鋪天蓋地的恨湧了上來。

莉莉絲送來的香水有問題，莉莉絲知道嗎？

他的病是花間風害的，機器人知道嗎？

一瞬間這些問題就猶如毒蛇閃電般的噬咬他的心臟，讓他喉間甚至嗆出了血腥味。

花間雨滿意地看到對方那捏得緊緊的拳頭和充滿戾氣的表情，露出了一個勝券在握的微笑：「羅丹的金鑰大概不在你手裡，但你應該有希望拿到。我可以借你人手，如果你能將那個東西拿給我，我可以將花間風完完整整交給你，你想怎麼報復都行，哪怕是將他手腳都切斷，讓他躺在床上享受你所經過的一切，都可以。」愛有多深，恨就能有多深。

他斯斯文文地微笑著，嘴裡卻吐出了令人毛骨悚然的話，一雙黑眸仍然專注溫柔的看著柯夏，彷彿是真心在為他考慮。

柯夏冷冷看了他一眼：「你們花間一族的人，都是這樣的變態嗎？」

花間雨含笑：「花間風能給你的一切，我都可以給你，你好好考慮。」

柯夏盯著他一會兒，忽然露出了一個笑容：「我想掌握更多一些資訊——比如風先生和你究竟有什麼仇怨，我才能判斷是否能相信你說的話，雨先生能否撥冗和我聊一聊？我們可以找個安靜的地方。」

花間雨看著他的笑容竟然一瞬間有目眩神迷之感：「我的榮幸。」

他揮了揮手，一輛輕巧的小飛梭停了過來，看著柯夏上了車，心裡那點心跳才算穩了回來，心裡暗道難怪元帥的女兒為他痴迷，花間風也為了得到他花了許多手段。原來真正見到真人，才能理解為什麼花間風要用那麼極端的手段強留一個人。

如今基因改造手術簡單，金髮藍眸不難，雖然影響精神力，但大量平民為了博得一絲機會，還是會去做基因改造手術。但如此動人心魄具有靈魂的美，那實在是太難得了，冰川上孤傲不馴的雪鷹，花間風硬生生將他翅膀折斷，馴養在身邊，如今少不得要被反噬了。

花間雨冷笑了起來。

邵鈞再次接到柯夏要求見面的通訊是第二週的休息日，但地點卻是軍校附近的一間小公寓內。

邵鈞有些意外，但還是過去了，順便還替柯夏又買了一些貼身衣物，柯夏皮膚嬌氣，貼身的衣服既要純天然的纖維，又一定要經過特殊處理讓它又軟又滑，這種布料還不耐洗，洗衣機洗完再高溫消毒個幾次後就不能穿了。小郡王的處理方式是扔掉，真是貴族式的矯情，但自從柯夏病了以後，他就有些理解嬌慣孩子的心態來，生病了那麼辛苦，能滿足的就滿足一點吧。

小公寓裡頗為乾淨整潔，保全系統也做得不錯，隱祕安全。柯夏打開門迎接他進來，邵鈞問：「主人租了公寓？」

柯夏淡淡道：「當然，花間風的地盤也不安全，你忘了你是什麼人？你不會都告訴花間風了吧？」

邵鈞道：「沒有，他們都沒發現。」他環視了下公寓裡，裡頭的傢俱和電器都很齊全，這也是聯盟這邊長租公寓的特色，基本都可以直接入住，但看得出沒怎麼整理，顯然柯夏等著他來收拾打掃。他將剛買來的衣物遞給柯夏問：「那這些衣物是放這裡還是你帶回宿舍？」

柯夏隨手接過來放一旁：「帶回宿舍吧，之前是沒多少了，我訂了新鮮羊排，剛剛送來的，你去烤一下。」

邵鈞沒說什麼，只是脫了外套，挽起襯衫袖子進了廚房，柯夏跟在他後頭，斜倚在廚房門邊上看他將羊排拿出來料理：「等你完成花間風的任務，就來這裡住吧。」

邵鈞熟練地給羊排撒上香料和鹽：「好的。」

柯夏道：「花間風會不會滅口？」

邵鈞道：「沒有滅口的必要，他完成任務後，替身的事曝光也無所謂的。」他將羊排收拾妥當，包上鋁箔紙，然後伸手去打開櫥櫃上的烤箱，手才碰到烤箱，忽然一陣強烈的電流通過他的身體，他渾身不能控制地抽搐了一會兒，緩緩倒在地板上，睜著的雙眼看到柯夏抱著雙臂，漠然看著他。

然後他就失去了意識。

再醒過來的時候，他也不知道過了多久，睜開眼仍然是看到柯夏坐在他對面的靠背椅上，一隻腳交疊在另外一隻腳上，這是王妃嚴格批評過不規矩的坐法，可是柯夏就這樣靠在靠背椅上看著他，表情冷淡。

他有些茫然：「發生了什麼事？」

柯夏道：「我把烤箱改了下線路，你身體電路超載關機了。」

邵鈞這才發現自己也坐在一張靠背椅上，但雙手被拷在背後，身上還結結實實捆著鎖鏈，雙足也鎖著。

柯夏道：「椅子和鎖鏈都困不住身為機器人的你，關鍵是這裡。」他微微身體前傾，一隻手指撫摸了下他脖子上，那兒鎖著個項圈：「這是強力炸彈，遙控器在我手上，只要你掙脫椅子，我就可以按一下，你懂的。」

他靠回了靠背椅上，微微笑了下：「剛才我拆開你頭顱裡的中樞識別器看過了，你的第一主人為我母親，第二主人為我父親，第三主人是我，這對你來說真是一件幸運的事。」他聳了聳肩膀：「我本來打算如果你的主人不是我了，我就格式化掉你。」

邵鈞張了張嘴，卻不知道自己應該說什麼，他覺得眼前的柯夏性情大變，平日那種冷冰冰而憂鬱文雅的氣質完全消失，眼前的柯夏一直笑著，眼裡卻彷彿淬了火一般，充滿了戾氣和仇恨。

柯夏終於道：「言歸正傳，我只問你幾個問題，你如實回答，你知不知道我的病是花間風用基因催化劑催化出來的？」

邵鈞彷彿被雷電劈了一下，心裡恍然，這才是柯夏今天要制服自己的原因，他在懷疑自己已經被花間風控制，他腦海裡飛速旋轉，嘴上卻只能如實回答：「知道。」

柯夏厲聲道：「知道為什麼不報告給我！」

邵鈞沉默了一會兒：「花間風承認說，他不知道你身上潛伏的是默氏病，他願意提供最好的條件治好你，克爾博士說你的心理很脆弱，我怕你知道後，撐不過去漫長的治療過程。花間風承諾任務完成後，會親自和你談賠償事宜。」

柯夏冷笑：「好一個忠誠的機器人！」

他又問了句：「羅丹的金鑰，是花間風的指使？」

他應該回答是，這樣比較符合機器人的設定，但邵鈞卻沒有把握以後瞞得過，反正他現在已經渾身都是破綻，但身軀卻毫無疑問是機械人。

他只能賭柯夏並不想深究，索性回答事實：「不是花間風的指使。你駕駛不了機甲，我聽說羅丹遺留下來的金鑰裡頭有生物機甲的線索，就去海貝爾看看，想要尋找機會。」

柯夏靜靜坐在那邊，神色複雜地看著他的機器人，他知不知道他做了多麼困難的一件事。花間雨前後派了無數人，無論嘗試數次都沒辦法破解的密室，他卻進去了，還順利偷了出來，甚至還真的拿到了生物機甲神經元套裝——在沒有主人具體指令的情況下。

他真的在進化嗎？

他有自我意識嗎？

柯夏問：「那個羅丹的金鑰，在你手裡？」

邵鈞搖頭：「不在，那個也並不是什麼財產，只是羅丹的一個故友所需要的東西，他以羅丹留下的唯一一套生物機甲神經元套裝，和我做了交易，換走了羅丹的金鑰。那個羅丹的故友，我承諾過不和任何人透露他的存在。」

柯夏想笑，所以說花間雨心心念念想要的東西，早已經被他的機器人為了他能夠駕駛機甲，交易出去了？

他繼續審問：「花間風他們知道羅丹的金鑰不在你手裡了嗎？」

邵鈞仍然搖頭：「這事我誰都沒說，花間風的管家依稀知道我盜了金鑰，但是也沒有證據。那件機甲駕駛服太珍貴了，事關你能否駕駛機甲，一旦走漏消息引起其他人覬覦。」

柯夏嘴角翹了翹，神情緩和了些：「算你還知道誰才是你的主人，以後再和你慢慢算帳，現在，打電話給花間風留在這邊的主事人，他一定會留有心腹在這邊主持大局的。」

他將從他手腕上脫下來的通訊器放在了他的正對面，打開了語音辨識，邵鈞只能開口：「聯絡歐德先生。」

歐德在那邊出現了：「杜因？」然後看到被緊緊捆著的邵鈞，臉色就變了：「你怎麼了？」

柯夏緩緩走到了邵鈞身後，嘴角仍然噙著笑：「這位是歐德先生吧？花間風先生的代理人？」

歐德看到柯夏，臉色稍微和緩了些，但仍然有些難看：「是夏先生？您這是在與杜因先生惡作劇嗎？」

柯夏伸出手，反手輕輕拍了拍邵鈞的臉，然後不知從哪裡拿了卷膠帶出來，慢條斯理地將邵鈞的嘴用膠帶給封上了：「我剛剛知道一樁讓我很不高興的消息，就是我的基因病，居然是被人催化出來的，而我親愛的表哥，竟然一直瞞著我，還和害我生病的人做交易，做他的替身，這讓我很不高興。」

盯著柯夏一舉一動的歐德臉色蒼白：「我替我的主人替您致歉，他任務完成後回來，會親自向您致歉，並提出您能夠接受的賠償方案。」

柯夏淡淡道：「致歉？致歉能讓我恢復之前的身體嗎？致歉能挽回我失去的一年嗎？一個為了自己私利毫無底線踐踏無辜的人，值得信任和繼續交易嗎？」

「我可不是傻乎乎的杜因——我不答應他繼續扮演花間風，你們的任務與我們何干？這個任務太危險，我要立刻中止交易。」柯夏聲音冷而堅決。

歐德看了眼一動不動看著他的邵鈞，口氣微微和緩：「你表哥也是為了你，不要做傻事，你還有大好前程呢，現在你不是恢復到和從前一樣了嗎？不要賭氣，風先生會儘量讓您滿意的，或者您現在有什麼需求，也可以和我提，在我許可權範圍內的，爭取滿足你，你不想以後永遠都被花間家族騷擾吧？合作對你只有好處。」

柯夏忽然露出了一個惡意的微笑：「你不好奇我怎麼知道真相的嗎？花間雨前天找到我，告訴我花間風所做的一切，他要我潛伏在花間風身旁，想辦法拿到羅丹的金鑰，然後就能給我想要的一切。」

歐德的臉刷的一下變成白紙，柯夏緩緩地笑了：「這麼巧，金鑰在杜因手裡，所以，我根本不需要找花間風要求什麼，我只要拿出那個金鑰。聽說這麼一來，花間雨就會贏得族長之位，而花間風使用替身的事一旦曝光，我想應該也會有很不利於花間風的事發生吧？」

柯夏輕輕拍去跟前邵鈞肩膀上不存在的灰塵：「所以，現在主動權明顯在我手裡，我想要與誰合作，誰就是族長——敬愛的歐德先生，你覺得我會怎麼選擇呢？」

他笑得猶如純潔的天使：「是和傷害過我、脅迫過我親人的人合作，還是和他的敵人合作，對我更有利呢？」

Chapter 98 盟友

歐德有些焦急，他看了眼被貼著嘴巴的邵鈞，忍不住道：「杜因先生為了你做了很多事，金鑰也是他去盜的，你們兄弟是不是再商量看看？這兩年他對你盡心盡力的照顧，我們不如先聽聽他的意見。」

柯夏卻只是慢條斯理地順著跟前邵鈞的頭髮，絲毫沒有打算讓邵鈞發言：「正是為他考慮，才不能再讓他做這麼危險的事情，花間雨已經盯上了他，那明明是一條毒蛇，整個花間家族就是一窩噁心的蛇鼠毒蟲。我覺得交出羅丹的金鑰，換取全身而退以及遠離你們這個噁心的家族的是是非非，再妥當不過。」

歐德張口還要再說，這時他的肩膀被人拍了拍，一個人的聲音傳來：「還是我來吧，歐德。」

一個披著斗篷的年輕男子走入了通訊鏡頭內，翻下了斗篷的兜帽，露出了面容，黑色短髮，眉目帶笑，嘴角彎彎，這個臉上沒有面紋的短髮黑髮男子，赫然和邵鈞長得一模一樣，邵鈞睜大了眼睛，柯夏瞳孔一縮沉聲道：「花間風？」

花間風彬彬有禮頷首：「是我，第一次見面，真遺憾是這樣的情形，原本想著等我完成一切，再親自向您賠罪。你不希望杜因牽涉到危險，我可以理解，你因為我之前的偏激手段覺得無法信任我，和我合作，也很能理解，不過我有一個請求，還是希望杜因先生再扮演我一個星期。」

柯夏冷笑了一聲：「誰給你的自信？」

花間風和緩道：「我的任務基本已經收尾，杜因先生之前已經辛苦了這麼久，我們有著良好的合作基礎，道歉的話你不想聽，但還是希望你能夠相信，任務結束後，我會有足夠的誠意和賠償奉上。」

柯夏卻若有所思：「你的任務，莫非是促成聯盟帝國和平公約的締結？七天是因為談判已經到了尾聲嗎？談判已經進行了快一個月了，也該出結果了。」

花間風訝然：「夏柯同學怎麼會這麼想？」

柯夏微微一笑：「任務需要一個牢牢能控制的替身，說明你執行任務的地方很遠，不能兼顧，甚至連傳遞消息都很困難，這很簡單就能猜到任務的地點很可能是在帝國。畢竟以現在的通訊條件，只有帝國才會無論星網、天網都需要金鑰才能登陸，所以傳遞消息會冒極大風險。任務需要有很高的貢獻度和影響度，之前你一直沒有出現，現在才出現，聯想到最近聯盟與帝國的大事，和平公約談判，你該不會就在帝國的使團裡，也一起跟著使團回來。等到和平公約實現後，你是不是就順理成章地完成任務，金蟬脫殼。」

花間風輕輕鼓掌：「真不愧是雪鷹精神力第一的天之驕子，不錯，所有的公約談判條約基本雙方都能接受，這次和平公約時限是一百年，雖然大家都心知肚明不可能持續一百年，不過至少目前帝國和聯盟的人民，都能迎來一個繁榮的和平時機。」

「帝國會在能源上讓步，同意讓出有爭議的領土，同意帝國勞工到聯盟務工，而聯盟表示誠意也將為帝國修建高速飛梭、跨海大橋，並且提供關於機甲、航運、航空等方面的幾十項科技專利，雙方高中將互相派出交換留學生，交換聘用教授，促進人才交流，所有條約都互惠互利，開放交流，並且承諾和平共處，裁兵撤崗，非常令人歡欣鼓舞的前景。」

柯夏虛心求教：「我不明白，間諜不是戰爭時代更有用嗎？怎麼你們家族的挑戰任務倒是締結和平合約呢？」

花間風輕籲：「這實在是世人的誤解，無論什麼時候，摧毀一切的戰爭會重新洗牌，讓新的權貴崛起，讓舊的秩序崩塌。只有一無所有的人才熱切希望推翻舊秩序，而擁有越多產業的人則越不希望戰爭。無論是聯盟還是帝國的財閥，哪怕是賣武器的，都不會有任何一家希望打仗，我們也一樣。間諜可是拿生命去冒險的。和平時代也有很多賺錢機會的，竊點商業資料，偷點軍事技術，抓到了頂多判個幾十年賠償點錢，真打起仗來，那可是會沒命的。」花間風笑吟吟地解釋。

柯夏十分受教：「原來如此啊，不過我還是有一事想要請教，柯冀明明是個好戰的瘋子，他整天叫嚷著要奪回帝國的榮光，要用能源掐死聯盟，你到底是怎麼讓他改變主意，決定和聯盟簽定和平公約的？」

花間風微微一笑：「很簡單，只要讓他發現他身體機能似乎開始退化，而他的兒子太過年輕力壯，他的心腹似乎在背叛他，他的臣下都各有打算，最關鍵是，主和平的心腹大臣忽然莫名暴斃，希望簽定和約的高官忽然被通報有確鑿證據的貪污，當他身邊所有的聲音都在催促他去和聯盟一戰時，這暴戾無常多疑猜忌的大帝，反而不願意一戰了。」

柯夏深吸了一口氣，佩服道：「這是你兩年的成果？真是可怕的人啊。」

花間風謙虛地鞠了個躬：「多謝讚美。可以驕傲地告訴你，花間雨比我蠢太多，我不得不提醒您，和聰明的人合作，比和蠢人合作要好多了，畢竟自作聰明的蠢人往往會給隊友造成滅頂之災。」

柯夏嘲道：「蠢人至少沒有傷害到我。」

花間風微微帶了些唏噓：「我以為成年人合作，應該更看重長遠利益才對，對錯不重要。」

柯夏道：「無論是蠢人還是聰明人，我都看不出長遠合作的必要，和平與我何干？誰知道這七天內，我和杜因會不會就被花間雨幹掉了？誰又知道七天後你的任務完成，會不會又反過來向我們動手？畢竟你們這樣以野獸一般的方式選出帶領者的家族，誰知道還能養出什麼變態？」

花間風凝視著他，意味深長道：「我以為，您應該更需要長久的共同利益的盟友才對，等我任務完結了，我很樂意和您好好聊一聊，表達我與您結盟的誠意，像您這樣志存高遠的強者，更需要強有力的盟友，我願意自薦。」

柯夏側了側頭，十分困惑道：「我實在不明白你為何如此有信心，我以為我應該已經表達得很清楚才是，我不想再和你們花間家族的任何一派有關係。」

花間風道：「杜因先生鋌而走險去盜取羅丹的金鑰，是為了讓患了默氏病的你仍然能夠駕駛機甲吧？畢竟這並不在扮演我的任務範圍內。誤打誤撞破壞了花間雨的挑戰任務，是意外之喜。所以，雖然我不知道杜因先生拿到了什麼，但我認為那個東西對你非常重要。一種能讓默氏病患者痊癒後再次駕駛機甲的生物範疇的技術，不可能在這麼短的時間裡這麼快就能轉換成成果，所以我更傾向於那是一樣物品，能讓你克服病後分外脆弱敏感的神經，再次駕馭機甲的東西。」

柯夏的瞳孔縮緊了，花間風卻仍然不緊不慢：「這個東西既然事關你是否能夠駕駛機甲，我不認為你會那麼痛快的交出去給花間雨，所以你的目的，其實更是藉此來與我談判罷了，否則你大可以直接就交給花間雨換取豐厚報酬，而不是把你自己的人捆了，來和我的人談判，我說得對不對？」

花間風那和邵鈞一模一樣的眼睛帶上了笑意，柯夏冷冷道：「哦？那風先生以為我到底想要什麼？」

花間風道：「我們花間家族，在帝國也撒有許許多多的眼線，基本上是大部分時候用不上，偶爾才會用上的閒棋。我有一個遠房姨媽，她幼年沒有父母，因此和我母親在一起生活過一段時間，感情很好，所以她的兒子，也就是我的表弟，從小也和我一起生活了一段時間。但是男孩子嘛，少不得總會打打架什麼的，他總是打不過我，所以從小就和我合不太來。」他不緊不慢地說著，彷彿真的是要說故事。

「後來，我這位姨媽再婚了，遠嫁帝國，把我這位表弟也帶去了帝國，他從小功課不錯，後來考上了很不錯的大學，因為成績實在太過優異，他考進了帝國皇家研究院，專門研究機器人研製的工作。」

柯夏心裡湧上了一股不祥的預感，果然花間風看著邵鈞的臉微微笑著：「他設計了不少機器人，有一次設計圖紙的時候，也許是要發洩小時候受過的惡氣，他把我少年時候的照片改了改，推演出青年的模樣，然後惡作劇般的做成了機器人，他想著從此就可以對著和我一模一樣的機器人呼來喝去，報復從小就欺負他的惡劣表哥。」

柯夏和邵鈞的臉色都變了，花間風輕輕搖著頭，彷彿對表弟的所作所為真的很無奈：「沒想到機器人才做出來，他甚至都還沒有來得及試用，皇家忽然來了訂單，要緊急為柯榮親王家的小郡王挑一個機器人保母，因為那個小郡王實在太頑劣，剛剛把一個機器人保母徹底燒壞了，雖然勉強能修理，但是肯定不能再讓尊貴的小郡王用回廠維修過的機器人了——於是剛剛做出來的，有著和我一模一樣相貌的新機器人，在出廠檢測後匆忙送入了白薔薇王府，成為了柯夏小郡王的專職保母機器人。」

「這次我去帝國，少不得順路去看了看表弟，我們年紀都已經過了孩子般鬥氣的時代了，相處得居然還不錯，表弟就當成趣事一樣告訴我了這件事，還告訴我可惜那個機器人聽說也已經失蹤了，某天夜裡柯榮親王一家被匪徒上門滅門殺害，只有柯夏小郡王被那個機器人救走，後來在逃亡途中失散，再也找不回來了。柯夏小郡主雖然被救回來，卻受刺激太過，一直靜養在西山別墅中，很少出來見人。」

花間風長長嘆了一口氣：「其實帝國的所有人都心知肚明，這位柯夏小郡王，是不可能再病好了。誰叫上一任金鳶帝國的老皇帝，在皇太子車禍身故後，忽然要越過二皇子柯冀，將皇位繼承人指定為三皇子柯榮親王呢？」

「這就是滅門大禍的由來，柯冀在接到祕密消息的當夜，就兵圍皇宮，先血洗白薔薇王府，再將親弟弟柯榮親王的頭顱裝在精美盒子裡，送到了老皇帝桌前，逼著他遜位後，直接毒殺了親身父親，逼死繼後，登基為帝。」

花間風一雙漆黑的雙眸專注而柔和地看著臉色已經變成雪白的柯夏，微微有些憐憫地道：「夏柯同學，你是第一次聽說帝國的祕事吧？我也花了些時間，詢問了不少眼線，才知道那一夜的詳細過程。」

「我們花間家族決定首領的手段，比起金鳶帝國赤裸裸的　父奪位，殺兄滅弟的手段，那可還是不夠看啊。」

「背負著血海深仇的柯夏小郡王，如果想要替父母報仇，奪回屬於他的皇座，是不是需要非常非常得力的盟友，才有可能覆滅一切，重建一切呢？」

花間風的聲音裡充滿了誘惑：「花間一族這幾百年累積了巨大的財富，卻見不得光，被聯盟各大世家排擠和厭惡，被聯盟上層所忌憚。即便這一次我們在推動和平公約中出了巨大的力量，為政客提供了亮眼的政績，但和平以後，間者使命結束，便會再次招到忌諱和厭惡。花間家族仍然面臨著危機，我需要一個能夠將花間家族從暗處帶到明處的機會，我想要將花間一族徹底變革，再也不生活在地下，再也不需要學習那些見不得人的技巧，他們可以自由通婚，可以隨意選擇想要的人生，而不是只是作為骯髒的工具，在黑暗中卑微的仰仗政客們生存。我需要一個強有力的領導者作為花間家族未來的盟友，一個有能力摧毀舊秩序的領袖。」

「這位領導者必須充滿人格魅力，有著變革的意願，有極強的號召力，還要有著極佳的政治素養和軍事素養，出身高貴，又能夠靈活運用各種力量，才能夠被我們推得到前臺，我們還需要很多的耐心，很多的時間來積蓄力量和成長。」

「無論是聯盟、還是帝國，我擁有許多暗處的力量，請你相信，我們是天作之合。」

「結盟吧，相信你我都不會讓對方失望。」

「花間雨還有十分鐘就到達你的公寓外，你我的時間都不多了。」

「我只要七天。」

Chapter 99 刑訊

花間雨敲了敲門，柯夏打開了房門，蒼白的臉頰上帶著潮紅，一雙藍眸亮得驚人，整個人似乎陷在一種亢奮中，花間雨含笑問：「夏柯同學？我聽說花間風已經被你扣住了？」

柯夏冷哼了聲：「好靈敏的嗅覺，聞到味道就來了。」

花間雨絲毫不計較他的貶損，反而臉上帶著迫不及待的笑容：「不知道夏柯同學問出了什麼沒有？恐怕花間風的手下會不惜一切來援救的，您可要小心，需要我的幫忙嗎？我的人手充足，可以充分保護您的安全。」

柯夏冷哼了聲，將門打開示意：「他們不敢輕舉妄動。」

花間雨走進門，一眼就看到了公寓裡的吊燈梁上垂下了一根鎖鏈，一個男子雙手雙腳都被鎖在了背後，吊在了鎖鏈上，整個身體微微傾斜，頭朝下，純黑色的長頭髮濕漉漉的垂下來遮住了臉，不僅僅是頭髮全濕垂著，連男子身上薄薄的白襯衣也已經濕透了，濕淋淋貼在身上，而男子頭下方，卻是一個裝滿水的大浴缸。

花間雨走上前笑道：「風先生？」

柯夏走上前，伸手毫不留情地扯住了男子的額髮，往上拉起，一張蒼白如紙的臉露了出來，面紋仍然紅得詭異，他雙眼緊閉，睫毛仍然濕的，嘴唇帶上了淡淡青紫色，彷彿已經昏死過去一般，而男子的脖子上則緊緊鎖著一個項圈，見多識廣的花間雨一眼就認出了那是強力炸彈，原來是因為這個，花間風的人才不敢輕舉妄動，花間雨伸出手去觸摸那張臉，感覺到冰冷，心中一陣痛快：「風先生，你也有今天啊。」

柯夏淡淡道：「欣賞夠了嗎？」將手一鬆，男子的頭又重重垂了下去，然而柯夏卻膝蓋一提，重重膝擊在男子的腹部，只聽到那男子痛苦地哇一聲，將水嗆了出來，身體無力掙扎咳嗽著，似乎又被痛醒了過來，卻已無力抬頭，只在鎖鏈中重重喘著氣，呼吸聲帶著雜音，想來已經被嗆入肺裡不少水。

花間雨笑道：「不知道夏柯同學問出金鑰的下落沒？我們花間家族在刑訊上頗有一手，要不要替你效勞，省得你太累？你只需要坐著看就好，這些又累又髒的工作，讓下面的人來就好。」

柯夏搖了搖頭冷笑：「雨先生，我想你忘記了一件事，我對那什麼金鑰不感興趣，我只對如何折磨害我的人感興趣，他最好別開口，這樣，我才能——」他惡狠狠抓起眼前那奄奄一息的黑髮男子的頭髮，再次將他的頭狠狠壓入水中，看著對方在水中掙扎，嗆咳，痙攣，爆發出快意的笑聲：「慢慢地折磨他啊！」

他拎著頭髮將黑髮男子的臉拉了起來，看著對方濕淋淋地嗆咳，靠近那蒼白扭曲的臉輕柔道：「你最好一直都別說。」

「這樣我才能慢慢地和你玩，你知道躺在床上，全身什麼知覺都沒有像一塊慢慢腐爛的肉是什麼感覺嗎？你知道全身的神經痛，連呼吸都痛是什麼感覺嗎？」

「我告訴你，我會一刀一刀割開你的肉，讓你親眼看著你的肉腐爛，但是你不會死，然後我會切掉你的手、足，戳瞎你的眼睛，刺穿你的耳膜，割掉你的舌頭……讓你感受到慢慢腐爛的滋味，別擔心，現在醫療技術很高明的，即便是這樣，你也還是能治好的，所以你千萬別太早告訴我，壞了我的興致。」

柯夏亢奮地笑著，臉上又湧起了一陣潮紅，彷彿對那畫面極為嚮往，整個人看著仍然像個高貴王子，即便是花間雨聽到他這溫柔的話，還是微微打了個寒噤。他看了眼淒慘的吊在鎖鏈上的宿敵，雖然這一刻他是感到很幸災樂禍，但是考慮了一下等待的時間，他還是上前道：「恐怕你再這麼等下去，也是無濟於事的，我們花間家族的人，都是受過刑訊訓練的，普通的刑訊，對我們的用處不大。」

柯夏將手裡濕漉漉的頭髮放下，看著俘虜頭無力地垂下去，頗帶了些興致問道：「哦？是什麼方法？難道他不會感覺到痛苦？」

花間雨有些尷尬道：「不是，只是耐受的程度比較高，一種精神力的練習，儘量將身體和精神的感受割裂，讓自己感覺不那麼痛苦，因此你這樣的刑訊，到最後也問不出什麼，我有一種辦法，既能讓他感覺到很痛苦，又能早點問出來。」

柯夏顯然只對讓他的背叛者感覺痛苦有興趣：「什麼辦法？」

花間雨拿出了一支注射器：「這是一種精神力自白劑，會對人的精神帶來極大的痛苦和煎熬，注射以後，反覆問他問題，很快就能得到答案。這是我們祕製的，外面沒辦法拿到。只要用到三支以上，就容易導致精神力崩潰，變成白痴。」

「花間風那邊的人很快就會有行動的，我不能留下證據給對方抓住，否則他們會在族裡投訴——這裡有五支注射器，先為你示範一下嗎？」

柯夏冷笑了聲：「這是我的獵物，你打擾到了我。」不過他還是上前去，一隻手拉住衣領撕開，再按住了獵物的頭，將對方柔弱的脖頸要害露了出來。再從花間雨手裡接過了一支注射器，毫不猶豫地對準頸側的靜脈刺入，將裡頭的藥水全按了進去，然後將注射器扔到了一旁的垃圾桶。

花間雨見狀心裡已經放下了一半心，他不能在這裡久留，看這位夏柯同學因愛生恨，看上去已陷入了瘋狂狀態。而花間風這個人又不是那麼容易能刑訊出結果，萬一時間長了，只怕花間風狡詐多計，又花言巧語地哄騙這個涉世不深的學生，那可就功虧一簣了，所以親眼看著他注射進去，是最穩妥的。

柯夏漫不經心問：「會有什麼症狀？」

花間雨看著那具濕漉漉的身體在注射後已經開始呼吸越來越急促，胸口急劇起伏，脖子往下原本蒼白的肌膚已經開始變成粉紅色，帶了些快意笑道：「痛苦，高燒，心跳和脈搏加快，出現幻覺，你可以問他問題，基本最後一定會說，不過要一直捆著他，否則他可能會自殺。」

柯夏卻上前撫摸了下那張開始染上痛苦的臉，似乎對方神色越痛苦，越讓他有興致，他的手漸漸越來越往下，探入那已經濕淋淋的胸口深處，淡淡道：「你該走了，不要擾了我的興致。」

花間雨心裡嘖了下，知道這種床上翻臉的情人，怕是就算翻臉成仇，少不得也還是對身體念念不忘，到底是年輕人，他心裡吐槽了下，笑道：「那我就不打擾您的興致了，等你問出來了，隨時給我電話，我替您善後。」

柯夏已經將那濕漉漉的襯衣剝了一半，纖長白皙的五指按在那繃緊的肩背上，漫不經心道：「滾吧。」

花間雨心裡嗤笑了聲，又看了眼花間風，他痛苦地喘息著，脖子艱難向後揚起，蹦到了幾乎極限，睫毛下已經不由自主滲出了淚水，那支注射器裡是五倍的濃縮藥水，花間風打完那支藥水，必然要變成傻子，就算找不到金鑰，他也輸定了。

花間雨轉身走了出來，嘴角露出了笑容，這藥水是聯盟軍方常用的精神審訊藥水，可不是他所說的什麼家族祕製。無論花間風變成傻子也好，用藥過度死去也好，這個學生都是無法脫罪的凶手，將會受到家族無孔不入的追捕。

至於那個金鑰？這個學生識趣告訴自己最好，如果不告訴自己，那自己總有辦法問出來，也該讓這溫室裡的小孩試一試家族的刑訊手段。他忽然也感到喉嚨有些乾渴，一想到那個漂亮的金髮小王子，被自己也像他對待花間風一樣如法炮製，剝了衣服吊起來細細拷問，真的是讓人熱血賁張。

他有些遺憾地舔了舔嘴唇，當然如果實在問不到，那也沒關係，比金鑰更重要的，是廢掉花間風，他太出人意料了，不能再留下他，大不了自己再抽一次族長挑戰任務罷了。

花間雨走後，小小的公寓裡就只剩下了吊在鐵鍊上的人的呼吸聲。

柯夏早已停止了繼續撫摸，只是站在一旁，默默等著，彷彿在深思著什麼，又過了一會兒，一直單向通訊的通訊器忽然閃了下，花間風和歐德的通訊畫面再次閃現了出來，花間風開口了：「花間雨已經走遠了，想來已經成功瞞過去，令兄弟真是令人敬佩的精湛演技，我也要甘拜下風。」

柯夏冷笑了聲：「能不能拖過七天，看天了。」

花間風道：「問題不大。你明天就告訴他，問出來了，在我冰蘭島的地下別墅密室裡，叫他派人去找。等他們調派人手過去，再破解密室，找到我藏在裡頭的密盒，最後還得拿回來想辦法破解，來回怎麼也要七天了。」

柯夏道：「你還真是惡劣啊。」

花間風謙虛道：「慚愧慚愧，比起花間雨還不夠毒辣啊。那支藥水，並不是我們家族的什麼祕製藥水，他騙你的，我猜那就是普通的軍方精神力審訊自白劑，看顏色應該是濃縮液，一支下去，人直接就會變成傻子。」一旁的歐德吃驚地叫了聲，然後擔心地看向依然低垂著頭吊著的邵鈞。

柯夏卻無動於衷，只是淡淡道：「知道了，不過是放鬆他的警惕罷了，看來你的對手，恨你入骨啊，寧願金鑰不要，也要借我的手廢掉你。」

花間風聳了聳肩：「我出來太久了，得回去了——只是，雖然他沒感覺，能不能還是把他放下來，我對杜因先生，還是很有感情的，這麼吊著折磨，看著心裡挺難受的。」

柯夏伸出手來，捏著邵鈞的下巴，將他的頭抬了起來，邵鈞已經睜開了眼睛，漆黑雙眸一片清明，早已不復剛才那虛弱痛苦的樣子。

柯夏淡淡道：「和我合作，風先生還需要牢牢記住一件事，杜因是我的人。」

他的手指輕輕摩挲著那已經恢復恆溫的機器人的臉：「我的人的意思是，不許再不經過我允許，指使他接觸他——更不許向任何人透露他身分的祕密，否則，合作即刻終止，我將會讓你付出代價。」

青年的長捲髮在幽暗的公寓裡仍然反射著迷人的暗金色，藍色的冰眸冷冷盯著對方。

花間風怔了怔，笑了下又恢復了正經：「好的，我承諾。我和歐德絕不會未經你同意，透露你和杜因先生的身分，否則讓我身敗名裂，永失所愛，不得好死，墮入地獄，沒有來生。」

柯夏冷冷道：「最好記住你自己的誓言。」

Chapter 100 烏鴉

花間雨第二天一早就接到了柯夏的通訊，畫面那邊英俊的金髮軍校生臉上微微帶了些焦躁：「問出來了，祕鑰存放地點在冰蘭島的密室裡，其他問不出來了。」

花間雨笑了：「好，我親自派人過去看，如果真能找到，之前答應你的謝禮一定一樣都不會少。」

柯夏卻道：「再說吧，但他有些不大對，你不是說要用到三支以上才會精神力崩潰嗎？怎麼他現在就看起來不太對勁。」柯夏伸手，將伏在床上的黑髮男子拉了起來，身體仍然被鎖鏈纏繞著，上半身什麼都沒有穿，一張床單勉強蓋著下半身，他整個人已經不再掙扎，雙眸茫然沒有焦點，嘴唇張著，一副神智渙散的樣子。

花間雨心裡暗笑，明面上卻道：「多少會有些後遺症的，畢竟才使用，既然已經說了，你就讓他休息休息就好了。」

柯夏神情將信將疑，花間雨笑道：「放心吧，精神力多少會有些損傷，但是經過一段時間休養是會恢復正常的，趁這個機會，他對你百依百順，你正可以好好報復他啊。」

花間雨看著對方臉上掠過一絲不自在，心裡揣測他心裡還是有些後悔和心疼了，還年輕呢，他笑吟吟敷衍他道：「別著急，會好的，我先去找東西，再聯繫。」

他迫不及待地關了通訊，找了心腹來，即刻安排往冰蘭島的飛船。

通訊器的另外一邊，柯夏卻已解開了邵鈞的鎖鏈，什麼也沒說自己回房間去了，

邵鈞卻知道柯夏在生氣。

這一晚接受的資訊太多，忽然回來的花間風，自己外貌的祕密和他們身分的暴露，帝國那一夜滅門之禍的真相，以及和花間風、花間雨這些擅長陰謀詭計的人鬥智鬥勇勾心鬥角的談判，這些都太耗他的心力了。他才二十多歲而已，卻已經承擔了這麼多。

他起身將自己身上扯得亂七八糟的衣褲換掉，頭髮梳理整齊，穿好衣服，走到了柯夏的房間內，他躺在床上，睜著眼睛，並沒有入睡，看到他來，睫毛微微動了動。

邵鈞過去將窗簾放下來，遮住了太過明亮的視窗：「您一夜沒有睡，先好好休

息吧，想吃什麼？我做給您，羊排嗎？軍校那邊缺課沒關係嗎？」

柯夏動了動，想起之前騙邵鈞做羊排暗算他的事，有些不自在：「隨便吧，軍校那邊我說家裡有點事，請假了。」

軍校明明很難請假，但好學生總是有特權，邵鈞低頭將旁邊折著的被子展開替他蓋上，和從前困在床上一樣，機器人還是一絲不苟地照顧著他。柯夏終於將心裡那種奇怪的負疚感壓了下去，凝視著他：「你昨晚演得真像，我差點也下不了手演砸了。」但後來卻被對方帶入了情景，只要一想到一直陪在自己身邊的機器人背叛了自己，那種愛恨交織恨不得毀掉對方的感覺讓他窒息絕望。

邵鈞道：「系統內核有相關現成的模仿程式模組的，溺水的，痛苦的，發燒的，痴呆的，調動系統就行了。」

系統也會告訴他去和人交易，去偷盜東西嗎？柯夏想問卻沒有問出來，不管怎麼說，機器人一直是忠誠於自己的，雖然他的行為有些出乎意料，但是遇上自己這樣倒楣的主人，癱在床上一個指令都無法下，作為能夠學習和模仿的人工智慧，也許是能夠做到這樣地步吧？如今自己痊癒了，能夠再給機器人下指令了，以後他應該就不會再擅作主張了。

他說服了自己，只是想起花間風還是有些不舒服：「你做花間風助理期間，他對你很好嗎？」

邵鈞道：「他時時刻刻總在扮演紈絝大少，花錢大方，對誰都挺不錯。」

柯夏輕輕哼了聲，伸手輕輕觸碰了下他的臉頰：「你不要再接近他們，他們做間諜的人，太過敏銳。你太像人了，乖乖留在我身邊，不要再出去接觸其他人了。」他真的過於像人，如果被聯盟其他人發現一定會被銷毀的。

邵鈞安撫他：「他不是發誓不透露了嗎？我擔心的是你身分的洩露，真的要和他合作？」

柯夏眼皮有些沉重，放鬆後一陣一陣的疲乏湧了上來，整整一夜他都處於憤怒、震驚等等情緒交織，一刻不停的在計算和談判，精神處於不正常的亢奮狀態太久了，畢竟他才大病初癒，精神力還是有些熬不住了。

他垂下手，縮回被子，輕輕打了個呵欠：「暫時先湊合吧，他們的話都不能全信。但是有一點倒沒說錯，花間雨太蠢了。二選一，目前我們只能選擇和花間風合作。花間家族永遠這樣見不得光，遲早是會毀滅的，沒有人喜歡藏在身側鬼鬼祟祟的老鼠，後續合作慢慢再看吧，我反正也沒什麼可失去的了。」

柯夏又睜開眼睛看了眼邵鈞，低聲道：「你是父親母親留給我最後的東西了，我什麼都沒有了，只有你。」

青年明明已經長大了，這一刻卻顯得分外脆弱和柔軟，邵鈞伸出手輕輕撫摸他金絲一般的頭髮，安慰他：「我在的，一定會沒事的。」

柯夏閉上眼睛，將頭微微側了側，依偎著他熟悉的機器人的手掌，過了一會兒呼吸勻稱，睡沉了，他真的太累了。

邵鈞替他理好被子，出來繼續料理之前的羊排，再將小公寓稍微收拾了下，把那些水淋淋的浴缸鎖鏈都收了起來。

正收拾時，他的通訊器閃了閃，歐德來電，他接通了電話，歐德十分無奈道：「你又有一車設備寄到了，老樣子替您簽收後放在別墅那裡？」

邵鈞一怔，想來是古雷那邊又為他送來了剛剛採購的其他部件的零件，不由微微有些頭疼，應道：「好的。」想了下又和歐德交代：「那個是祕密，不要和任何人說，包括我表弟。」

歐德有些無語，還表弟！那是他的小主人吧！這人真的是機器人嗎？風先生真的沒搞錯？帝國的擬人機器人技術已經如此出神入化了？但是昨夜親眼看到這人被柯夏折磨成那樣淒慘，還被注射了一支高濃縮的自白劑，他現在卻仍然和之前一樣冷靜沉著地站在自己跟前，活蹦亂跳，這樣的機器人請給自己來一打！那風先生大概就不需要自己了。

他正神遊天外，邵鈞卻問：「風先生回去了？」

歐德道：「是，不是萬不得已他不能聯絡我的，昨晚那是特殊情況，我解決不了，他不得不現身。我剛剛得到消息，花間雨已經親自趕去冰蘭島那邊了，等風先生那邊事了當上家主，花間雨再不甘，也只能服從家主的命令，到時候你們也就安全了。」

邵鈞不以為意：「沒到結局最好不要太樂觀。」

歐德：「……」可以不要烏鴉嘴嗎？

飛船上，趕往冰蘭島的花間雨正滿腹鬱悶，他不能說出真正的理由，找了好些理由才說動了長輩申請了飛船使用，還是耽擱了大半天的時間才出航。能源太貴了，各方面都拮据。相比之下朱雀那邊只剩下花間風和花間雪兩個嫡系，所有的財富都由他支配，那才能毫無顧忌地一擲千金，所以才能布下線來讓自己吃了那麼個大虧。等自己拿到金鑰，贏得家主後，先將花間風他們除籍，再慢慢將那邊的財產收歸族中，花間雨惡狠狠地想。

這時花間雷的通訊卻傳了過來了，花間雷匆忙地道：「雨哥！上次你讓我查的那個小歌后夜鶯，我查出來了一些情報，要和你說。」

花間雨其實並不是非常喜歡這個堂弟，魯莽又有些遲鈍，但是因為同屬青龍，上有長輩盯著，不得不做出兄弟友愛的樣子。但是他可牢牢記得，假如自己有什麼，花間雷可就是青龍的下一任繼承人了，因此他有什麼重要情報，比如這一次羅丹的金鑰，他並沒有讓他插手，而是弄了個不太重要的人讓他去查了。

羅丹的金鑰，一定事關巨大的財富。能讓默氏病患者繼續駕駛機甲的技術肯定只是其中一項而已——一定還有更多有價值的東西，一旦拿到，自己就能將花間家族帶上一個前所未有的高峰。所以這種事，就不能讓花間雷知道了，他雖然傻，他身後的長輩和智謀團可不傻。

花間雨漫不經心敷衍他：「好吧，你把資料傳給我就好。」

花間雷道：「不行啊，雨哥，你知道嗎？那個小歌后，是沒有戶口的偷渡客，曾經在黑街基貝拉街上賣過。」

花間雨不耐煩道：「這個娛樂新聞上都有，還用你說？」

花間雷道：「問題是她到洛倫的時候，不是一個人，她和她的弟弟，還有那個軍校生和他的表哥，四個人都是基貝拉街的黑戶，一起抵達了洛倫，還一起住了一段時間，公寓的鄰居還有印象。」

花間雷笑了下：「難怪能請小歌后去做舞伴，原來是同一條街出來的，我知道了，還有什麼事嗎？」等事結束後，不妨一起把那小歌后也抓起來好好審一審。

花間雷卻急促道：「不僅僅是這樣，那個軍校生的表哥，叫杜因的，因為長得像花間風，做過花間風的替身！拍戲的替身！我花了許多錢打聽，那個杜因化妝後和花間風一模一樣！」

花間雨腦海裡彷彿一陣閃電劈過：「替身？」

花間雷道：「不錯，關鍵是那個替身已經不見了！現在哪裡都找不到這個杜因了，有人在替他們掩護掃尾，工作室裡許多和杜因工作過的人都已經被解聘，不知道杜因去了哪裡。我花了很多時間才查到這些的。雨哥，我和我父親說了查到的線索，父親就要我儘快告訴你！花間風很可能已經不在洛倫了，我們見到的，很可能就是那個杜因！」

花間雨倏然站了起來，這些日子種種事情已經聯成一串，他背上已經密密麻麻起了一層汗，他啞聲道：「返航！」

「立刻返航！」

Chapter 101 花間雨的終結

邵鈞接到歐德來電的時候，柯夏還在沉睡著。

歐德十分著急道：「花間雨那邊的內線緊急發來聯絡，花間雨發現了你是替身！他正在返航了！預計一會兒就回來了，你們趕緊撤離吧！」

邵鈞沉默了一會兒：「你安排飛梭和人手過來我們公寓的頂樓天臺。」

他回到臥室，看柯夏還睡著，便悄無聲息地走過去，伸出手掌，貼近他的脖子，柯夏睡夢中仍然能感覺到熟悉的機器人，動了動，反而將頸側送到了機器人手掌邊，邵鈞手貼上去微微一動，指尖彈出注射器，已為柯夏打入了一針安眠藥劑。

飛梭到了，邵鈞抱著柯夏輕而易舉從另外一側的窗外翻了出去，攀上樓頂，翅膀一展，飛快上了飛梭，很快回了松間別墅，那邊柯夏的房間仍然還保持著原樣，他將柯夏安置好後，便走了出來，歐德迎了出來，道：「我現在也沒辦法聯繫上風先生，但別墅裡保全措施很好，你可以放心，風先生臨走前也說過，萬一有特殊情況，就把你們藏起來，他們找不到你們也沒辦法，一時半會也破壞不了風先生的任務的。」

邵鈞看了眼歐德：「我表弟都能輕鬆猜到風先生的任務，你說花間雨猜得到嗎？想要破壞和談很容易吧，隨便想想都能想出個七八條，比如刺殺，比如挑起摩擦，比如收買某個議和的官員在某個條件上堅決不讓步。」

歐德覺得眼前這機器人說話雖然少，但是每一次都能噎死他，他再次在心中默默吐槽，這真的是機器人嗎？確定真的不是個人？

邵鈞問：「我想要知道花間雨的相關情報，包括性格，愛好，住處，職業等等。」

歐德無語，他看了眼氣場強大的邵鈞，默默地應道：「是。」所以他是第一個被機器人命令的下屬嗎？所以他是第一個被機器人使喚了那麼久的人類嗎？為什麼他會覺得他的智商被機器人鄙視了？可以再採購一打這樣的機器人嗎？

內心想法雖然如此豐富，卻並不影響歐德很快的將花間雨的相關資料都傳給了邵鈞，邵鈞彬彬有禮道：「謝謝。」然後回房關上了門。

歐德看著緊閉的房門，木然了一會兒，再次感覺到自己連機器人都不如，落寞走開了。

他也不知道現在應該怎麼辦，雖然希望儘快聯繫告知風先生，但是就是連他也不知道風先生到底潛伏在使團的什麼人身邊，他隨意一個舉動反而有可能引起花間雨的注意，他什麼都不能做。更糟糕的是，機器人說的很可能是對的，花間雨會注意到聯盟和帝國的和談的，有時候他們做間諜，並不需要實打實的證據，只要有一分猜疑，就可以採取行動了。

他驚覺他居然還在指望機器人以及他的主人能夠想出什麼好辦法來，他鄙視了下自己，心急如焚地出去了。

邵鈞卻上了天網，直接到了天網主腦下，呼喚許久沒有見到的艾斯丁。興許他這次想見的欲望特別強烈，終於召喚出了銀髮灰眸的艾斯丁，以及懷裡抱著的一個小孩子，深褐色頭髮，琥珀色眼睛，三歲左右的樣子，冰雪可愛。

邵鈞不由多看了那個娃娃幾眼，艾斯丁道：「別看了，就是丹尼爾，他的精神體太微弱，無法接受之前備份的記憶，還得慢慢養一段時間，等他精神體足夠強大凝實後，就可以接收他之前備份的記憶。」

邵鈞十分震驚：「記憶還可以備份？」

艾斯丁笑道：「也是丹尼爾研究出來的，他自己做的記憶備份。把整個大腦進行可逆性的玻化，保留備份了大腦資訊，然後再進行研製。後來發現不用這麼複雜，精神體足夠強的時候，記憶就在精神體裡，比如你現在這樣，也可以做備份的，你要在天網裡做個備份嗎？畢竟你現在只剩下精神體了，萬一不小心精神力受到太強的攻擊，崩潰了的話，留一份記憶備份比較好。」

邵鈞道：「改天再說這件事，我正有急事找你。神經元機甲套裝被人盯上了，他一直認為我們手上還有羅丹的金鑰，還在窮追不捨。可是這個人品行不良，不擇手段，又是出身間諜家族，無孔不入，我很擔心我保不住神經元機甲套裝的祕密。要是神經元套裝落到他們手裡，怕會遺禍無窮，畢竟他們整個家族都沒有底線。一旦花間風任務失敗，他們將會被整個間諜世家盯上，可以想像如果套裝真的落在花間雨手裡，會有什麼後果。」

艾斯丁聽到間諜世家，笑了下：「花間一族吧？上次聽你說過，是哪個人？」

邵鈞簡單說了下花間雨，又將花間家族的挑戰任務來龍去脈以及他扮演花間風替身的原因大致說明了一下，只隱瞞了柯夏的身世沒說。

艾斯丁道：「帝國居然願意和聯盟簽定和平公約？這倒是好事，和平總是比戰爭好。好吧，這件事我來替你解決，你只要讓他們接上天網，一切由我解決。」

邵鈞遲疑了一會兒，欲言又止，艾斯丁卻彷彿知道他想什麼，安慰他：「放心，只是抹除他對這些的記憶，讓他記憶和精神力倒回幼年時代，如果照顧得好，還是能慢慢和常人一樣生活，只是精神力不可能再恢復了。」

邵鈞沉默看向艾斯丁懷裡的羅丹，他正抬著一雙好奇的眼睛看著他，整個人顯得又乖巧又無辜，艾斯丁道：「三年前我遇到你，你連賭錢作弊都不願意，現在卻願意借助我的力量去抹殺一個人的記憶和精神力，你是為了保護那個默氏病患者吧？沒有了那個神經元套裝，他再也不能駕駛機甲了。」

邵鈞道：「不怪他，是我自己的問題，我太弱了保護不了他，也沒保管好你和羅丹的成果。」

艾斯丁銀灰色眼眸微瞇，笑了，他摸了摸丹尼爾的頭髮：「你和丹尼爾有點像，以後等他恢復了，你們應該能成為不錯的朋友。」

「你沒有必要愧疚和自責，強者本來就可以制定規則，當他們沒有底線的侵占旁人的權利的時候，就應該要接受被更強的人踐踏他們的結果。」艾斯丁輕描淡寫道：「無需克制，他們應該認識到，比他們更強的強者沒有踩死他們，是懶，而不是什麼博愛善良。」

邵鈞抬頭，看艾斯丁仍然如同天使一般的笑容，不知為何感覺微微發寒，艾斯丁親切和藹補充：「有空多來替我帶帶丹尼爾，我正有些擔憂我把他給養歪了，將來我把記憶還給他的時候，他要生氣的。」

深夜，花間雨的別墅裡。

花間雨正在大發雷霆：「你們怎麼監視的？人什麼時候跑的你們不知道？」

他的手下也很委屈，只說讓他們監視，沒說要他們阻止啊，花間風要走，誰能攔得住？更何況他們守在門口，沒有看到人出來，這公寓的另外一側全是透氣小窗，又是幾十公尺高的樓層，誰能想到人能從那邊出去？難道他們有翅膀嗎？

花間雨來回走了幾步，他的智謀道：「當前之計還是想清楚真正的花間風去了哪裡？現在看來，那個金鑰是針對我們設的陷阱。但是替身，他為什麼要用替身？」

花間雨沉沉道：「他的任務一定很容易被破壞，因此需要替身來麻痺我們；從時間點看，三年前他就已經在安排替身，因此他這個任務一定很難，他執行任務的地方可能很遠，不能偶爾回來扮演，需要長期潛伏，不出所料，應該是在帝國。」

他的智囊軍師忽然道：「他們是不是在拖延時間？是不是只差這點時間，就能完成任務了？」

花間雨眼神一厲，兩人對視一眼，異口同聲：「和談！」

花間雨忽然暢快地哈哈一笑：「一定是的！」他快意道：「要促成和談不容易，要破壞可太容易了，我們立刻制定幾個方案，把和談成員團的資料都查出來，他一定潛伏在裡頭！哈哈！輪到他嘗一嘗功敗垂成的滋味了！」

正在這時，花間雨手腕上的通訊閃了閃，花間雨冷了下來：「花間風！」

對面閃現出來的卻是邵鈞，花袍紋臉，之前那被泡在水裡死狗一樣的淒慘樣子早已消失不見。

花間雨氣笑了：「風先生？還是該叫你一聲杜因先生？」

邵鈞非常快速地說話：「言歸正傳，我的替身任務失敗了，風先生手裡有我的把柄，我和我的表弟都將被清算，而想來你也猜到風先生的任務了，我總要為自己找一條後路，因此趁著現在手裡還有點資本，希望能和未來的花間家主談一談，通訊馬上就要被截獲監聽了，請上天網一敘，天網世界之樹下見面，要快，再遲一點，你什麼都拿不到。」

通訊掛斷了，通訊如果被監聽的話，三十秒是極限，超過三十秒就會被追蹤竊聽到。花間雨與軍師面面相覷，軍師道：「恐怕是陷阱。」

花間雨卻道：「他們能在天網做什麼？不妙就立刻下線就是了，他如果已經被軟禁的話，的確只有天網還能對外通訊，我們帶多點人上去，看情況不對你們下線，將我強制斷網就好了——關鍵是他手裡似乎真的有料。他那個表弟可是真的被風先生弄出默氏病，癱在床上一年，如今卻活蹦亂跳還能駕駛機甲，羅丹的金鑰確定失竊了，怕是真在他們手裡有什麼東西。花間風估計還要用他們，但他們被花間風這麼利用，肯定心有怨懟，另外找一條路也很正常，畢竟——和談真的太容易被破壞了，他們想要投靠未來的家主，再正常不過。」

軍師反復推演，發現的確如此，想來對方也是深思熟慮，才選擇了在天網會面，便也沒有再阻止花間雨，找了幾個精神力高的心腹，陪同花間雨一同登錄上了天網。

他們不知道，他們躺入天網虛擬艙以後，就再也沒有能力自主下線，直到三天後，始終聯繫不上他們的青龍系長輩心生疑竇，派人進入了別墅，強行將他們斷開天網，才發現每一個人都已經精神力崩潰，退化成為三歲智力和記憶的孩童。究竟他們在天網裡發生了什麼事，誰也不知道，而因為花間雨一直將金鑰的事瞞著同族人，也因此無人知曉花間雨究竟為何突然申請飛船前往冰藍島，又為何忽然返航，在深夜帶著心腹一同登入天網，失去了精神力。

什麼樣的力量可以做到這樣？整個花間家族都為之沸騰震驚，甚至人人自危為之顫慄，長老會甚至下了嚴令，要求徹查。花間風當然有最大的嫌疑，但那又怎樣？最大的障礙已被掃除，帝國與聯盟的公約和談簽約在即，花間風成為未來的花間家族族長一事已經毫無疑問，如何在長老會跟前自證清白，如何降服所有反對派，這一切的風風雨雨，都將留給真正的花間風去承擔了。

邵鈞穿過開滿白薔薇的庭院推開門，讓帶著花香的風灌滿整個臥室，蕾絲窗紗鼓脹飄舞起來，大床上的金髮美男子睜開了湖水一般的藍眼睛，剛剛從深沉的美夢中甦醒，神情懵懂。邵鈞對著他露出了個笑容：「主人醒了？睡得好嗎？」

——〈第三集待續〉

高寶書版集團
gobooks.com.tw

FH055

鋼鐵號角 2

作　　者　灰谷
繪　　者　HONEYDOGS 蜜犬
編　　輯　賴芯葳
美術編輯　彭裕芳
排　　版　彭立瑋
企　　劃　黃子晏

發 行 人　朱凱蕾
出　　版　朧月書版股份有限公司
　　　　　Hazy Moon Publishing Co., Ltd
地　　址　臺北市內湖區洲子街 88 號 3 樓
網　　址　www.gobooks.com.tw
電　　話　(02) 27992788
電　　郵　readers@gobooks.com.tw（讀者服務部）
傳　　真　出版部　(02) 27990909　行銷部 (02) 27993088
郵政劃撥　19394552
戶　　名　英屬維京群島商高寶國際有限公司台灣分公司
發　　行　英屬維京群島商高寶國際有限公司台灣分公司 / Print in Taiwan
初版日期　2023 年 1 月

本著作物《鋼鐵號角》，作者：灰谷，由北京晉江原創網絡科技有限公司授權出版。

國家圖書館出版品預行編目 (CIP) 資料

鋼鐵號角 / 灰谷著 .-- 初版 . -- 臺北市：朧月書版股份有限公司出版：英屬維京群島高寶國際有限公司臺灣分公司發行 , 2023.01-
面； 公分 . --
ISBN 978-626-7201-45-9(第 2 冊：平裝)
857.7　　111020689